수성?

너를 기다리는 동안

수업?
너를 기다리는 동안

초판 1쇄 발행   2014년 04월 01일

초판 3쇄 발행   2014년 09월 01일

지은이   김 영 호

펴낸이   손 형 국

펴낸곳   (주)북랩

출판등록   2004. 12. 1(제2012-000051호)

주소   153-786 서울시 금천구 가산디지털 1로 168,

우림라이온스밸리 B동 B113, 114호

홈페이지   www.book.co.kr

전화번호   (02)2026-5777

팩스   (02)2026-5747

ISBN   979-11-5585-181-4 03810(종이책)

979-11-5585-182-1 05810(전자책)

이 도서의 국립중앙도서관 출판시도서목록(CIP)은 서지정보유통지원시스템 홈페이지(http://seoji.nl.go.kr)와
국가자료공동목록시스템(http://www.nl.go.kr/kolisnet)에서 이용하실 수 있습니다.
(CIP제어번호: 2014009637)

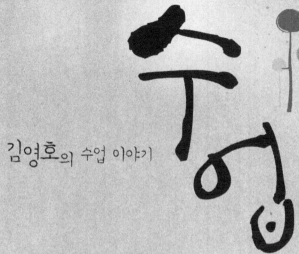

김영호의 수업 이야기

수영?

너를 기다리는 동안

book Lab

'수업? 너를 기다리는 동안'이 세상 나들이를 합니다.

'이런 내용을 세상으로 내보내도 될까? 과연 그럴 만한 가치가 있는 가? 그래 책을 발간해 보자. 아니야, 좀 더 생각이 정리되고 다듬어지면 세상 나들이를 하자.'

출판사에 원고를 넘기기 위해 마지막 교정을 보면서도 이런 생각이 들었습니다. 하지만 조금 부족한 부분은 다음에 나올 책에서 보충을 하겠다는 약속을 핑계로 세상 나들이를 합니다.

제목은 '수업? 너를 기다리는 동안'입니다. 수업 다음에 물음표(?)를 넣었습니다. 아직 수업에 대해서 잘 알지 못하고 어렵다는 자기 고백이기도 합니다. 수업과 관련되는 책을 시리즈로 발간한다면, 수업 다음에 쉼표(,), 마침표(.), 느낌표(!)를 넣을 예정입니다. 배움이 부족하면 계속 물음표(?)를 사용할 수도 있을 것입니다. 가능하면 교직 생활을 마무리하기 전에 느낌표(!)가 들어가는 책을 발간하는 작은 소망을 가지고 있습니다. 수업 다음에 나오는 제목은 조금씩 바꿀 생각입니다. '수업, 조금 쉬었다 하자', '수업. 이제 그만 할래', '수업! 난 수업이 좋아' 등입니다.

초등학교부터 대학원까지 많은 수업을 받았습니다. 기억에 남는 수업도 참 많습니다. 행복한 수업도 있고, 악몽으로 기억되는 수업도 있습니다. 수업을 받은 시간보다 더 많은 시간의 수업을 했습니다. 나와 함께 수업한 많은 학생들이 어떤 수업으로 기억하고 있을지 궁금하기도 합니다. 내 수업은 처음 몇 점에서 시작해서 지금은 몇 점 정도나 될까 하는 생각을 하기도 합니다. 직접 수업을 하지 않으니 더 그런 생각이 들었습니다. 그래서 다음과 같이 자기평가를 해 보았습니다. 만점은 100점으로 정했습니다.

- 40점: 대구교대를 졸업하고 발령을 받아서 수업을 시작한 때입니다. 그 이후로도 오랜 기간 그리 발전을 하지 않은 것 같습니다.
- 50점: 교원대 대학원을 졸업하고 수업발표대회에 나가야겠다는 생각이 들었을 때입니다. 교내 수업공개나 대학원을 다니면서 수업, 특히 국어 수업에 눈을 뜨기 시작했습니다. 교직 경력 10년이 넘었습니다.
- 60점: 국어과 수업발표대회에 나가서 1등급에 입상을 한 때입니다. 매우 운이 좋게도 처음 나가서 1등급을 받고 다음 해 국어과 연구교사가 되었습니다. 교직 경력 13년째입니다.
- 65점: 대구교육대학교대구부설초등학교에 전입할 때입니다. 수업발표대회에서 국어과 1등급을 하고, 이듬해 국어과 연구교사를 하면서 교내·외 공개를 했습니다. 여러 번 강의도 할 기회가 있었습니다. 교직 경력 15년째입니다.
- 80점: 대구교육대학교대구부설초등학교에 6년 동안 근무를 하고 공립학교로 전출한 때입니다. 부초에 근무하면서 평생 공개할 수업보다 더 많은 수업공개를 하고, 혹독한 수업협의도 거쳤습니다. 장학자료 집필, 각종 강의 등을 할 기회도 많았습니다. 스스로 공부하지 않을 수 없는 기간이었습니다. 하지만 즐거운 시간이었습니다. 학습이론에서 말하

는 고원현상을 극복하고 점프를 한 기간이기도 합니다.

- 86점: 지금입니다. 부초에서 나와서 공립학교에서 3년 수업을 하였습니다. 교육전문직과 교감으로 근무를 하면서는 정기적인 수업을 할 기회가 없었습니다. 하지만 수업장학이나 수업 컨설팅을 기획하고 수업발표 심사를 하면서 직접 수업을 할 때는 몰랐던 수업에 대한 이해를 넓히는 기회가 되었습니다.

- **점: 앞으로의 과제입니다. 지금 이 글을 쓰는 순간에도 조금이라도 점수가 오르지 않을까 하는 기대를 하기도 합니다. 90점만 넘어가면 A학점이니 성공이라는 생각이 들기도 합니다. 그때는 수업 다음에 느낌표(!)를 단 제목으로 책을 발간해도 될 것 같습니다.

이 책은 모두 6장으로 되어 있습니다. 각각의 장을 따로 읽어도 별무리가 없습니다. 그리고 필자가 직접 수업을 받은 경험과 수업을 한경험이 뒤섞여 있습니다. 직접 비교는 하지 않았지만, 곰곰 생각해 보면 간접 비교도 가능할 것입니다. 그리고 경어체와 평어체가 혼용되어 있습니다. 편지글이나 '역사, 태현 행복수업 만들기'의 경어체는 그대로 옮겨 왔습니다. 편지글은 간혹 뜻이 잘 전달되지 않는 곳도 있지만, 수정하지 않고 원문 그대로 실었습니다.

제1장은 '길'이라는 제목을 붙였습니다. 선생님의 길이 무엇인가에 대한 근본적인 물음입니다. 그런 맥락에서 어떻게 살 것인가와 어떻게 가르칠 것인가에 대한 물음을 던지고 있습니다. 선생님의 시작과 끝은 수업입니다. 좋은 수업을 하는 데 선생님이 가장 먼저 가져야할 것은 사랑이라고 보았습니다.

제2장은 '너'라는 제목을 붙였습니다. 학생은 바로 선생님의 거울이

라는 생각입니다. 거울에 비친 선생님의 모습은 다름 아닌 학생이라는 생각입니다. '역사, 태현 행복수업 만들기'의 몇 가지와 교대부초에 근무하면서 쓴 글, 교생 지도, 교대 강의 내용입니다. 너, 거울 보기는 따뜻한 가슴 찾음으로 보았습니다.

제3장은 '나'라는 제목을 붙였습니다. 선생님의 그림자는 학생이라고 보았습니다. 즐거운 수업은 즐거운 그림자를 만들 수 있습니다. 제자 두 명과 주고받은 편지를 가감 없이 그대로 실었습니다. 그리고 공적으로 두 번 연수를 다녀온 일본의 교육을 살펴보았습니다. 그림자를 만들고 찾는 것은 좋은 수업을 찾아가는 길입니다.

제4장은 '맘'이라는 제목을 붙였습니다. 마음과 마음을 나누는 방법 중에서 일기를 선택했습니다. 교사 시절에 쓴 교단일기와 교감이 되어서 쓴 일기입니다. 일기는 사적인 내용일 많아서 다 공개하기는 어렵습니다. 하루하루의 작은 기록이 쌓이고 쌓여서 좋은 교육, 좋은 수업의 디딤돌이 된다는 생각입니다.

제5장은 '산'이라는 제목을 붙였습니다. 산에 오르는 것을 절차탁마의 과정으로 보았습니다. 수업도 마찬가지라는 생각입니다. 제5장은 100여 쪽입니다. 절차탁마와 관련된 글이 있습니다. 내 방식으로 수업 보기가 있습니다. 장학사로 근무하면서 수업과 관련한 여러 정책을 정리했습니다. 또한 교감으로 근무하면서 수업과 관련한 활동도 넣었습니다. 산을 오르는 겸손한 마음으로 수업 속으로 들어가 보았습니다.

제6장은 '멋'이라는 제목을 붙였습니다. 좋은 수업을 하는 날은 참으로 멋진 날입니다. 27년 만에 만난 제자들과 수업도 해 보았습니

다. 최근 활발하게 전개되는 수업 보기 운동도 생각해 보았습니다. 또한 좋은 수업이란 무엇일까를 정리해 보았습니다. 제목인, '수업? 너를 기다리는 동안'과 '수업은 선생님의 ㅁ.'로 마무리를 하였습니다. 모든 선생님들이 좋은 수업을 하는 멋진 선생님이기를 기원합니다.

학교의 시작도 수업이고 끝도 수업이라는 생각을 가지고 있습니다. 당연히 학교의 여러 가지 문제의 시작도 수업이고 해결책도 수업이라는 소신도 변함이 없습니다. 수업이 바뀌면 학생들이 바뀌고 학교가 바뀐다고 합니다. 그 수업 변화의 시작은 바로 선생님들입니다. 그런 선생님들의 생각에 조금이라도 도움이 되었으면 하는 바람입니다. 선생님들의 가슴에 열정과 사랑이 충만하시길 소망합니다.

끝으로, 이 책이 나오기까지 도움을 주신 분들께 감사를 드립니다. 언제나 든든한 지원군인 식구들, 김천시 율곡초등학교 수석교사인 아내 이영숙, 이런저런 많은 세상 경험을 하고 다시 대학 4학년에 재입학한 아들 김광섭, 사대 영어과를 졸업하고 새로운 도전으로 패션 디자인과에 학사 편입한 딸 김유정, 모두 좋은 일만 있기를 기원합니다.

지금까지 수업을 함께 한 많은 선생님들과 제자들, 이 책에 실명 또는 가명으로 등장하는 모든 분들께 감사를 드립니다. 또한, '역사, 태현 행복수업 만들기'를 함께하는 대구태현초등학교 교육 가족 모두에게 감사를 드립니다. 아울러 지금까지 소중한 인연을 함께한 분들과 이 책으로 만나서 소중한 인연을 이어갈 분들께도 감사를 드립니다.

2014년 4월
김영호

차례

제4장 맘

제5장 산

제6장　멋

길

내가 가는 길은 어떤 길인가? 선생님이라는 길을 가는 데 무엇
이 필요할까? 선생님의 가는 길의 시작이고 끝인 좋은 수업을
하는 데 가장 먼저 가져야 할 것은 무엇일까?
선물,
레디 스톨라드 이야기, 829척의 배 이야기, 달마와 법구경 이
야기 나누기.
나는 어떻게 살 것인가?
나는 어떻게 가르칠 것인가?

가르치는 길을 찾아서

"선생님은 공부 못한다고는 절대로 때리지 않았습니다. 4학년 담임 선생님은 시험 못 쳤다고 선생님 구두를 닦으라고 했습니다. 지금 생각해도 시험 못 쳤다고 선생님 구두를 닦으라고 한 것을 이해할 수 없습니다."

지금은 청와대에서 무기 계약직으로 근무 중인 27년 전의 제자 김〇〇의 말이다. 김〇〇은 학급의 어려운 일을 앞장서서 하고 늘 웃으면서 즐겁게 학교생활을 하였다. 2013년 11월 2일 토요일, 대구태현초등학교 교무실 및 4학년 4반 교실에서 27년 만에 수업을 했다. 이 모임도 김〇〇이 즐겁게 주선을 하였다.

"선생님, 양치 도구 준비되었는데요."

급식실에서 점심을 먹고 교실에 들어서려는데 신〇〇이 칫솔과 치약을 들고 하는 말이다. 1990년대 대구경운초등학교에서 6학년을 담임하던 어느 날 점심시간의 풍경이다.

신〇〇는 반에서 공부를 제일 잘하고 힘든 일도 알아서 하는 모범생이었다. 운동을 좋아하는 아이들이 많아서 체육 시간은 마지막 시간으로 돌려서 5시가 다 되도록 함께 축구를 하곤 했었다. 더운 여름이면 축구를 마치고 남자 화장실에서 양동이에 물을 받아서 아이들에게 퍼붓기도 했다.

신ㅇㅇ는 늘 마지막까지 남곤 했었다. 다음날부터 급식실에서 점심을 먹고 올라오면 화장실 앞에서 신ㅇㅇ이 칫솔과 치약을 들고 기다리고 있었다. 졸업을 할 때까지 계속되었다. 중학교에 들어가서는 서울로 전학을 갔다는 소식을 들었다. 더하여 신ㅇㅇ의 아버지는 오래전에 공장에서 사고로 돌아가셨다는 이야기를 들었다. 그러고 보니어딘가 그늘이 생기는 얼굴이 생각났다. 아이들이나 나나 신ㅇㅇ의아버지는 외국에 파견 나간 것으로 알고 있었다. 신ㅇㅇ는 나에게서선생님뿐만 아니라 아버지의 냄새를 그리워한 것은 아닐까, 하는 생각이 들었다. 지금도 양치질을 할 때면 가끔씩 신ㅇㅇ이 어떻게 살고있을지 궁금하다.

'연탄 한 장'이라는 노래가 있다.

삶이란 나 아닌 다른 이에게 기꺼이 연탄 한 장 되는 것
방구들 싸늘해지는 가을 녘에서 이듬해 봄눈 녹을 때까지
해야 할 일이 그 무엇인가를 분명히 알고 있다는 듯이
제 몸에 불이 옮겨 붙었다 하면 하염없이 뜨거워지는 것
온몸으로 사랑하고 나면 한 덩이 재로 쓸쓸히 남는 게 두려워
나는 그 누구에게 연탄 한 장도 되려 하지 못했나 보다
하지만 삶이란 나를 산산이 으깨는 일
눈 내려 세상이 미끄러운 아침에

나 아닌 다른 이가 마음 놓고 걸어 갈

그 길을 나는 만들고 싶다

온몸으로 사랑하고 나면 한 덩이 재로 쓸쓸히 남는 게 두려워

나는 그 누구에게 연탄 한 장도 되려 하지 못했나 보다

하지만 삶이란 나를 산산이 으깨는 일

눈 내려 세상이 미끄러운 아침에

나 아닌 다른 이가 마음 놓고 걸어 갈

그 길을 나는 만들고 싶다 그 길을 나는 만들고 싶다.

(연탄 한 장/작사 안도현/작곡 강종철)

가르치는 것은 참 좋은 일이다. 평생 업으로 참 행복한 직업이다. 그런 참 좋고 행복한 가르침의 시작은 연탄 한 장 같은 것이란 생각이다. 흔히 머리로 가르치는 것이 아니라 가슴으로 가르친다고 한다. 오늘도 현장에서 열심히 교학상장하시는 선생님들과 예비 선생님들이 연탄 한 장 같은 따뜻한 사랑이 충만한 선생님이기를 소망한다. 모든 선생님들이 학생 한 명 한 명에게 연탄 한 장 같은 따뜻한 가르침이 넘쳐 나길 갈망한다.

그 길은 사랑이라는 길이 아닐까?

내가 준비한 선물은

나는 경북 김천시 아포읍의 대신초등학교를 졸업했다. 70년대만 해도 전교생이 600여 명이 되는 학교였다. 지금은 유치원 원생까지 포함해서 50여 명이 되는 소규모 학교이다. 분교 또는 폐교의 위기에서 간신히 버티고 있다고 한다.

시골에 가면 가끔 학교에 가 본다. 당시 다니던 학교 건물은 그대로이다. 느티나무는 수세가 약해지기는 했지만 익숙한 풍경이다. 뒤편에는 재래식 화장실이 그대로 있다. 종종 남자아이들은 오줌 높이 올리기 시합을 하기도 했던 화장실이다. 지금은 사용하지는 않는 것 같았다.

학원 걱정, 공부 걱정 없었던 초등학교 생활은 참으로 즐거웠다. 초등학교 6년 중에서 가장 기억에 남는 것은 6학년이다. 여자 선생님이 그렇게 많지 않았지만, 1학년부터 5학년까지 줄곧 여자 선생님이 담임을 하셨다. 6학년 담임선생님은 당시 30대 초반이셨던 남자 선생님이셨다. 김명진 선생님은 체육 시간이면 학생들과 핸드볼이며 축구를 함께 하셨다. 그리고 누구도 편애하지 않고 공평하게 대해 주셨다. 지금 생각하면 사제동행의 전형이다.

아쉬운 초등학교를 졸업하는 날에 평생 학교 출입을 않으시던 어머니가 참석을 하셨다. 어머니는 그 당시 제일 고급 담배 두 갑을 쥐고 계셨다. 뒤에 들으니 어머니는 그 담배 두 갑을 선생님께 드리고는 고맙다는 말씀과 함께 몇 번이고 허리를 숙이셨다고 한다. 5남매를 키우신 부모님이 선생님들께 드린 유일한 선물이다.

돌아갈 수 없지만 즐거운 기억의 한켠을 되돌아보며 선물에 얽힌 몇 가지 이야기를 나누어 본다.

■선물[1]

말썽쟁이면서 열등생인 테디 스톨라드와 톰슨 선생님이 엮어 가는 이야기이다. 엄마는 중병에 걸렸고 아버지는 아이에게 전혀 관심이 없는, 선생님이 좋아하기에는 너무나 먼 아이였다.

크리스마스가 되어 테디가 선생님에게 드린 선물은 가짜 다이아몬드 팔찌와 값싼 향수병 하나였다. 테디의 선물을 보고 아이들이 웃자, 톰슨 선생님은 웃음을 중지시키고 그 자리에서 팔찌를 껴 보고 향수 한 방울을 손목에 묻혔다.

"저 톰슨 선생님, 선생님한테서 엄마 냄새가 나요. 엄마가 꼈던 팔찌도 선생님에게 잘 어울리고요. 제 선물을 받아 주셔서 정말 기뻐요."

다음 날부터 톰슨 선생님은 제자들에게 아낌없는 힘과 용기를 불어넣었으며, 특히 공부가 뒤처지는 아이들, 그중에서도 테디 스톨라

---

1) 류시화 옮김(1997), 마음을 열어주는 101가지 이야기 2, 재구성.

드에게 뜨거운 관심을 기울였다. 그해가 끝나 갈 무렵 테디는 대부분의 학생들을 따라잡았고 앞지르기까지 했다.

그 뒤 4년마다 전해 오는 소식.

① 제가 반에서 차석으로 졸업을 했습니다.

② 제가 저희 학교에서 일등으로 졸업하게 됐답니다. 선생님께 가장 먼저 알려드리고 싶었어요.

③ 저는 오늘 테오도르 스톨라드 의학박사가 됐습니다. 어떻습니까? 그리고 제가 다음 달 27일에 결혼하게 됐다는 소식을 선생님께 가장 먼저 알립니다. 선생님께서 꼭 오셔서 제 엄마가 살아 계셨다면 앉으셨을 자리에 대신 앉아주시기 바랍니다. 이제 저에게 남은 가족이라곤 선생님밖에 없습니다. 아버지께서 작년에 돌아가셨거든요.

■829척의 배

"나에게는 아직도 12척의 배가 있다." 이순신 장군이 백의종군을 끝내고, 다시 삼도수군통제사로 임명되었을 때 남긴 말이다. 하지만 나는 그 수십 배인 829척의 배를 가지고 있다.

2005. 5. 14.(토), A가 어머니께서 주신 것이라면서 검은 비닐봉지 하나를 내밀었다. 학기 초부터 어떠한 선물도 받지 않겠다는 걸, 학생들이나 학부모들에게 누누이(학부모 수업참관일이나 한 달에 한 번씩 나가는 학반생활 안내 자료 등) 강조를 한 터라 묘한 기분이 들었다. 아이들도 다 보고 있는 자리라 바로 교탁에 올려서 풀어 보았다.

검은 비닐 안에는 직육각기둥의 상자에 사탕을 담았을 법한 유리병이 하나 들어 있었다. 그 안에는 언뜻 보아 학을 접어서 넣은 것 같았다. 병 위에는 종이를 접어서 붙여 놓았다.

"우리 가족 모두가 함께 접은 것입니다. 부족하지만 받아 주시면 고맙겠습니다. 스승의 날 축하드립니다. A 가족 올림."

가슴 저편에서 밀려오는 무엇인가를 억누르면서, 병뚜껑을 열어 보았다. 거기에는 수많은 배가 들어 있었다.

"이 선물 어떡하지? 내가 받아도 될까?" 아이들에게 물었다.

"예, 선생님 받으세요." 아이들이 이구동성으로 대답했다.

그날 오후 아이들이 떠난 빈 교실에서 병 속의 배를 꺼내 보았다. 한 척, 두 척…. 그렇게 모인 배가 모두 829척이었다. 이 배를 접느라 얼마나 많은 시간을 보냈을까? 배 한 척, 한 척을 만들면서 다시 건강을 되찾는 소망을 담았을 A와 그 가족들을 생각하니 흐르는 눈물을 어찌할 수 없었다.

그 A와의 만남과 인연은 이렇다. 2005년 3월 2일 6년간의 대구교육대학교대구부설초등학교 근무를 마치고, 대구북부초등학교로 전출하여 4학년 8반을 담임하게 되었다. 2학기에 신설교인 대구함지초등학교 가게 되어서 학년의 끝 반을 맡았다. 학년 초 업무 파악하느라 정신이 없는데, 학모님 한 분이 음료수를 들고 들어오셨다. 좀 당황스럽고 의아한 가운에 아이에 대한 이런저런 부탁을 늘어놓는 것이었다. 처음에는 좀 별나네, 라는 생각에 언짢은 표정을 지었다. 그런데 눈물을 글썽이면서 이어가는 말에 내 생각이 짧았음을 후회하게 되었다.

어려서부터 근이양증의 증상이 있었다는 것이다. 그리고 보니 개학식 때 다리를 심하게 절던 A가 생각났다. 다음 날 자리를 앞쪽으로 옮기고, 도와줄 친구를 고려해서 짝과 모둠을 정했다. 체육 시간이면 굳이 교실에 있겠다는 걸 운동장에 데리고 나가서, 나무 그늘 아래에서 참관을 하게 했다. 몇몇 가벼운 동작이나 오락은 함께 하기도 했다.

교실수업 시간에도 자주 발표를 시키고, 친구들과도 잘 어울리게 했다. 급식용 승강기가 있어서 4층을 오르내리는 게 큰 문제가 되지 않았지만, 간혹 작동을 멈추기라도 할 때는 내가 업고 오르내렸다. 방과 후에는 자전거를 타고, 혼자 학교에 들르기도 하였다.

등·하교 시간에는 A의 어머니가 A와 A와 같은 증상인 동생의 가방을 양 어깨에 메고 나란히 걸었다. 조금이라도 높은 턱이 있으면, 어머니가 부축을 해야 했다. 그 모습을 지켜보는 학생들이나 어른들의 표정에는 안타까움이 절로 묻어 나왔다. 그런 부모의 사랑과 A의 노력에도 불구하고 증상은 점점 심해지기만 했다.

4월 12일에는 교내 공개수업을 했다. 앉아서 하는 발표지만, 두 번을 하고 나서 자신감에 넘치는 A를 볼 수 있었다 4월 말에는 봉무동 고분군에 현장학습을 갔다. 학부모가 따라오겠다는 것을 내가 책임질 테니 걱정 말고 A만 보내라고 했다. 그런데 버스를 타고 내리는 게 문제가 아니라, 고분군을 오르내리는 게 큰 문제였다.

A를 목말을 태우다가 업다가를 반복하면서 제일 마지막 고분까지 올랐다. 초등학교 5학년부터 지게질에 단련이 된 덕분이었다. 등줄기에 땀은 비 오듯 흐르고 가쁜 숨을 몰아쉬어야 했지만 기분 좋은 경험이었다.

입구까지 내려와서 자리를 잡고는 잠시 오락을 하고 점심을 함께 먹었다. 어느 틈엔가 A의 아버지 모습이 보였다. 어찌 걱정이 되지 않겠는가? 걱정 마시고 학교 도착 시간에 맞게 학교에 나오시라는 말과 함께 가시게 했다. 미안함과 안타까움이 교차하는 그 모습이 아직도 생생하다.

6월에는 앞산 수영장에 현장학습을 갔다. 지금까지 한 번도 수영 현장학습을 하지 않았단다. 봉무동 현장학습 때와 마찬가지로, 준비물만 잘 갖추어서 A를 보내라고 했다. A도 걱정 반, 기대 반의 표정이었다. 수영복을 입고, 아이들과 같이 물놀이를 하면서 즐거운 시간을 보냈다. 특히, 남자아이들은 나에게 잡혀서 공중으로 던져졌다가 물속으로 들어가는 걸 매우 좋아했다. 한두 명을 하고 나니, 줄을 서서 기다린다. A도 꽤나 만족한 하루였다.

■달마와 법구경

2008. 2. 18.(월), 열세 번째 6학년 담임을 하고 졸업식을 하는 날이다. 교육전문직 시험에 합격해서 3월 1일부터 시교육청에 수습전문직으로 파견을 가야 해서 더 이상 학생들을 직접 담임하면서 가르칠 일이 없기 때문에 마지막 졸업식 같은 날이었다. 졸업을 앞두고 미리 학생들에게 할 이야기는 다 한 터라, 굳이 오랜 시간이 필요하지 않았다. 강당에서 식을 마치고, 교실에 와서 몇 가지 당부만 하고, 몇몇 학생들과 사진을 찍고 모두 돌려보냈다. 졸업식 때문에 정신이 없어서 미처 보지 못했는데, 교실 앞쪽에 커다란 액자가 포장된 채로 놓여 있었다.

그러고 보니 며칠 전에 A의 어머니가 교실에 뭔가를 보낸다는 전화를 받은 기억이 났다. 포장을 뜯어보니 잘생긴 스님(달마대사)과 글귀가 새겨져 있었다. 그냥 액자구나, 하고는 다시 포장을 해서 집에 가져다 방 한쪽에 두었다. 3월 1일부터 수습전문직으로 시교육청에 파견 발령을 받아 정신없이 보내느라, 오늘 내일 하면서도 액자를 자세히 보질 못했다.

그러다가 한 달 정도 지난 뒤 이사를 하고, 짐 정리를 하면서 다시 포장을 풀었다. 그냥 얼핏 보아서는 처음과 마찬가지로 '좋은 글귀와 스님의 그림'이라고 생각했었다. 그런데 짐 정리를 하던 아내가 갑자기 끼어들었다. "여보, 이거 수놓은 것이네."라면서 감탄을 하는 것이었다. 나는 "수는 무슨 수. 그냥 글씨 쓴 것인데." 하면서 자세히 보았다.

정말이었다. 달마의 그림을 한 땀 한 땀 수를 놓고, 글씨도 한 자 한 자(항상 내 몸을 잘 지키어 성내는 마음을 쉬게 하고 사나운 행동에서 멀리 떠나 덕의 행실을 몸으로 행하라 -법구경) 수를 놓은 것이었다. 글자 주위로 얼마나 많은 손길이 오갔는지, 손때 자국이 옅게 묻어 있었다.

A와의 만남과 인연은 북부초등에 이어 함지초등학교에서도 이렇게 이어졌다.

신설학교 연구부장을 하느라 체육교과 전담을 1년 6개월 하다가, 2007년 3월 1일부터 다시 6학년 1반 담임을 하게 되었다. 연구부장을 하면서 6학년을 맡은 것이 부담이 되기도 했지만, 대구관음초등학교에서도 그런 경험이 있었기 때문에 시작이 반이라는 생각이었다. 더하여 개인적으로 전문직 공부를 병행해야 했기에 부담이 배가 되기는 했었다.

다시 A를 담임하게 되었다. 4학년 2학기부터 목발을 짚고 다니다가, 5학년부터는 휠체어를 타야만 등·하교를 할 수 있었다. 동생은 A보다 진행이 빨라 형제가 부모의 차를 타고 와서, 승강기를 타고 올라와야 했다. 부모의 고생이야 말할 바가 아니었지만, 전혀 그런 내색이 없었다. 학생들의 동의를 구해서, 도와줄 학생들과 모둠을 정하고 함께 잘해 보자는 다짐으로 마지막 6학년의 첫날을 시작하였다.

화장실에 갈 때면, 남학생들이 서로 데려갈 정도였다. 점심 급식도 제일 먼저 배식을 받도록 했다. 4월 교내 공개수업에도 두어 번 발표를 했다. 휠체어를 타야 이동이 가능했으므로, A는 고정된 자리로 하고 이동표도 구성했다. 체육 시간에도 참관을 하고, 운동장 조회에도 함께 자리를 하게 했다.

4월에는 부여와 공주를 현장학습이 있었다. 무심코 지나가는 말투로, "A 어머니, A 현장학습 갈 수 있겠어요?"라고 말했다. 순간 A의 어머니의 얼굴이 붉어졌다가 애써 침착한 목소리로 "예, 가야지요." 했다. 하지만 '예'라는 부분이 평소와는 다르게 올라갔음을 느낄 수 있었다.

찰나의 시간이었지만, 나에 대한 원망 또는 실망했다는 표정을 읽을 수 있었다. 그렇다, 깊이 생각하지 않고 무심코 한 말이 큰 실수가 되었다. 어색한 시간을 수습하고, 의논을 한 결과 어머니가 동행하기도 했다.

어떻게

어떻게, 어떻게

'어떻게'는 묘한 어감을 가지는 낱말이다. 은근히 선택을 강요하는 느낌이 들기도 한다. 하지만 살아가면서 '어떻게'를 생각하는 것은 삶의 방향을 잡아가는 데 중요하다는 생각이 든다. 나는 지금까지 어떻게 살아왔는가? 지금은 어떻게 살고 있으며, 앞으로는 어떻게 살아갈 것인가?

또한 가르치는 입장에서 보면, 지금까지 어떻게 가르쳐 왔고 앞으로는 어떻게 가르칠 것인가의 문제이다. 오래 전에 쓴 '어떻게 살 것인가'와 '어떻게 가르칠 것인가'를 보면서 앞으로의 '어떻게'를 생각해 본다.

■어떻게 살 것인가?[2]

나는 종종 '어떻게 살 것인가'에 대한 생각을 한다. 길지 않은 인생에서 결코 짧다고는 할 수 없는 세월 아이들을 가르치면서 늘 생각하던 문제다. 평교사로서 교직 생활을 마무리할 것인가? 아니면 교

---

2) 1990년대 후반, 당시 텔레비전 드라마인 〈허준〉을 보고 그 이전에 읽었던 소설 『동의보감』을 다시 읽고 쓴 글이다.

감, 장학사, 교장 등의 관리직으로 나갈 것인가에 대한 갈등이 항상 혼재해 왔다.

또 한 가지는 '어떻게 가르칠 것인가'에 대한 물음이다. 초임 때는 하루하루가 어떻게 지나가는지도 모르게 바쁜 날들이었다.

이제 내가 선택한 이 교직에 대한 분명한 방향을 잡아야 할 것 같다. 평교사로 교직을 마치거나, 관리직, 장학직으로 나가거나 지금 내가 맡은 아이들에게, 지금 주어진 일에 최선을 다해야 한다는 것이다. 그리고 그것은 곧 어떻게 가르칠 것인가에 대한 물음으로 이어진다.

계획 없는 인생을 후회하기보다는 계획한 생활 뒤의 되돌아봄은 훨씬 값어치 있는 일이라 생각하면서, 내 생활의 기준으로 삼고 있는 소설 『동의보감』의 독후감을 다시 생각해 본다. 가르치는 것을 업으로 하는 교사의 '어떻게 살 것인가'는 '어떻게 가르칠 것인가'와 일맥상통하리라.

『흑기사』, 영국의 리처드 왕이 십자군 전쟁에 나갔다가 왕의 자리를 다른 사람에게 빼앗기자 철가면을 쓰고 온갖 어려움을 헤쳐 나가면서 왕위를 되찾는 이야기이다. 내가 초등학교 5학년에 때, 우리 집에 있었던 교과서 이외의 유일한 책이었다. 6학년이 되어서 고전 읽기 대회에 나간다고 학교에서 늦게까지 『구약성서』, 『동국병감』 같은 책을 읽었다. 그때 읽은 노아의 홍수니, 이순신 장군에 관한 이야기 등이 기억에 새롭다.

지금은 읽을 책이 많다. 독서 교육을 그 어느 때보다도 강조하고 있다. 학교에서도 '작은 도서실'이다, '독서 코너'다 하여 다양한 독서 교육을 하고 있다. 나는 말끝마다 "책을 읽어라", "독후감을 써라"를 달고 다녔다. 그러나 정작 나는 책 읽기에 소홀하고 독후감을 쓰는 것은 더 싫어했다. 지난겨울 방학에는 몇 년 전에 읽었던 이문열 평역의 『삼국지』를 읽었다. 그러다가 텔레비전 드라마 〈허준〉을 보면서 『소설 동의보감』을 다시 읽게 되었다.

『동의보감東醫寶鑑』은 조선 시대 명의였던 허준이 집필을 시작한 지 17년 만인 1613년 8월에 완성한 유명한 의학서이다. 『소설 동의보감』은 앞에 소설이란 말이 암시하듯이 지은이(이은성)가 허준이라는 역사적 인물에 작가의 문학적 상상력을 동원하여 꾸민 작품이다. 물론 작가의 상상력에 기댄 부분이 많으므로 사실 그 자체와는 다소 거리가 있는 부분도 없진 않겠지만, 그 근본은 허준과 동의보감이라는 역사적인 사실에 근거를 두고 있다. 지은이는 처음에 춘하추동春夏秋冬의 네 권으로 구상하였으나, 지병으로 세 권으로 끝을 맺을 수밖에 없었다.

허준은 1546년 충청도 해미 군관 허륜과 을사사화(1545, 명종 원년) 때 역적으로 몰려 신분이 양가의 첩에도 미치지 못하는 천첩인 윤씨 사이에서 태어났다. 아버지를 아버지라 부르지 못하는 신분제도(자식은 어머니 신분에 따른다)의 질곡에서 벗어나 동양 최고의 의서인 『동의보감』을 저술하여 한방의 종주국이라 자처하던 중국인들에게도 신인으로 숭상받던, 불같은 집념으로 일생을 살다간 조선의 자존심.

"운명에 순응하기보다는, 운명에 도전하라."고 했던가? 천민의 신분에서 벗어나고자 아버지와의 인연을 끊고 어머니, 아내와 함께 낯선 땅 산음(지금의 경남 산청)에 도착했을 때 허준의 나이 스물두 살이었다. 물설고 낯선 곳에서 온갖 어려움을 겪으면서도 꿋꿋하게 살아가는 허준, 그리고 그에게 힘이 되어 준 여러 사람들과 질투와 시기에 찬 사람들의 얼굴이 스쳐 갔다. 긴장과 흥분으로 책을 읽고 나니 가슴 뿌듯함과 함께 알 수 없는 허전함이 몰려왔다. 책을 덮고 생각에 빠졌다. 처음 책을 읽었을 때와는 또 다른 무엇이 가슴에 와 닿았다.

먼저, 목표 달성을 위해서 끊임없이 노력하는 태도다. 천민의 신분에서 벗어나고자(물론 신분제도 그 자체가 모순이지만) 노력하는 모습에서 눈시울이 뜨거워진다. 그리고 진정한 의술(인술)을 베풀기 위해 온갖 시련을 극복하고 정진하는 허준의 자세는 아이들을 가르치는 나에게 큰 감동을 주었다.

허준은 꿈이 있었다. 비록 오늘이 고달프더라도 더 나은 내일의 꿈이었다. 꿈은 꿈을 꾸는 사람만이 가질 수 있고, 노력하는 사람만이 이룰 수 있다. 교사(교육자)는 무엇을 하는 사람인가? 권력도 부귀도 거리가 먼 이야기다. 국가의 백년대계인 교육에 온몸으로 헌신할 때 진정한 교육, 교육자의 참모습이 아닐까? 남이 나의 참모습을 알아주지 않는다고 서운하고 섭섭하게 생각하기 전에, 바른 나의 길을 가는 것이 우선이리라.

다음으로, '우리(우리 것)'에 대한 깨달음이다. 선진 의술을 배우기 위해 중국에 다녀오면서, 우리에게 필요하고 맞는 것은 우리나라에서 찾고, 우리 자신이 해결해야 한다는 것을 깨닫는다. 중국에 대한 맹목적인 사대모화에 빠져 있던 당시에 허준의 이와 같은 깨달음은 동의보감을 저술하는 데 결정적인 역할을 한다. 동의보감은 신토불이 의학의 결정체인 것이다.

그러면 우리가 살고 있는 지금은 어떤가? 우리의 좋은 것도 마다하고 남의 것이면 좋은 것인지, 나쁜 것이지 분별없이 사족을 못 쓴 결과가 지금의 국가 위기를 초래한 큰 원인이라면 지나친 말일까? 좋은 우리말 사이에 외국어를 넣고 말해야 유식하다고 착각하는 사람들, 옷에 새겨진 외국어가 무슨 뜻인지도 모르고 거리를 활보하는 청소년들만 탓하고 있을 것인가?

다행히 최근에 우리 것을 다시 찾고 아끼고 발전시켜 나가는 운동이 벌어지고 있는 것은 불행 중 다행이 아닐 수 없다. 남의 것을 무조건 받아들이거나 배척하기보다는, 우리의 실정에 알맞게 받아들이고, 우리의 좋은 것을 계승 발전시켜 나가는 것이 진정한 '나'와 '우리'를 찾는 길이 아니겠는가?

가수 배일호의 '신토불이'를 생각하면서, "가장 한국적인 소재가 가장 세계적인 것이 될 수 있다."던 어느 영화감독의 말이 떠오른다. 김덕수패의 사물놀이에 세계인이 열광하는 것은 그것이 가장 한국적인 것이기 때문이리라.

마지막으로, 훌륭한 스승 밑에서 훌륭한 제자가 나온다는 것이다. 옛말에 "왕대밭에 왕대 난다."고 했듯이 허준도 그의 스승 유의태가 없었더라면 평범한 한 의원으로서 일생을 마쳤을 것이다. 비인부전(非人不傳. 중국의 왕희지가 제자들에게 한 말. '스승의 안목으로 사정하여 딱 합당한 인물이 아니면 함부로 예나 도를 전해 줄 수 없다는 사제 간의 냉엄한 도리)을 온몸으로 실천한 의술이 인술이기를 고집한 유의태(허준의 스승으로 자기의 시신을 제자 허준의 해부 실험용으로 내놓은 살신성인)가 있었기에 허준이, 동의보감이 빛을 보게 되었다.

유의태에 비친 내 모습은 너무나 초라하고 부끄럽다. 청출어람이란 말이 생각난다. 유의태의 올곧은 가르침이 그 자신을 넘어 허준이라는 명의를 길러 냈다고 생각하니, 과연 내가 가르친 아이들은 앞으로 이 사회, 나라에 얼마나 이바지하는 사람이 될 것인가를 되묻는 기회가 되었다.

나는 60, 70년대 시골에서 초등학교를 다녔다. 여러 선생님 중에 2학년 때 고영희 선생님께서는 수업을 마치고 주산을 가르쳐 주셨다. 당시 시골에서 학원이라고는 생각도 못할 때였다. 그리고 6학년 때 김명진 선생님께서는 우리와 함께 축구와 핸드볼을 하셨다.

어느 날 국어 시간에 반쪽 정도를 하나도 틀리지 않고 읽는 사람에게는 어떤 상을 준다고 하시면서 희망자 모두에게 기회를 주었다. 결과는 아무도 성공하지 못했지만, 아직도 그때의 기억이 새로운 것은 선생님의 의도가 우리 것을 소중히 여기고, 기본에 충실할 것을 가르치신 것이 아닌가 하는 생각이 든다. 졸업식을 마치고 어머니가 선생님께 담배 두 갑을 드리고 몇 번이나 인사를 하시던 기억이 새로운 것은 무엇 때문일까?

허준!

참으로 많은 것을 생각하게 하는 인물이다. 다른 분야의 사람들도 마찬가지겠지만, 특히 교육에 몸담고 있는 나에게는 더 큰 깨달음으로 와 닿았다. 나의 생활을 되돌아본다. 아이들보고는 "이것 해라", "저것 해라", "공부해라" 하면서 정작 나는 나 자신의 발전과 아이들을 더 잘 가르치기 위한 노력에는 게을렀다. 오늘 하지 않아도 내일이 있다고 생각했고, 그 내일이면 다시 내일을 생각하면서 미루곤 했다. 『마지막 수업』에 나오는 아멜 선생님의 열변처럼 항상 준비하고 노력하는 자세가 필요한 것을…. 언제까지나 내일이 있다고만 생각했다.

요즘 나라의 형편이 매우 어렵다고 한다. 아니다. 어느 분야나 우왕좌왕하고 있다. 모두들 교육이 걱정이라고 한다. '오판'이니, '팔판'이니 하는 말들이 어지럽게 나돌아 다닌다. 학생이 선생님을 신고하여 경찰이 선생님을 연행하고, 학생이 선생님을 때리고, 우리 아이만 편애한다고 생각하는 부모들, 그리고 그 뒤를 꼭 따라 다니는 촌지 문제 등, 왜 이렇게 되었을까? 작은 쾌락에 안주하고, 어려운 것은 마다하고, 우리보다는 나를 먼저 찾고, 최선을 다하기보다는 그냥 대충대충 세월만 가라고 한 결과가 아닌가?

이제 모두가 냉철하게 자기 자신을 되돌아보아야 할 때다.

교사는 자기 자신에게 물어 보아야 한다.

'나는 얼마나 교육적인 노력을 했는가? 아이들에게는 진정 사랑과 정성으로 가르쳤는가? 몇몇 아이만 편애하지 않았는가? 촌지를 마음속으로 생각하거나 받지는 않았는가? 대충대충 시간만 가면 된다고 생각하지 않았는가? 나 자신의 잘못을 탓하기보다는 아이들만 탓하지 않았는가? 아이들의 발전보다는 내 몸의 편안함만을 생각하지 않았는가? 열심히 노력하는 동료 선생님을 격려하기보다는 시기하지 않았는가? 자신의 발전을 위해서 얼마나 노력하였는가?'

학부모들도 자신에게 물어보아야 한다. '나는 내 아이를 얼마나 알고 있는가? 우리 아이가 무조건 옳다고 생각하지 않았는가? 내 아이가 잘못하더라도 내 아인데 하는 생각에 그냥 넘긴 일은 없는가? 내 아이의 말만 믿고 성급한 행동을 한 적은 없는가? 내 아이만, 하는 생각에 촌지를 줄 생각을 하거나 준 일은 없는가? 확인되지도 않은 사실에 남을 비방한 적은 없는가? 우리 선생님과 학교의 좋은 점을 생각하기보다는 그렇지 않은 것을 먼저 생각하고 탓하지 않았는가?'

아이들도 생각해 보자. 우리보다는 나를 먼저 생각하지 않았는가? 나는 학교에서 지켜야 할 규칙이나 질서를 얼마나 잘 지켰는가? 오늘 할 일을 내일, 내일 하면서 미루지 않았는가? 청소 시간에 친구들은 열심히 하는데 대충 시늉만 하고 지나치지 않았는가? 부모님이나 선생님의 말씀에 얼마나 따랐는가? 자신의 일에 최선을 다하였는가?

리처드 왕이나 허준은 자기 자신에 아주 냉정했으며 충실했다. 기본이 튼튼했다. 용비어천가에 "샘이 깊으면 가뭄에도 마르지 않고, 뿌리가 튼튼한 나무는 비바람을 견디니 꽃이 아름답고 열매가 충실하다."고 하지 않았는가?

이제 모두가 기본으로 돌아가야 한다. 맡은 일에 열정을 가져야 한다. 내가 최고지만 다른 사람과 힘을 모아야 된다는 것을 알아야 한다.

'어떻게 살 것인가?'는 개인의 몫이다. 세상에 빛나는 이름과 그렇지 못한 더 많은 사람들의 삶이 건강하고 충실할 때 아름답고 건강한 사회가 될 것이다.

인생!

그것은 백지다.

내 인생을 어떻게 설계하고, 꾸밀 것인가?

나는 어떻게 살 것인가?

■어떻게 가르칠 것인가?[3]

4월 첫째 토요일, 교대 1학년 학생들이 입문기 참관 실습을 다녀갔다. 그리고 5월 마지막 날, 교대 4학년 수업실습이 시작되었다. 선배 선생님들의 엄포 아닌 엄포 때문에 여간 긴장되는 것이 아니었다.

토요일(1999.5.29.) 교생들이 쓸 공책과 파일을 준비하고 이름표를 붙였다. 당연히 교생들이 준비해야 하지만 처음 맡는 교생이라 내가 해 주고 싶었다. 일요일은 보이·걸스카우트의 영주 부석사 국토 순례가 있어서 이것저것 준비를 하다 보니 8시가 지나서 퇴근할 수 있었다.

교생을 맞으면서 내가 누군가에게 도움이 될 수 있다는 즐거움과 지금 이 정도의 실력으로 어떻게 남을 지도하겠는가의 걱정이 교차했다. 돌아오는 월요일이 네 번 지나고 이제 하루만 남았다.

사실 이번 수업실습을 담당하면서 가장 도움이 된 건 나라는 생각이 든다. 누구를 가르친다는 것은 누군가 내 수업을 모범으로 보고 있다는 것은 여간 부담되는 일이 아니었다. 짧은 지식과 교직 경력으로 첫 실습을 담당하고 나니 이제 조금은 자신감이 생긴다. 그리고 부족함을 채울 많은 노력이 필요함을 느낀다.

지금 나는 최고가 아니지만, 최고를 위해 노력해야 한다. 이번 수업실습 교생 선생님들을 어디에서 다시 만날지 모른다. 이왕이면 좋은 기억으로 남고 싶다. 부족하지만 최선을 다한 선생님으로 기억되고 싶다. 아직은 부족함이 많다. 다음에는 부족함이 더 적도록 하겠다.

내일은 청암사를 보고 싶다. 그다음 날 느긋하게 감자를 캐는 농심

---

[3] 1999년 대구교육대학교대구부설초등학교 근무 첫해, 대구교육대학교 4학년 수업실습을 마치고 쓴 글이다.

農心으로 돌아가자.(1999. 6. 24.)

수업실습을 마치기 전날 교생들에게 뭔가 기억에 남을 만한 것이 없을까 고민하다가 쓴 글이다.

동기유발을 기막히게 하여 교생들 사이에 '동기유발의 왕'이라고 불렀으나 정작 수업에서는 핵심에 접근하지 못해 애태우던 A. 항상 웃는 얼굴로 열정적인 수업을 하나 정해진 시간을 초과하여 다음 시간 수업 교생을 조마조마하게 한 B. 늦잠 때문에 아침을 바쁘게 시작하며 수업 시간에 '자', '자'를 연발하던 C. 교직에 대한 열정으로 교재를 재구성하여 학년 단위 수업을 공개하고서도 늘 자신의 수업에 불만이던 D. 단소 시범을 보이기 위해 수십 번 연습을 하고서도 정작 아이들 앞에서 소리를 못 내 멋쩍은 웃음을 짓던 E. 자칭 공주로서 피아노를 치면서 아이들과 함께 노래 부르며 한 시간의 수업을 위해 밤을 새우던 F. 차분하게 수업을 진행하다가 뜻대로 되지 않자 갑자기 큰 소리를 질러 모두를 놀라게 했던 G.

일곱 명의 교생 각자 뚜렷한 개성을 가지고 한 시간의 수업을 위해서 열심이었다. 수업 반성과 지상 수업, 다음 수업 준비를 위해 달과 별을 벗 삼는 출퇴근의 연속이었다. 한 시간 수업의 잘잘못을 떠나 열심히 하는 것이 중요하지 않을까? 더구나 배우는 학생의 입장이라면 더 중요하리라.

나는 한 시간의 수업을 시인 서정주의 '국화 옆에서'에 비유한다. 한 송이의 국화꽃을 피우기 위해 소쩍새와 천둥 등 우주의 삼라만상이 힘을 모으고, 매미가 한여름의 울음을 위해 칠 년을 기다리는 심정으로 아이들은 위한 한 시간의 수업을 준비한다면 어떻겠는가?

수업실습이 끝나고 내 수업을 반성해 본다. 아직도 부족한 것이 너무 많구나. 교생들의 복사한 수업실습 일지를 보니 17년 전 나의 교육 실습이 떠올랐다.

2년제 교대 마지막 세대라 교육실습은 2학년 때 한 번이었다. 그때도 학교 단위 공개수업(갑종 수업이라고 했음)이 있었는데, 국어과는 모두 네 명이 희망을 했다. 서로 상대방의 눈치만 살피다가 결국 제비뽑기를 하여 내가 국어과 수업을 하게 되었다. 국어 담당 선생님과 교대 교수님의 지도를 받고 수업을 무사히 마쳤다. 교생들과 국어 담당 선생님의 격려와 칭찬이 있었다. 이어서 교대 교수님의 말씀이 이어졌다.

"앞에서 칭찬은 많이 했으니 나는 바로 고쳐야 할 곳을 말하겠습니다. 첫째, 수업 분량이 너무 많습니다. 나와 협의했을 때 양이 너무 많아 줄이라고 한 것을 하나도 고치지 않았습니다. …"

계속해서 구체적인 예를 들면서 잘못을 하나하나 지적하셨다. 기분이 나빴다. 칭찬은 한 마디도 없이 십 분이 넘게 잘못된 부분만 지적하신 것이다.

그 뒤 아이들을 가르치고 국어과 연구교사를 하고, 교생을 담당하고 나니 그때 교수님의 말씀이 너무도 생생하게 떠오른다. 그래서 나는 가급적 잘못된 것보다는 잘된 것을 이야기한다. 교생들에게도 수업 협의회를 할 때 잘한 것을 충분히 말하고 고쳐야 할 것을 이야기하도록 했다. 될 수 있으면 교생들의 인격과 자율권을 충분히 보장하겠다는 의도도 있었다. 그래서 그랬을까. 하필이면 우리 반 교생들이 지각이나 결석이 제일 많았다. 실습이 끝나기 이틀 전에 이야기를 했다.

"'일찍 일어나는 새가 많은 먹이를 구한다'고 말하지 않습니까? 사정이 있겠지만 시간을 지키는 것은 아주 중요합니다. 교사가 아이들보다 먼저 오라는 법은 없지만, 수업 시작이나 수업을 시작한 뒤 헐레벌떡 들어오는 선생님을 어떻게 생각하겠습니까. …."

말이 끝나기도 전에 흐느끼는 소리가 들리더니 여자 교생 C가 화장실로 뛰어가는 것이 아닌가? 전혀 예상하지 못한 일이었다. 서둘러 마치고 어색한 분위기를 뒤풀이로 해결했지만, 아직도 그 교생은 내가 교수님께 잘못을 지적당하던 그때의 심정과 다르지 않을 것이라 생각된다.

그러나 언젠가는 내가 17년 전에 교육실습 때 그랬듯이 나의 진심을 알아주리라. 좋은 약은 입에는 쓰나 몸에는 이롭고, 귀에 거슬리는 소리가 행동에는 이롭다고 하질 않는가. 칭찬에 인색해서도 안 되지만, 잘못을 깨우치는 데도 인색해서는 안 된다.

교사는 매일 수업을 하면서도 수업을 두려워한다. 특히 남에게 보여주는 수업이라면 더욱 그렇다. 열린교육, 자기 주도적 학습력 신장이라는 시대적 조류는 교사에게 어떻게 가르칠 것인가를 생각하게 한다.

집집마다 독특한 가풍이 있고, 학교마다 나름대로의 학풍이 있듯이 교사 나름의 개성과 시대적인 분위기에 어울리는 수업이라면 더 좋지 않을까?

전통은 무조건 예로부터 전해 오는 것을 고집하는 것이 아니라 시대에 맞게 고쳐야 함이 당연할 것이다. 변해야 하는 세상, '지금 알고 있는 걸 그때도 알았으면' 하고 후회할 필요는 없다. 그러나 앞으로는 그런 돌이킴이 없도록 노력해야 하지 않을까?

첫 수업실습 지도를 마치고 '어떻게 가르칠 것인가?'를 다시 생각해 본다.

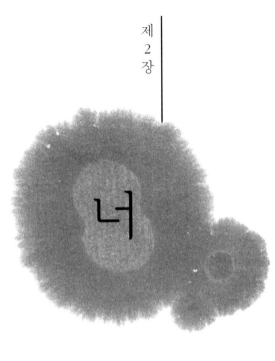

너

학생은 바로 선생님의 거울이 아닐까?
너는 나의 거울이다.
거울에 비친 나는 다름 아닌 너이다.
태현 행복수업 만들기를 통한 거울 보기
내 거울 만들기 몇 가지
겸양지덕, 교생지도,
서로서로 평가를 통한 거울 돌려보기
거울 보기는 따뜻한 가슴 찾음이다.

너의 의미를 찾아서

"이××이(가) 말이 많아."

교감 선생님은 말이 끝나기 무섭게 제일 뒤에 앉은 나에게로 달려 오셨다. 목표 지점(등)을 확인한 후 어른 엄지손가락만 한 굵기의 대 나무 회초리로 다섯 번이나 힘껏 내리쳤다.

1970년대 초등학교 6학년 교실에서 있었던 일이다. 그날 체육 업무 를 맡으셨던 선생님은 김천에 출장을 가셨다. 교감 선생님이 보결 수 업을 들어오셨다. 국사 과목을 공부하면서 이웃 고을 이야기를 재미 있게 해 주셨다. "삼국유사에 의하면 이웃 개령고을에 감문고을에서 30명의 대군大軍을 이끌고…" 30명의 대군이라는 말을 듣고, 나도 모 르게 "어째서 30명이 대군입니까?"라는 말이 나오고 말았다. 그 말이 떨어지기가 무섭게 교감 선생님의 사랑의 매가 이어진 과정이다.

수업 시간에 내가 이야기를 하는 중에 끼어들거나 아이들이 이야 기하는 중에 끼어드는 아이들에게 이 이야기를 해 준다. 그렇다고 그 때처럼 사랑의 매를 들지는 않았다.

"그때 교감 선생님은 내가 미워서 때리신 게 아니라, 다른 사람의 말 중간에는 끼어들지 말라는 뜻에서 그런 것이다. 친구나 선생님이 나 누군가 말을 하고 있다면 그 말이 끝나고 자기의 생각을 말하는 게 예절이다. 말을 잘 하기 전에 잘 듣는 것이 더 중요하다."

 학습 훈련은 학습 과정이다. 무조건 이래라 저래라 하기보다는 함께 규칙을 만들고 지켜 가는 게 좋다는 생각이다. 훈련이라는 말이 거슬리면 연습이라고 해도 좋겠다. 아니면 공부 약속이라고 해도 좋을 것 같다. 학습 훈련(연습)도 교학상장하면 더 좋겠다는 생각이다.

 '비타민'이라는 노래가 있다.

처음 너를 만나던 그날 설레던 5월의 아침

아카시아 달콤한 향기 부드러운 바람

우릴 감싸주고 함께 걸어왔던 시간들

그림 같은 예쁜 날들

여우비 내리던 여름 하늘을 구르던 너의 웃음처럼

너는 나의 사랑 너는 나의 요정

온 세상 눈부신 향기를 뿌리고

너는 나의 노래 너는 나의 햇살 넌 나의 비타민

날 깨어나게 해

함께 걸어왔던 시간들 그림 같은 고운 날들

눈 내리던 겨울 밤 우리가 남겨 놓은 그 발자욱처럼

(예쁜 영화, 불꽃놀이, 와플 아이스크림, 롤러코스터, 화이트 크리스마스,

여름 바다, 당신의 미소)

너는 나의 사랑 (예쁜 영화)

너는 나의 요정 (불꽃놀이)

온 세상 눈부신 (와플 아이스크림)

향기를 뿌리고 (롤러코스터)

너는 나의 노래 (화이트 크리스마스)

너는 나의 햇살 (여름 바다)

넌 나의 비타민 (당신의 미소)

날 깨어나게 해 너는 나의 사랑

(비타민/작사·작곡 박학기)

초임 시절 학년 초에 늘 듣던 말이 있다. 새 학년도 시작하는 3월에는 무조건 웃지 마라. 선생님이 웃으면 학생들을 잡기(?) 어렵다. 그래서인지 새 학년도 개학식 때 담임 소개를 하면 웃는 선생님들은 잘 볼 수가 없었다.

그러나 지금 생각하면 참 아이러니하다는 생각이 든다. 첫 만남에서 선생님의 근엄한 표정을 보는 아이들의 마음을 어떠했을까? '우리 선생님 되게 무서운가 보다.' '올해는 죽었다(?).'라는 생각을 하지는 않았을까?

근엄한 표정보다는 웃는 얼굴이 훨씬 강력한 무기이다. 웃어야 즐겁지 않겠는가? 이어서 즐거운 수업도 따라올 것이다. 사제동행의 좋은 학습 훈련(연습)은 학생과 선생님 모두에게 비타민이다.

나는 너의 거울일까?

사제동행이라는 거울 보기

초등학교 선생님을 오래한 분들의 공통점 중 하나가 남에게 말로 잘 시킨다고 한다. 수업이 말로써 이루어지고 이것저것 지시 아닌 지시가 말로 이루어지는 경우가 많아서 생긴 현상이 아닐까 생각한다. 하지만 좀 더 깊이 생각해서 사제동행의 의미를 생각한다면 말만 하고 실제 행동으로 보여주는 경우가 드물었지 않았나 하는 생각이 든다. 학교에서 이루어지는 모든 교육 활동은 사제동행이 필요하지 않을까? 몇 가지 현장의 사례를 사제동행이라는 거울 보기를 해 본다.

■사전오기[4]

19977년 11월 27일, 파나마에서 열린 홍수환 선수와 카라스키야의 WBA 주니어 페더급 타이틀전이 있었습니다. 당시 홍수환 선수는 2회에 네 번 다운을 당하고도 오뚝이처럼 벌떡벌떡 일어났습니다. 룰에 따라서 한 라운드에 세 번을 다운당하면 자동 KO가 선언되기도 합니다. 그 시합은 그런 룰이 아니었나 봅니다.

---

4) 김영호(2013), 역사, 태현 행복수업 만들기 6 (2013.10.16.수), 66~69쪽.

2회에 네 번이나 다운을 당한 홍수환은 3회에 기적과 같은 KO승을 거둡니다. 홍수환은 남아프리카공화국에서 세계 챔피언을 따고는 고국의 어머니와 통화하면서 명언을 남기기도 했습니다. "엄마, 나 챔피언 먹었어." - (중략) -

수업 이야기로 방향을 돌리겠습니다. 초등학교 한 시간 수업은 40분입니다. 선생님이나 학생들이나 참으로 소중한 시간입니다. 15년 경력이면 10,000시간 이상 수업을 할 것으로 생각됩니다. 대단한 시간입니다.

흔히 생활의 달인에 나오시는 분들을 보면 그 정도의 시간이 됩니다. 흔히 달인들은 10년, 10,000시간을 기준으로 잡고 있습니다. 수업도 마찬가지일 것이란 생각이 듭니다. 10,000시간 되면 어느 정도 감을 잡을 수 있을 것입니다. -(중략)-

앞에 홍수환 선수 이야기를 한 것은 이분[5]도 '사전오기'라는 말이 딱 어울리는 분이기 때문입니다. 올해 국어과 수업우수교사입니다. 지난해 수업발표대회 국어과 1등급을 받았습니다.

교내 공개일은 2013.10.30.(수)입니다. 아마 2시부터 수업을 공개하고 협의를 가질 것 같습니다. 1학기에는 대외 공개를 했었습니다. 제가 시교육청에 근무할 때 담당 장학사였습니다. 대외 공개는 수업우수교사와 시교육청 장학사와 교수·학습안 작성, 수업, 협의 등 전 과

---

5) 강용운, 대구와룡초등학교 교사, 2012. 제27회 수업발표대회 국어과 1등급, 현 경북대학교사범대학부설초등학교 교사.

정을 긴밀하게 협의합니다.

올해 3월에 시교육청에서 회의를 하면서 처음 만났습니다. 본질에 충실한 수업을 당부했습니다. 화려한 수업, 보여주기 식의 수업은 지양하자는 당부도 했습니다. 수업자가 많이 당황스러워 했습니다. 말하는 저야 쉽게 말하지만 당사자는 고민이 많았을 것이란 생각이 듭니다.

첫 만남을 한 뒤 얼마 뒤에 이혁규 교수의 『수업』이란 책을 몇 권 샀습니다. 제가 한 권을 읽고, 나머지 한 권은 제 파트너에게 드리고, 또 다른 한 권은 제 멘토께 드렸습니다. 그리고 이런 당부를 했습니다.

"교수·학습안 작성하기 전에 책부터 읽으세요. 한 번으로 안 되면 여러 번 읽고, 어떤 수업을 할 것인지를 고민해 봅시다. 화려한 수업, 보여주기 수업 하지 마세요. 본질에 충실한 수업을 하세요."

그리고는 시간이 흘러갔습니다. 재촉하지 않았습니다. 재촉한다고 될 일도 아닙니다. 그리고 교수·학습안 초안을 받았습니다. 저도 보고, 제 멘토에게 자문을 구했습니다. 이런 과정이 여러 번 있었습니다. 그렇게 대외 공개수업일이 코앞에 다가왔습니다.

대외 공개 하루 전날에는 여름비가 조금 내렸습니다. 퇴근 시간이 되어서 대구은행 역에서 지하철을 탔습니다. 대외 공개 준비는 어떻게 하고 있는지 궁금하기도 하고, 교육청을 잠시 벗어나고도 싶었습니다. 한참 만에 내렸습니다. 비는 여전히 내리고 있었습니다. 지하철 역에서 제법 먼 거리입니다. 걸어서는 처음 가보는 학교라 잠시 길을 돌아가기도 했습니다. 학교 부근 사거리에 즉석에서 만드는 빵을 몇 개 샀습니다.

선생님은 학교에 혼자 남아서 수업 준비를 하고 있었습니다. 교실 정리를 하자면 시간이 좀 걸릴 것 같았습니다. 수업 이야기는 거의 하지 않았습니다. 사 가지고 간 빵 몇 개를 먹었습니다. 피차 저녁 식사 전이었습니다. 다시 지하철을 타고 교육청으로 들어갔습니다. 여전히 비가 내렸지만, 가슴 따뜻한 행복을 느꼈습니다.

이 선생님은 수업발표대회에 다섯 번째 1등급을 받았습니다. 국어과 수업발표대회 참가자의 대부분이 말하기 영역을 많이 합니다. 이 선생님은 시종일관 쓰기 영역을 했습니다. 1등급에 입상했을 때는 개인적으로 감회가 남달랐으리란 생각이 듭니다. 인고의 세월에 쌓인 자신만의 수업 노하우가 참 많습니다.

그 뒤 국어과 공개수업 때마다 선생님을 만납니다. 제가 생각할 때는 수업 참 잘하십니다. 그런데도 늘 좋은 수업 찾아다닙니다. 셋이 길을 가면 그중에 스승 하나 있다고 하지 않습니까? 누구의 수업에서도 내가 미처 생각하지 못한 것 한두 가지는 얻을 수 있을 것이란 그런 생각인 것 같습니다.

■될 때까지[6]

어제(2013.10.30.수) 오후에 다섯 분 선생님과 함께 대구와룡초등학교 강용운 선생님의 국어과 수업을 참관하고 수업협의회도 참석을 했습니다. 다섯 분 선생님들께서 수업 참관 소감도 잘 말씀해 주셨습니다. 더하여 아주 수준 높은 질문도 해 주셨습니다. 물론 수업자의 답변도 자세히 들었습니다.

---

6) 김영호(2013), 역사, 태현 행복수업 만들기 8 (2013.10.31.목), 79쪽.

우리 학교 선생님께서 이런 질문을 하시고 수업자의 답변을 들었습니다.

"아이들이 발표를 잘한다. 글씨도 차분하게 잘 쓴다. 시간이 촉박한데도 글씨체가 바르다. 평소 어떻게 지도를 하느냐. 노하우를 이야기해 달라."

수업자로부터 아주 특별한(?) 답변을 들었습니다.

"처음부터 지금까지 계속이다. 3월 2일부터 오늘 이 시간까지 계속한다. 최소한 두 달 이상 계속했는가 등을 자신에게 물어보아야 한다. 처음 만났을 때와 같이…"

아이들의 발표하는 방법, 수준, 글씨쓰기, 글쓰기 등에 대한 자세한 설명을 해 주셨습니다. 평범하면서도 특별한 대답이었다는 생각입니다. 그렇습니다. 로마가 하루아침에 이루어지지 않았듯이 교육도 마찬가지입니다. 바로 좋은 결과를 얻을 수는 없습니다. 계속적인 지도, 상호작용, 반복적인 연습이나 훈련 등의 과정이 되풀이될 때만 가능할 것입니다. 수업자는 그 점을 잘 알고 있었습니다. 아는 것을 실천하고 있었습니다. 어제 수업하는 그 순간까지도 학습 훈련은 계속되고 있었습니다.

■ 칠판과 분필, 학습문제[7]

중학교 2학년 때 수학 선생님의 성함은 김○○이셨습니다. 그리 크지 않은 키에 호리호리하셨던 선생님께서는 검은 뿔테 안경을 쓰셨습니다. 항상 왼손에는 출석부와 수학 책을 끼시고, 오른손에는 길이

7) 김영호(2013), 역사, 태현 행복수업 만들기 5 (2013.10.7.수), 61~65쪽.

50cm 정도, 지름 3cm가량 되는 사랑의 매를 들고 들어오셨습니다.

반장이 차렷, 경례를 하면 수업이 시작되었습니다. 요즘은 이렇게 하기보다는 선생님께서 먼저 "○○ 공부 시작하겠습니다." 하시면, 학생들이 "열심히 공부하겠습니다." 이런 형태로 많이 바뀐 것 같습니다. 누가 먼저 하는 게 중요한 게 아니라 가르치는 즐거움과 배우는 기쁨의 문제이겠지요.

그다음에는 수학 선생님답게 하얀 분필로 칠판을 정확하게 가로로 4등분을 하셨습니다. 선생님들도 기억하시겠지만, 칠판에는 아무것도 붙어 있지 않고, 쉬는 시간마다 전 시간에 쓴 내용을 깨끗이 지우는 게 당번의 일과였습니다. 지금 칠판에 붙어 있는 연월일, 학습문제 등은 없었던 것으로 기억합니다. 70년대의 일이니 코팅의 개념이 없었던 시절이라 당연했으리라 생각합니다.

그리고 선생님께서는 좌상우하의 순서로 4등분한 칠판을 일사천리로 하얗게 채웁니다. 수학이니 주로 문제를 푸는 과정입니다. 가끔 개념도 적은 것 같습니다. 학습문제나 목표 같은 것은 쓰지 않은 것으로 생각합니다. 학생들은 하얀 공책을 까맣게 채웁니다. 공책은 가로로 2등분한 것을 좌상우하로 씁니다.

가끔 뒤돌아보시고는 딴짓을 하는 학생들에게는 정확한 제구력을 바탕으로 분필을 던지시곤 했습니다. 조금 심하다 싶은 학생에게는 오른손에 들고 오신 사랑의 매로 딱딱 소리가 날 정도로 머리를 때리기도 하셨습니다.

선생님은 칠판 오른쪽 제일 아래쪽에 마침표를 찍으시고는 잠시 기다리십니다. 빨리 따라 쓰는 학생들은 선생님과 거의 동시에 공책

정리가 끝이 나기도 합니다. 선생님은 흔히 말하는 궤간 순시를 하십니다. 공책을 뒤적여 보시기도 합니다. 머리가 긴 학생은 귀밑머리를 잡아당기기도 합니다. 오른손에는 늘 사랑의 매를 들고 다닙니다. 책이 없거나 공책 정리를 하지 않거나 한눈을 파는 학생들에게는 언제나 알밤을 선물합니다.

수업을 시작한 지 25분을 전후해서 선생님의 설명이 시작됩니다. 사랑의 매는 훌륭한 지시봉이 됩니다. 가끔 주목이 필요할 때는 칠판을 두어 번 치시기도 합니다. 앞서 판서와 마찬가지로 설명도 일사천리로 진행됩니다. 10여 분 동안 설명을 마친 선생님의 입가에는 파도의 물거품 같은 게 생기기도 합니다.

남은 10여 분은 칠판에 보충 문제를 풀고, 질의응답을 하는 시간입니다. 대부분 희망하는 학생들을 시키거나 잘하는 학생들에게 문제를 풀게 했던 것 같습니다. 학생들의 질문은 거의 없었던 것 같습니다. 그렇게 질문을 허용하는 분위기도 아니었습니다. 당시 한 반에 60여 명이나 되는 학생들에게 한 시간의 수업으로서 효과적인 방법일 수도 있었겠다는 생각이 들기도 합니다.

최근에는 중·고등학교 선생님들 수업을 참관할 기회가 없어서 칠판의 부착물이나 수업의 형태가 어떻게 변했는지 잘 알지는 못합니다. 하지만 아직도 칠판은 존재하고 분필도 여전히 많이 활용되고 있습니다. 칠판이나 분필의 성능은 많이 바뀌었겠지요.

한때 칠판과 분필만 사용하는 수업을 성토(?)하던 때도 있었습니다. 그 칠판과 분필 대신 정체 모를 프로그램이 난무한다는 걱정도 있는 게 사실입니다. 매체도 중요하지만, 선생님과 학생, 학생과 학생

간의 소통과 상호작용의 문제이겠지요.

중학교 2학년 때 수학 선생님은 칠판의 전면을 100% 활용했습니다. 지금도 중·고등학교 칠판에는 특별한 부착물이 없다고 합니다. 담임이 거의 전 과목을 수업하는 초등학교와는 다르겠지요.

최근에 이웃 학교 수업우수교사 수업을 참관했었습니다. 좌상우하로 단원과 학습문제, 학습활동을 적었습니다. 그리고 공부 시간 중에 크게 그린 삽화를 몇 개 붙였습니다. 중학교 수학 시간과 마찬가지로 칠판이 꽉 찼습니다. 평소 보았던 초등학교 수업과는 조금 다른 모습입니다.

차이점은 중학교 수학 시간은 판서로만 칠판을 채웠고, 수업우수교사의 수업 시간에는 판서와 삽화가 같이 채운 것입니다. 선생님 나름대로 의도가 있었다고 생각합니다. 칠판이 학습 결과물로 가득 찼다고, 꼭 학생들의 배움이 가득했다고는 할 수 없을 것입니다. 잠시 여백의 미를 생각해 보았습니다.

선생님 교실 칠판 좌우의 게시판에는 무엇이 붙어 있습니까? 어떤 때는 학습에 방해가 된다고 칠판 좌우의 게시판에는 아무것도 붙이지 않는 게 좋다고 한 때도 있었습니다. 지금도 그런 학교가 있습니다. 우리 학교 2013학년도 환경 구성 계획에 '전시를 지양하되, 담임 개인적으로 전시해야 할 것(월중 계획, 청소 구역표)들만 깔끔하게 정리', '학습의 약속이나 학년에서 통일된 내용을 간결하게 게시'라고 되어 있습니다.

일본의 초등학교(소학교)에는 칠판을 제외한 모든 벽면에 게시물이 붙어 있는 학교나 학급도 많습니다. 칠판의 좌우 게시판, 칠판 위에도 커다란 글씨로 구호 같은 것을 붙인 경우가 많습니다.

옆면도 마찬가지입니다. 뒷면은 주로 학생들의 학습 결과물이 있습니다. 국어, 수학, 과학, 미술 등 특정 과목에 국한되지 않습니다. 특정 학생 작품만 게시된 게 아니고, 전 학생의 학습 결과물입니다.

선생님 반의 교실 칠판은 어떻습니까? 무엇이 얼마나 붙어 있는지요? 수업 참관을 하거나 수업발표대회 심사를 할 때 본 초등학교 교실에는 다음과 같은 것들이 붙어 있었습니다. 교실에 따라서 가감이 있겠지요. 연 월 일, 단원, 학습문제(또는 공부할 문제, 또는 기호 - ☆, ♡, ♣ 등), 학습활동(주로 1, 2, 3까지), 모둠이름표, 모둠별 활동 실적, 그날그날의 시간표, 자석, 자석집게, 자석이나 자석집게에 붙은 유인물 등입니다. 주로 코팅된 것이 많습니다.

그리고 분필로 여러 가지 확인하는 내용이 있는 경우도 있습니다. 칠판에 항상 붙어 있어야 하는 것도 있지만, 그렇지 않을 것들도 있습니다. 또한 코팅을 하지 않고, 그때그때 분필로 쓰는 것도 한 방법일 수 있습니다.

칠판에 항상 붙어 있어야 하는 것과 그렇지 않은 것의 기준은 무엇이겠습니까? 공부 시간에 교사나 학생들이 얼마나 효율적으로 수업을 할 수 있느냐 하는 것입니다. 수업 시간에 조금씩 배움을 채워 가는 그런 칠판을 생각해 봅니다.

마지막으로 학습목표와 학습문제에 대한 것입니다.

교사용 지도서에 보면 교과에 따라서 수업목표, 학습목표 등으로 기술이 되어 있습니다. 용어에 따라서 약간의 차이가 있기는 하지만, 한 시간의 수업으로 달성해야 할 목표임에는 틀림이 없습니다. 따라서 여기서는 학습목표라고 하겠습니다.

국어과의 학습목표에 '인형극에 대하여 알 수 있다.'라고 기술되어 있습니다. 교육학자들의 따라 목표를 정의하는 게 조금씩 차이가 있습니다. 교수·학습안을 작성하실 때 주제, 학습목표를 쓰실 때도 위와 같이 기술합니다. 세안을 작성하는 경우에는 세 가지 영역으로 나누어서 기술을 하기도 합니다.(지식, 기능, 태도 등)

실제 수업에 있어서는 학습목표란 용어 대신에 학습문제를 사용합니다. 학습문제를 해결하면 학습목표에 도달한다고 보면 됩니다. 교수·학습안의 도입 단계 다음에도 마찬가지로 학습문제 확인으로 기술합니다. 학습문제 대신에 학습목표를 사용하다고 해서 틀렸다거나 큰일이 나는 것은 아닙니다. 초등학생의 발단단계를 고려한 것이라고 보시면 됩니다.

중고등학교의 경우는 초등학교와 조금 다릅니다. 수업발표대회에 참가하는 선생님들의 교수·학습안에도 초등학교 같으면 학습문제라고 쓸 것은 학습목표라고 씁니다. 칠판에도 당연히 학습문제가 아니라 학습목표가 붙어 있습니다. 교수·학습안의 단계는 전부 도입, 전개, 정리로만 되어 있습니다. 교수·학습안에 대해서는 다음에 상세하게 안내해 드리겠습니다.

학습목표가 '인형극에 대하여 알 수 있다.'라고 한다면, 칠판에는 학습문제로 '인형극에 대하여 알아봅시다.'라고 쓰면 무난하겠습니다. '인형극에 대하여 알아보기'라고 쓰기도 합니다. 교과의 특성에 따라서 도덕과에서는 '--- 나의 선택은?'으로 기술하거나, 과학과에서는 '---의 결과는?' 등으로 기술하기도 합니다.

초등학교의 칠판에는 학습목표 대신에 학습문제, 공부할 문제, 또는 반에서 약속된 기호를 사용하시면 되겠습니다. 의견만 모아진다면 하나의 용어나 기호로 사용하는 것도 좋은 방법입니다.

예를 들어 우리 학교의 교표(앞면에는 교표, 뒷면에는 자석)를 칠판에 붙이고, 학습문제를 씁니다. 학생들은 이라고 쓴 다음에 학습문제를 쓰는 것(: 인형극에 대하여 알아보기)입니다. 이렇게 하면 좋은 점도 있고, 그렇지 못한 점도 있을 것입니다.

먼저 좋은 점은 모든 학생들이 우리 학교 상징인 교표를 늘 가까이 하게 됩니다. 또한 교표 다음에 선생님이 쓰는 것은 그 시간의 학습문제라는 것을 알 수 있습니다. 이것은 1학년부터 6학년까지 공통입니다. 특별실이나 방과후학교 등 수업이 이루어지는 모든 교실에 하나씩만 있으면 해결되는 문제입니다.

2005년 함지초 개교 때부터 위와 같은 방법을 사용하였는데, 선생님들이나 학생들 모두에게 좋았습니다. 지금도 사용하는지 궁금해서 함지초에 전화해 보니, 잘 사용하고 있다고 합니다. 좋지 않은 점을 굳이 찾는다면 너무 통일(?)하는 것이라고나 할까요?

'학습문제'와 같은 매일, 시간마다 활용하는 것은 코팅으로 해서 붙이면 좋겠습니다. 그리고 시간 시간의 학습문제는 분필로 쓰는 게 제일 좋다는 생각입니다. 편리성, 간편성, 경제성을 고려해도 최선의 방법일 것입니다.

간혹 공개수업을 할 때 별도의 프린트물이나 코팅 자료를 활용기도 하는데, 단지 전시효과일 뿐입니다. 한때는 학습문제를 PPT로 제시하는 게 유행하기도 했었습니다.

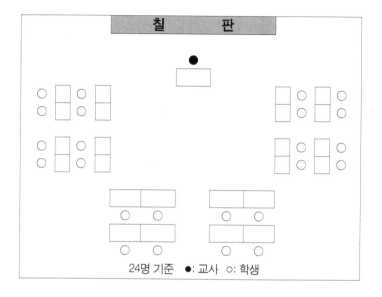

● 디귿자 기본형에서 조금 변형된 부채형

8) 김영호(2013), 역사, 태현 행복수업 만들기 8 (2013.10.31.목), 76~79쪽.

한 교실에 50명 이상, 많으면 100명 가까이 공부하던 시절도 있었습니다. 호랑이 담배 피우던 시절 같은 이야기입니다. 그런 교실에서는 담임선생님이 교실 앞에서 뒤로 가실 때는 복도를 이용했다고도 합니다. 교실 안에서는 뒤로 갈 공간이 없었겠지요. 학생들의 책상 배치는 당연히 일자형─입니다. 그게 가장 효율적이었겠지요. 많은 학생들을 지도하는 데 다른 방도도 없었던 것 같습니다.

올해 우리 학교 반별 학생 수는 19명에서 26명입니다. 바로 앞의 이야기와 비교하면 참 격세지감을 느낍니다. 학생들의 체격은 옛날보다 많이 좋아졌습니다. 두 명이 책상 하나를 사용하던 것이 이제는 책상 하나에 걸상 하나로 바뀌었습니다. 책걸상 높낮이도 조절이 가능하도록 되어 있습니다.

앞쪽의 그림과 사진 잘 보시기 바랍니다. 처음 것은 디귿자형의 기본입니다. 24명을 기준으로 했습니다. 선생님도 앞에 책걸상 하나 가져다 놓으시면 됩니다. 앉아서도 한눈에 들어옵니다. 학생 수에 따라서 자리 배치도 조절이 가능하겠지요.

이런 형태로 했을 때 불편한 것이 하나 있습니다. 텔레비전 보기는 좀 어렵겠지요.(텔레비전을 활용하는 수업에 대해서는 다음 기회에 안내해 드리겠습니다.) 기본형에서 학생 수나 학년 특성을 고려해서 다양하게 변형해서 책상을 배치할 수 있습니다.

외부의 수업 참관 및 협의회 참석하신 분들에게는 익숙한 배치일 것입니다. 수업협의회 장소가 교실이면 100% 1쪽과 같은 기본형이거나 조금 변형해서 배치해 놓고 있습니다.

오늘 6학년 다도교육을 잠깐 참관하니 역시 이런 형태입니다. 다도 수업 특성상 복선 배치가 아니고 단선 배치였습니다. 1쪽과 같은 책상 배치의 좋은 점입니다. 수업 집중, 상호작용, 선생님이나 학생들이 어느 자리에서나 서로 잘 보이는 것 등의 좋은 점이 있습니다. 물론 단점도 있겠지요. 텔레비전을 활용하는 수업을 하기에는 좀 힘이 들 것입니다.

거울 만들기 또는 거울 보기

내 거울 만들기

　1999년 3월 1일부터 2005년 2월 28일까지 대구교육대학교대구부설초등학교에 근무를 했다. 부초는 교육부지정 상설연구학교이면서 교육대학생들의 실습 학교이기도 하다. 교사 선발은 교과별 희망자 중에서 부초의 역할을 충실히 수행할 수 있는 자를 뽑는다. 이 대목에서 부초는 여러 선생님들의 선망의 대상이다. 하지만 간혹 원성의 대상이 되는 것을 부인하기는 어렵다.

　다음은 대구교육대학교대구부설초등학교에 6년 동안 근무하면서 교육실습 및 교대 강의와 관련된 내용으로 내 거울 만들기 및 거울 보기를 해 본다.

■ 謙讓之德[9]

넘버 3

"다 되어 가는가?"

---

9) 대구교육대학교대구부설초등학교에 4년째 근무 중이던 2002년 12월에 쓴 글이다

"뭘 말씀입니까?"

"어허, 그거 있잖아."

"그거라니요?"

"교감 말이다."

"허허…"

"왜 웃기만 해?"

"저는 해당 사항 없는데요. 저는 넘버 3입니다."

8년 전, 6학년을 같이 한 분들의 모임에 가면 인사 겸 농담 반 진담 반으로 나누는 이야기이다.

일반 학교 선생님들은 부초에 가면 모두가 교감 자격 연수 지명을 받는다고 생각한다. 그렇다면 우리 부초에 계시는 분들이나 새로 오시는 선생님들도 모두가 교감 자격 연수 지명을 받을 수 있다고 생각하는가?

아니다. 지금 가르치는 것, 교육 활동의 목표가 승진에만 있는 것은 절대 아니다. 개인적으로 보면 일반 학교에서 15년 경력을 쌓고, 16년이 되던 해에 부초에 들어와서 올해로 4년째가 된다.

같이 계시던 선생님들은 이런 말씀을 하셨다.

"축하해, 힘들 텐데."

"좋겠다. 이제 교감은 따 놓은 당상이다."

"건강 생각하세요."

같이 계시거나 근무를 마치고 공립학교에 근무하는 부초 선배 선생님들이 하신 말씀은 아직도 귀에 생생하다.

"건강 조심해라."

"빡시다.(힘들다)"

"모임 줄여라."

전입하기 전에 부초가 힘들다는 것을 알고는 있었지만, '힘들면 얼마나 힘들겠는가 모두가 사람이 하는 일인데' 하는 위안을 가졌었다.

그 일 년을 보내고 나니 남는 것이 없을 수 없었다. 지난 15년 동안 공개수업 한 것보다 더 많은 공개수업을 하고, 가르치는 것이란 어떤 것인가를 깨달을 수 있었다. 또 건강에 문제가 생긴 것이다. 비교적 건강하고 체력이라면 자신이 있었지만, 신경성 위염으로 몇 달 고생을 해야 했다.

'역시 힘든 곳이구나. 그렇지만 보람도 많은 곳이구나.'

빠질래 실래

"빠질래, 실래('셀래'의 사투리)"

부초에 들어오는 후배 선생님들께 농담으로 던지는 말이다. 물론 남녀 구분이 있을 수 없다. 개개인의 신체적인 특성에 따라 당연히 머리가 빠지거나 세는 것이겠지만, 유독 부초에 근무하는 선생님들이 그런 현상이 많은 것은 우연의 일치만은 아니리라.

부초의 하루는 바쁘다. 하루가 바쁘니 한 달이 바쁘고, 한 학기가 바쁘고, 일 년이 바쁜 것은 당연한 이치다.

매일 학생들을 가르치는 것은 교사 본연의 가장 중요한 일이다. 그리고 교육부 상설 연구학교, 교육대학생의 교육실습, 교과용 도서의 실험학교, 그리고 각종 학교 행사는 부초인의 노력과 헌신을 요구한다. 이런 격무는 필연적으로 신체의 균형을 깨뜨리게 되어 '빠질래'와 '실래'의 선택을 강요받는다.

개인적으로 전부터 센 머리카락이 없었던 것은 아니지만, 올해 들어 부쩍 서리가 내렸다. 선택해야 한다면 '빠질래'보다는 '실래'가 좋다. 신체의 특정 부위가 허전한 것보다야 색깔의 변화를 선택하는 것이 좋지 않은가?

謙讓之德

부초 교육은 이른 아침부터 늦은 밤까지 이어진다. 방학도 특별히 예외는 아니다. 이런 교육 활동은 충실한 열매로 결실을 맺지만, 건강을 해치게 되고 '일밖에 모르는 사람'이란 이야기를 듣게도 한다. 또 '승진에 목맨 사람'이란 오해를 받기도 한다. 나 역시 대학 동기들이나 후배들에게 이렇게 비친 적이 한두 번이 아니다.

그러나 사람에 무엇인가에 열중하는 것은 좋은 일이 아닌가? 그것이 사람을 상대한 것이라면 더욱 그러리라. 그렇다고 나는 일에 미친 사람도 아니고, 승진에만 목을 달고 있는 것도 아니다. 단지 생각의 다름일 뿐이다. 동전의 양면을 생각한다면, 일반 학교 선생님들이 우리 부초의 실정을 충분히 이해할 수가 있고, 우리도 일반 학교 선생님들의 심정을 충분히 이해할 수 있다.

나도 부초에 오기 전에는 부초에는 매년 일정한 수만큼 승진 기회를 배정한다는 이야기를 듣고 몹시 불공평하다는 생각을 했었다. 학생들 가르치는 일에서 일반 학교와 부초가 얼마나 차이가 있으며, 잘 가르친다는 것이 잘 드러나는 것도 아닌데, 하는 생각이었다. 여기에는 부초에 대한 동경과 시기, 질투가 뒤섞인 복잡 미묘한 심정이라는 것이 옳은 표현일 것이다.

이미 부초인이 된 지 4년째가 된 지금 모든 부초인에게는 어떤 방법으로든 그 노력과 희생에 대한 보상이 주어져야 한다는 생각이다. 팔이 안으로만 굽는 탓일까?

일반 학교 선생님들은 부초에 대해서 어떤 생각을 하고 있는가? 부초에 들어오기 위해서는 그 누구보다도 수업에 자신감을 가지고 있어야 하며, 고생이 이만저만이 아니라는 것을 잘 알고 있다. 그리고 매년 교감 자격 연수 지명 대상자가 있다는 것도 알고 있다.

본교는 2002학년도 전입 대상자 추천에서 어떤 과목은 지원자가 너무나 많아 3배수로 추천된 선생님보다 그렇지 못한 선생님들이 훨씬 더 많았다. 그렇다면 그 많은 선생님들이 승진의 기회 하나만 보고 부초에 오려고 한 것일까? 아니다. 힘들지만 부초의 분위기에 함께 동참해 보겠다는 후배 선생님들이 아직도 많다. 이것은 부초 발전의 가장 큰 요인이 될 것이다. 학교 시설은 일반 학교에 비해 뒤떨어진 부분이 상당히 많다.

또 교육부 소속이라는 이유로 교육청으로부터는 자금 지원은 하나도 받지 못하면서 일반 공문서 처리 등의 의무는 다해야 하는 것이 지금 부초의 실정이다. 일 년에 교육부 점수에 해당하는 세 가지 일을 하면서도 한 가지 일만 하는 일반 교육부 연구학교와 똑같은 점수를 받고 있다. 다 좋다. 일 년에 세 가지 점수를 다 받을 수는 없는 일이다.

어느 부초나 구성원 모두가 가장 열심히 노력하는 집단임에 틀림없다. 또한 평균치로 환산해서 가장 우수한 교원 집단인 것도 부인할 수 없는 사실이다. 많은 선생님들이 교사 교육을 위한 원고 작성과 강의에 참여하고 있는 것도 사실이다. 강의를 마치고 나서 두 종류의 이야기를 직간접적으로 들을 수 있다.

"야 정말 대단해, 참 유익한 연수야. 부초 선생님들 정말 고생이 많다."

"흥, 잘났어, 정말. 혼자 똑똑하다니까. 누가 그런 걸 모르나?"

대부분 첫 번째 이야기를 많이 듣지만, 두 번째 이야기가 간간이 들리는 것은 무엇 때문일까? 많은 초등학교 선생님들이 대학원 교육을 마쳤거나 하고 있으며, 박사 학위를 가진 선생님들도 적지 않다. 그러므로 이론적으로는 얼마든지 많이 알고 있을 수도 있다. 또 교육이란 학생을 대상으로 하고, 그 학생들을 가르치는 것이기 때문에 수업과 관련짓지 않을 수 없다. 공허한 이론만으로는 선생님들의 욕구를 충족시킬 수가 없다.

이런 두 가지도 문제가 되겠지만, 가장 큰 이유는 자만(혹은 잘난 체하는 것, 건방진 것 등)이 아닐까? 속담에 "사촌이 땅을 사면 배가 아프다."라는 말이 있듯이 같은 동료일지라도 축하의 이면에는 시기와 질투심을 조금이라도 가지는 것이 인지상정일 것이다.

그래서 우리 부설인의 미덕으로 겸양지덕을 생각해 본다. 나를 낮추는 것은 나를 욕되게 하거나 비굴해지는 것이 아니다. 너무 지나쳐 과공비례라면 문제겠지만, 충분한 실력을 갖추고 나를 낮추는 것은 상대방에 대한 배려임과 동시에 자기 자신을 더욱 돋보이게 하는 것임에 틀림없다.

事必歸正

세상의 이치가 물 흐르듯이 된다면 아무 문제가 없을 것이다. 그러나 각기 다른 외모와 그 외모만큼이나 다른 생각을 가진 사람들이 어울려 살아가는 것이 사회이다. 학교도 크게 다를 바 없다.

우리의 부초 교육 활동이 지금 당장 어떤 보상을 받을 수 없다고, 남을 탓하거나 아쉬워 할 필요는 없다. 우리의 교육 활동을 알아주지 않거나 폄하한다고 노여워할 필요도 없다. 올해 자격 연수가 지명자가 생각보다 적다고 울분을 토로할 필요도 없다. 우리가 이것만 바라보고 부초 교육을 하고 있는 것은 아니다.

우리가 하는 모든 일을 우리가 생각하듯이 남들이 다 알아주지는 않으며, 남들이 하는 일을 그들이 생각하듯이 우리가 다 알아주지도 않는 것이 현실이다.

그러나 우리가 꼭 명심해야 할 것이 있다. 한 사람의 힘은 한 사람의 힘으로 끝나지만, 여럿이 합한 힘은 그 여럿의 몇 배의 힘을 가지게 된다는 것이다. 우리 부설인이 자중지란에 빠지지 않고 단결해야 하는 이유가 여기에 있다. 또 남들이 우리를 알아주고 이해해 주기 전에 우리가 먼저 그들을 이해하고 그들 속으로 들어가 보자. 나를 가꾸는 것에 게을리 하지 않으면서, 나를 내세우기보다는 나를 낮추는 것에 더 익숙해지도록 하자.

세상의 이치는 사필귀정이다. 조금 빠르고, 조금 늦음의 차이일 뿐이다.

스쳐 가는 바람에도 의미를 주기 나름이다. 어제나 오늘이나 내일이나 수없이 많은 만남을 '스침'이 아닌 '인연'으로 만들어 갈 부초인들을 생각하며….

"잘돼 가나?"

"예, 다 됐습니다."

■ 교생 지도

대구교육대학교대구부설초등학교에 6년을 근무하면서 100여 명의 교생들과 동고동락하였다. 모두가 2주 이상 같이 생활한 교생들이다. 교대 1학년 1일 참관실습을 더하면 숫자는 배가 된다.

많은 교생 중에서도 기억에 남는 몇 명이 있다. 모두가 초등교육을 위해서 학교 현장에서 열심히 '교학상장' 하는 선생님들이다.

그중에서 제주도 추자초등학교에 근무하는 장봉철 선생님과의 인연은 특별하다. 2001년 6학년 1반에 실무실습을 나온 장 선생님의 그 당시 나이는 34세였다. 일반대학을 나와서 식품회사에 다니다가 뒤늦게 대구교대에 학사편입을 했다. 결혼까지 한 상태였다. 다른 교생들과는 거의 10여 살 차이가 나니 사석에서는 모두들 형이라고 불렀다. 불어를 전공해서 그런지 영어 수업을 참 잘했다. 2주의 실습을 마치는 10월의 토요일에 장봉철 선생님이 교생 대표로 인사말을 했다. 순전히 나이가 제일 많다는 이유뿐이었다. 하지만 그 인사말은 부초 6년을 근무하면서 들었던 그 어떤 인사말보다 가슴 울리는 것이었다.

"제주도의 푸른 초원을 지나 등교하면서 학교 선생님이 되고 싶었습니다. 오늘 그 초등학교 선생님이 되기 위한 여러 과정 중에 하나를 마치는 날입니다. 부초에 오기 전에는 걱정을 많이 했지만, 참으로 유익하고 즐거운 시간을 보냈습니다. 특히, 우리 교생들을 위해 차가운 교실 바닥에서 밤을 새시는 담임선생님은 …"

그 뒤로도 한 편의 서정시를 보는 듯한 인사말이 이어졌다. 그해 제주도 임용고사에 무난히 합격을 하였다. 뒤로 들으니 임용고사 치기 전에 모친이 정화수를 떠 놓고 늘 기도했다고 한다. 그 뒤로도 자주 소식을 주고받고 왕래도 있었다. 첫 발령지인 시골 학교에서 제주도 영어연극대회에서 대상을 받는 등 탁월한 성과를 거두기도 하였다.

2011년 11월 대구광역시교육청 장학사로 근무하면서 제주도로 출장을 갔었다. 1박 2일 일정이었는데 2일째 오전에 업무 협의가 끝나고 비행기 시간에 여유가 있었다. 택시를 타고 장 선생님이 근무하는 학교에 가서 1시간 동안 수업을 했다. 수업 제재는 '속옷 없는 행복'이라는 글을 읽고 다양한 활동을 해 보았다. 서로 처음 만나는 사이였지만 즐거운 시간이었다. 수업을 마치고 아이스크림을 나누어 먹기도 했다.

2014.3.4. 퇴근길에 전화를 주고받았다.

"잘 지내지? 저녁은 먹었나?"

"예, 잘 있어요. 어디세요?"

"퇴근하는 길이야."

"요즘도 늦게 다니세요?"

"늘 그렇지 뭐. 학년은?"

"예, 영어 교과 전담하고, 중학교 미술을 가르쳐야 돼요."

"중학교 미술을 가르친다고…?"

"예, 학생도 적고, 선생님들도 적고 해서 초·중학교 간 주고받는 수업이 있어요."

"그랬구나. 새로운 경험이겠는데?"

그리고 앞으로 교직 생활이며 살아갈 이야기를 나누다가 자동차 타이어 펑크가 난 것을 뒤늦게 발견하여 새것으로 교체하는 소동이 있었다. 지금은 늘 형님, 동생이라는 호칭으로 만남이 이어지고 있다.

교생 지도의 가장 핵심은 수업이다. 그 외에도 초등교사로서 가져야 할 여러 가지를 함께 생각하는 시간이다. 흔히 말하는 지도강화 시간에도 많은 말을 하지만, 실습 공책에 흔적을 남기는 것도 중요하다. 처음에는 직접 글씨를 썼다. 그러다 보니 많은 생각을 다 적기가 어려웠다. 그래서 컴퓨터로 워드 작업을 해서 생각을 나누었다. 좋은 시나 짧은 글을 넣기도 하고, 일방적인(?) 내 생각을 가감 없이 적기도 했다. 그것은 바로 나 자신을 돌아보는 '거울 보기'였다.

다음은 부초 마지막 근무 해인 2004년 수업실습을 온 대구교대 4학년생들과 나눈 내용이다.

수업실습 1 -교사의 전문성은 수업력

(류시화의 시 '지금 알고 있는 걸 그때도 알았더라면'/ 생략)

시작은 마무리를 위한 출발이요

마무리는 새로운 시작을 위한 출발인 것을

수업실습이 시작되었습니다.

기회는 누구에게나 공평하게 주어지는 것이지만,

그 기회를 내 것으로 만드는 것은 바로 '준비'가 아닐까 생각합니다.

2004. 5. 31.(월)
대구교육대학교대구부설초등학교 3-2 교사 김영호

수업실습 3 -교사의 전문성은 수업력

(효림 스님의 '못생긴 소나무가 산을 지킨다'/ 생략)

우리는 흔히 자신의 잘못을 인정하기보다는 남을 탓합니다. 내가 남에게 사랑과 봉사를 베풀기 전에 받고자 합니다. 자신의 조금 잘난 재주만 믿고 허장성세를 부리기도 합니다. 남에게 받기를 바라기 전에 내가 먼저 베풀어야 하는 것을, 어쭙잖은 재주를 믿기 전에 더 노력해야 하는 것을, 한 손이 하는 일을 다른 한 손이 모르게 하고, 나의 작은 재주를 더 큰 재주로 발전시키는 데 게으르지 않아야 할 것을.

이 모든 것이 처음 가지는 마음에 달렸으니, '시작이 반이다' 했습니다. 그 시작할 때 이 마음은 가질 것을. 시간은 누구도 기다려 주지 않지만, 어떻게 보내느냐는 각자의 몫입니다. 지금에 충실한 삶, 바로 인생을 충실하게 살아갈 바탕이 될 것이라고 확신합니다.

이제 잠시 나를 되돌아볼 시간을 가져 봅니다.

초등교사의 전문성, 누가 뭐래도 공부를 잘 가르치는 것 즉, 수업을 잘하는 것이라고 확신합니다.

2004. 6. 5.(목)
대구교육대학교대구부설초등학교 3-2 교사 김영호

수업실습 6 -교사의 전문성은 수업력

시작이 반이라고 한 것이 엊그제 같은데, 이제 3주에 접어들었습니다. 모두들 다섯 번 정도의 수업을 하셨습니다. 먼저 그동안 이런저런 이야기를 하지 않아도 스스로 알아서 정말 열심히 해 준 선생님들께 감사의 말씀을 드립니다. 이제 초등교사로서 갖추어야 할 여러 가지 덕목 중에서도 중요한 한 가지를, 아니 어쩌면 많은 것을 경험하시고, 그것을 자기 것으로 만들었을 것입니다.

그러면 평소 제가 생각하는 것을 두서없이 말씀드리겠습니다. 사람은 누구나 가치관과 인생관이 다르기 때문에 선생님들의 생각과는 맞지 않을 수도 있습니다. 취사선택하시기 바랍니다.

먼저 교직관의 확립입니다. 누구나 어떤 직업을 가지더라도 자기가 하는 일에 애착이 없이는 일의 보람을 못 느끼고 단순히 몇 시간의 노동의 대가를 받아 가는 것밖에 되지 않을 것입니다. 초등교사로의 긍지와 자부심은 누가 가져다주는 것도 아니고, 지켜 주는 것도 아닙니다. 내가 찾고, 내가 지켜 가는 것 아니겠습니까?

만남을 중요하게 생각하십시오. 실습에서 만난 학생 한 명 한 명은 소중한 인격체이며 나의 존재 가치를 더하게 하는 소중한 존재입니다. 스쳐 가듯 만나는 사람일지라도 언제 다시 만나 어떤 일이 생길지 모르는 일입니다. 그리고 학문과의 만남은 내 인생을 더욱 살찌우고 초등교사로서의 전문성 신장에 큰 이바지를 할 것입니다.

자율과 책임을 실천하십시오. 학생이나 교사나 충분한 자율이 필요합니다. 그러나 자율은 반드시 그에 따르는 책임을 다했을 때, 진정한 가치가 있는 것입니다. 학생들에게 자율을 주십시오. 그러나 반드시 그에 대한 책임을 다하도록 철저한 지도와 함께 노력하는 시간이 필요할 것입니다.

학생들에게 부르짖기 전에 교사인 내가 먼저 솔선수범하시면 어떻겠습니까?

환경에 적응하되 절대 안주하지 마십시오. 학교마다 환경이 다릅니다. 이것저것 불평하기 전에 그들을 이해하십시오. 그러나 안주하지 마십시오. 아니다, 라고 생각되는 것은 변화와 개혁을 해야 하는 것입니다. 나 하나의 노력이 때로는 많은 것을 바꿀 수 있습니다.

관점을 가져야 합니다. 무조건적인 찬성이나 비판은 자칫 흑백 논리에 휘말리기 쉽습니다. 나의 일에 긍지와 자부심을 가지면서도 스스로 자신을 되돌아보고 앞으로 나갈 길을 생각하십시오. 아이들에게 일기를 쓰라고 하기 전에 자신의 교단일기를 써 보는 것은 어떻겠습니까?

사랑하는 마음과 수업력을 겸비하십시오. 뭐라고 해도 교사의 첫째 조건은 사랑이 아닌가 생각합니다. 사랑이 담기지 않은 교육 활동을 생각해 보셨습니까?

그리고 수업력을 갖추십시오. 사랑만의 교사도 아니고, 수업만 잘하는 교사도 아닌, 사랑으로 멋진 수업을 하는 초등교사가 되십시오. 수업력을 갖추기 위해서는 많은 수업을 볼 필요가 있습니다. 잘하는 수업을 보면서 내가 만일 저 수업을 한다면 어떻게 하겠다는 비판적인 안목을 가져야 할 것입니다.

많은 수업(공개수업)을 하십시오. 칭찬보다는 나무람에 귀 기울이고 정진한다면 머지않아 길이 보일 것입니다. 더불어 전문적인 공부(예를 들어 대학원)를 곁들인다면 이론과 실기가 겸비된 그야말로 금상첨화가 아닐까 생각합니다.

저는 수업을 할 때마다 교육실습생 시절 학교단위 수업(그 당시는 갑종수업이라고 했음)을 마치고, 협의회에서 총평을 하신 김문웅 교수님을 잊지 못합니다. 평의 모두를 나무람과 질책으로 일관하셨던 그때의 기억이 아니라면 지금의 나는 이 자리에 없었을지도 모르고, 설사 교직을 지키고 있다고 해도 이만큼의 성장을 하였을까, 하는 생각을 합니다. 귀에는 거슬리는 말이 행동에는 이롭다는 말이 새삼 실감납니다.

끝이 좋으면 다 좋다고 했습니다.

아, 그리고 건강은 그 무엇보다도 소중한 것입니다.

부디 처음 가진 그 마음, 초발심을 길이길이 간직하시길…

2004. 6. 15.(화)
대구교육대학교대구부설초등학교 3-2 교사 김영호

교생실습을 마치기 전에 교생들에게 담임과 학생들의 평가를 하게 했다. 개인별로 서술식으로 작성을 한다. 물론 이 내용은 교생 개개인의 평가에도 반영을 하였다. 내용이 충실한 것은 그만큼 실습을 열심히 했다는 반증이기도 하다. 또한 내가 생각하지 못하는 나 자신의 장단점을 발견하기도 한다. 늘 함께 생활해서 잘 모르는 학생들의 장단점을 깨우치는 거울이 되기도 한다. 모두의 '거울 보기'이다. 다음은 교생들의 담임 및 학생 평가이다.[10]

팔은 안으로 굽는다

2주 전, 이 교실에 들어 왔을 때 커다란 아이들을 보며 무척이나 놀랐던 생각이 난다. 그러나 지금 아이들을 떠올려 보면 마냥 아이란 생각뿐이다. 아이란 말 그대로 순수함을 고스란히 지니고 있다는 생각에 처음처

---

10) 2000년 대구교육대학교대구부설초등학교 6학년 2반에 실무실습을 한 대구교육대학교 4학년 다섯 명(김영화,김창덕,김현자,박경옥,채경옥)이 담임과 학생들에 대한 '거울 보기'를 한 내용의 일부이다.

럼 그렇게 불안한 생각은 들지 않는다.

6학년 2반 아이들.

다른 반 아이들과는 달리 참 예쁘다. 팔이 안으로 굽는 것 같지만 6학년 중에서도 제일 순수하고 붙임성이 많은 것 같다. 아침에 눈을 마주치고 웃으면서 인사하는 아이들도 많고, 수시로 시시콜콜한 자기 일들을 이야기해 주는 친구도 있다. -(중략)-

우리 담임선생님.

이런 아이들의 아빠 같은 선생님이란 생각이 든다. 짙은 눈썹, 꼿꼿한 자세로 무서운 선생님일 거라 생각하였는데, 아이들 앞에선 짙은 눈썹 사이로 웃음 주름을 내보이시는 선생님의 모습이 참 인자해 보이신다. 그래서 그런지 남자 선생님 특유의 멋으로 남자아이들의 짱으로 불리시지 않나 싶다.

"선생님을 좋아하는 것 같아요. 그런 것 같아요."

교생으로서 우리 선생님을 빡신(?) 선생님, 할랑한(?) 선생님 두 부류 중 하나로 구분하고 싶지는 않다. 단순히 둘 중에 하나로 표현하기에는 참 애매한(?) 선생님이기 때문이다. 아이들을 보는 눈빛에서도, 교생을 바라보는 눈빛에서도 한마디로 표현할 수 없는 멋을 지니고 계신 분이란 생각을 한다.

아이들은 어리다

실습을 오기 전, 태풍이 온 나라를 시끄럽게 했다. 풍요로워야 할 가을에 여기저기서 안타까운 소리만 들려올 뿐이었다. 실습을 오기 직전, 태풍 때문에 아이들이 학교도 오지 않은 날이 있었다. 실습을 나갔을 때는 어떨지 걱정도 되었다. 모두들 추석이 지난 터라 실습에 대한 긴장감은 별로 없었던 것 같다. 편안한 마음으로 시작한 실습 기간은 담임선생님의 배려와 교생들 간의 화목한 분위기로 끝까지 잘 이끌어 나간 것 같다. 2주 전, 학교의 교문을 들어설 때의 자세보다 지금 더욱 긴장되는 것 같다. 이제는 실수가 있을 수 없고, 나의 아이들을 맡게 될 것이기 때문이다. 6학년이라는 점에서 아이들과의 관계, 학습 지도 방안, 생활 지도 등 많은 것이 부담되었다. -(하략)-

선입견

처음 학교에 도착하였을 때의 깨끗함과 교문에서 아이들이 하는 인사는 참 반가웠다. 이리저리 다녀 보아도 학교 안은 깨끗하였고, 아이들도 깨끗하였다. 아이들을 만나면서 보니 아이들이 약간은 낯을 가리는 편이 있었다. 많은 교생을 만난 아이들과는 달리 분위기가 조금은 서먹하였다. 학생들의 이름을 불러 주었을 때 반응은 자기들의 이름을 불러 주어 좋아하는 아이도 있었고, 별 반응이 없는 아이도 있었다.

아이들 대부분이 단정하고 깔끔한 교복을 입고 있었다. 수업 중에 발표를 시키면 또박또박 분명하게 대부분이 발표를 잘해 주었다. 학습 정도는 높은 수준을 유지하고 있었고, 아이들은 저마다의 개성이 뚜렷하였다. 자기 나름대로의 목표를 가지고 있는 아이들도 있었고, 좀 더 놀이에 신경을 쓰는 아이들이 있었다. 가만히 생각해 보면 다른 초등학교의 학생들과 다를 바 없다. -(하략)-

무엇보다도

그러나 아이는 아이였다. 시간이 흐르고 우리도, 학생도 얼굴이 눈에 들어왔다. 한두 명씩 농담도 하고 인사도 반갑게 받아 주었다.

무엇보다도 6학년 2반은 담임선생님과 학생들이 친하게 지내는 모습이 보기 좋았다. 교실에 카펫이 깔려 있어서 학생들이 제 집처럼 편하게 생활하고, 수업 시간 이외에 선생님과 함께 재미있는 대화도 나누고 가끔씩 장난도 치는 모습이 마치 아버지와 아들 같았다.

특히, 남학생들이 여학생들보다 더 선생님과 친근하게 지내는 것 같았다. 여학생들은 사춘기에 접어들어서인지 또래들끼리 더 잘 어울렸다. 학생들이 선생님과 친구처럼 지낼 수 있는 것은 선생님이 학생들에게 좀 더 가까이 다가가기 때문이 아닐까 한다. -(하략)-

도우미

우리 반 친구들이 가장 멋있어 보였을 때는 자연 수업 후에 자연 도우미들이 스스로 뒷정리를 하는 모습을 봤을 때이다. 이날 실험 후 뒷정리하라고 말하는 것을 잊어버렸는데, 벌써부터 뒷정리를 하고 있는 모습을 보며 고맙기도 하고 미안한 마음도 들었다.

다른 학교에서도 도우미 활동을 하는 것은 많이 봐왔지만, 대개 특정 과목에 소수의 아이들만이 도우미로 활동한다. 하지만, 우리 반에서는 모든 아이들이 한 가지 과목씩은 도우미를 맡고 있으며, 자기 맡은 바 임무에 아주 열심히 하는 모습을 보여주어서 훨씬 대견했다.

교생실습을 마치면 반 학생들에게 교생 선생님 평가를 하게 한다. 모둠별로 작성을 한 다음에 전체 의견을 종합한다. 교생 평가에도 반영을 한다. 교생 개개인의 평가에는 담임인 나와 교생이 쓴 학생 및 담임 평가, 학생들이 쓴 교생 평가가 들어간다. 지금으로 보면 다면평가의 개념이다. 지금의 교원능력개발평가에 학생의 의견이 반영된다. 간혹 학생들이 뭘 알겠느냐고 하는 것을 보기도 하지만, 학생들의 눈은 정확하다. 담임인 내가 보지 못하는 교생 선생님들의 장단점을 찾기도 한다. 다음은 6학년 학생들이 교생 선생님들을 평가한 내용이다 2000년 대구교육대학교대구부설초등학교 6학년 2반에 학생들이 실무실습을 한 대구교육대학교 4학년 다섯 명(김영화, 김창덕, 김현자, 박경옥, 채경옥)에 대한 '거울 보기'를 한 내용이다.[11]

교생 선생님과 헤어지면서

처음 교생 선생님이 오셨을 때 우리는 별 생각이 없었다. 그동안 수많은 교생 선생님들과 수업을 같이 하였기 때문이다. 하지만 교생 선생님들께서는 우리들과 친해지려고 노력하고 계셨다. 우리는 그 마음을 헤아려 드리지 못하여서 죄송하다. 그리고 마지막 실습인데 교생 선생님들을 많이 도와드리지 못해서 안타까웠다. 교생 선생님들은 열심히 노력하셨는데, 우리가 너무 떠들어서 교생 선생님들께서는 더욱더 힘든 생활이셨을 것이다. 짧은 2주였지만 우리들은 교생 선생님들의 장단점을 잘 알 수 있었다.

먼저 ○○○교생 선생님께서는 유머 감각이 있으시고 노력을 많이 하신다. 음악과 사회 시간에 우리들을 위해 춤과 노래를 부르며 우리들이 더 재미있고 즐거운 공부를 할 수 있게 도와 주셨다. 그리고 우리들을 위해서 언제나 우리들이 웃을 수 있게 재미있는 이야기와 애드리브를 잘 생각

11) 2000년 대구교육대학교대구부설초등학교 6학년 2반에 학생들이 실무실습을 한 대구교육대학교 4학년 다섯 명(김영화,김창덕,김현자,박경옥,채경옥)에 대한 '거울 보기'를 한 내용이다.

하신다. 사실 그렇게 하는 것도 쉽지 않을 텐데 말이다. 썰렁하든 재미있든 노력하시는 모습이 보기 좋았다.

다음으로 ○○○교생 선생님께서는 친절하시고 우리들이 잘 이해할 수 있는 말로 수업을 잘 이끌어 나가셨다. 어떻게 보면 수업 때와 평소 때의 말투가 아주 다르다. 그만큼 수업에서 사용하는 말씨가 아주 좋은 것 같다. 그래서 더욱 친근감이 느껴지고 편안하다. 저번에 아이들 사이에서 조그만 싸움이 일어났었다. 그때 ○○○선생님이 나서서 왜 싸우느냐며 타일러 주시고 싸움을 말려 주셨다. 심한 싸움은 아니었지만, 그때 그치지 않았더라면 당한 아이의 몸은 온통 상처투성이가 되었을지도 모른다.

그리고 ○○○교생 선생님께서는 수업을 다양하고 재미있게 가르치셔서 지루하지 않았다. 또, 수학에 대해서 자세히 우리들에게 가르쳐 주셨다. 이뿐만이 아니라 우리들의 마음을 잘 배려해 주신다. 언제나 밝게 웃으시는 얼굴을 자주 볼 수 있다. 교생 선생님들 중에서 제일 밝으시다. 그래서 선생님의 얼굴이 제일 기억에 남는다.

○○○교생 선생님께서는 준비물을 철저하게 챙기시고 "작은 고추가 맵다."는 속담이 있듯이 다른 선생님들보다 키도 작으시면서 남보다 더 힘든 일을 하신다. 다양하게 수업을 하셔서 우리들에게 밝은 웃음을 주신다. 또, 우리들의 마음을 잘 이해해 주셔서 우리들이 아주 편안하다.

마지막으로 ○○○교생 선생님은 마인드맵을 할 때 다양한 생각으로 아주 예쁘게 꾸며 주셨다. 또, 공부 시간에 다른 선생님들과 달리 한 가지에 대해서 아주 자세하게 설명해 주셔서 그것에 대해서 아주 잘 알 수 있다. 그리고 피아노도 정말 잘 치신다.

이런 다섯 분의 교생 선생님들은 정말 각자 자신의 교육 방법을 이용해 우리들을 아주 잘 가르쳐 주셨다. 언제나 밝은 웃음으로 말이다. 하지만 이러한 교생 선생님들도 각자의 단점이 있다. 그 단점은 몇몇 교생 선생님들은 수업 시간에 존댓말을 쓰지 않는 것이다. 물론 우리보다 나이는 많으시지만, 그래도 수업 시간만큼은 존댓말을 써야 되는데 말이다. 여러 사람 앞에서는 공손히 말하며 예절을 지켜야 하는 수업 시간에 말을 높여 주셨으면 더욱 좋겠다. -(중략)-

그동안 말썽 많은 우리들을 가르치기 위해 얼마나 많은 고생을 하셨는지 짐작이 간다. 우리와 더욱 친해지기 위해, 우리를 잘 가르치기 위해 고생하시는 교생 선생님들의 위해 우리 반 아이들은 한 일이 없다. 그러니까 우리 모두 반성했으면 한다. 그래서 교생 선생님에게 죄송하고 미안한 마음이 든다. 다음 교생 선생님이 오셨을 때는 더욱 더 좋은 모습을 보여드리도록 노력해야겠다.

2000년 10월 2일
내일 운동회를 앞두고 비가 내려 걱정이 많은
대구교육대학교대구부속초등학교 6학년 2반 모두가 드림
(우리 반 모두가 모둠별로 생각을 정리하고, 국어 도우미들이 전체 내용을 종합하였습니다.)

■교학상장[12)

2004년 후학기에 대구교대 3학년 교육과 B반 학생들과 함께 국어과 교육 II 3학점짜리를 함께 공부할 기회가 있었다. 금요일 오후 3시부터 6시까지 시간을 배정받았다. 대학원에서 공부한 내용과 부초에서 익힌 국어과에 대한 생각을 공유할 수 있는 좋은 기회였다. 강의를 준비하고, 금요일 오후 3시간을 함께했던 즐거움을 잊을 수가 없다. 가끔 밤늦게까지 뒤풀이를 하기도 했다.

---

12) 2004학년도 후학기, 대구교육대학교 3학년 교육 B반 학생들이 국어과 교육 II, 3학점짜리 기말고사를 마친 직후 시간강사인 김영호에 대한 '거울 보기'를 한 내용의 일부이다.

보강을 하는 날이면 강의실에서 자장면을 함께 먹고, 3시에 시작한 강의를 9시에 마치고 별을 보고 교문을 나서기도 했었다. 지금까지 독서 연수, 교육과정 연수, 일정 연수, 교내 장학, 두레 장학, 신규 임용교사 연수 등 많은 강의를 했지만, 가장 기억에 남고 재미있었던 강의이다.

처음 시작하는 날, 나름대로 자기소개 글을 받았다. 마지막 시험을 치고는 소감 적은 것을 받았다. 가르치는 것에 대한 궁금한 점이 있으면 자기소개 글과 소감을 뒤적여 본다. 새로운 아이디어와 힘을 얻는다. 지금도 몇 분 선생님과는 가끔 전화를 주고받으며 자리를 함께 하기도 한다. 지금은 초등학교 현장에서 중견 교사로서 교학상장하고 있을 선생님들을 생각하면서 그 당시 마지막 수업(시험)을 마치고 쓴 소감문 몇 가지를 나에 대한 '거울 보기'로 옮겨 본다.

한 학기 동안 수고하셨어요

알게 모르게 책에 있는 내용을 다 배운 것 같아 솔직히 놀랐습니다. 수업 준비도 정말 꼼꼼하게 잘해 주셨고, 교과 외에 초등학교 현장에서 유용한 것들을 많이 가르쳐 주셔서 감사했습니다. 실습 나가서도 선생님께 배운 것을 몇 가지 적용해 보기도 하였습니다. 그 덕에 참관실습이지만 아주 만족스럽게 잘 끝낼 수 있었던 것 같습니다. 세 시간 수업이라, 게다가 한 주의 마지막 수업이라 많이 힘든데도 불구하고, 힘을 낼 수 있게 해 주신 것 같습니다. 항상 노력하시는 모습 너무 보기 좋습니다. 항상 건강하세요. 인연이 닿으면 다시 뵐 날이 있겠죠? (강대규)

많이 배웠습니다

이번 수업을 들으면서 가장 중요하다고 생각되는 점은 현장에 대해서 좀 더 잘 알 수 있었다는 점이다. 실제 수업에서 쓸 수 있는 여러 가지 좋은 방법들을 들을 수 있어서 무척 유익했다. 선생님께서 가르쳐주신 여러 가지 방법들은 실습 때 유용하게 쓸 수 있었다. 그리고 여러 가지 레크리에이션 활동을 할 때, 교실 분위기를 자유롭게 유도하셔서 부끄러워하지 않고 열심히 따라 하는 나를 보면서 '아, 이런 분위기를 자연스럽게 형성하는 것이 교사의 역량이구나.' 생각했다. 아무튼 이제까지 다른 수업들과는 어딘지 다른 수업이라는 생각을 해 본다. (권용진)

만남에서 영원으로

김영호 선생님, 지금 시험을 막 마친 후라 머리가 너무 어질어질해서 글로 길게 못 적을 것 같아요. 죄송하고요. 생각해 보니 마인드맵이나 그림으로 그리려고 해도 워낙 재주가 없기 때문에 그것도 안 될 것 같네요. 그냥 글로 적어야겠어요.

사실 처음에 국어 세 시간이라는 말에 저는 그냥 두 시간 정도나 두 시간 반 정도 하고 마칠 줄로 생각했어요. 1학년 때 세 시간짜리 국어 수업이 그랬기 때문이죠. 그런데 아니더군요. 세 시간 풀가동 수업, 처음에는 많이 힘들었는데 지금은 다섯 시간도 문제없습니다. 국어 수업을 통해서 많은 걸 느끼고 배우고 갑니다. 또한 많은 고민과 교사에 대한 사명과 역할에 대해서도요.

그런 것 같습니다. 누구에게나 24시간은 공평하게 주어지는데, 그것을 사용하는 사람에 따라서 하루가 20시간이 될 수도, 1년이 될 수도 있다는 것을 말이죠. 제 성격이 그렇게 섬세하지 못해서 선생님의 치밀한 준비와 꼼꼼함은 저에게 많은 본이 되었습니다. 앞으로 교사가 되었을 때, 좀 더 선생님처럼 꼼꼼해져야 하는데, 쉽지는 않을 것 같네요. 아쉽네요. 벌써 끝이라니. 그래도 끝이 아닌 시작입니다. (권형규)

김영호 교수님, 1년 동안 눈썹 휘날리며

김영호 교수님. 어느덧 저도 3학년을 마무리하는 시간이 다가왔네요. 지금 들리는 '내가 만일'이라는 노래처럼, 김영호 선생님의 수업을 들으면서 '내가 만일 선생님이라면' 하는 생각을 많이 하게 되었습니다. 자유롭고 생각할 수 있는 수업이었기에 세 시간의 수업을 잘 들을 수 있었던 것 같습니다. (정명재)

킬리만자로의 표범 같은 김영호 선생님!

사실 이전 학기에도 국어과 수업은 있었지만, 과목의 특성상 무척 지루해했던 기억이 납니다. 그런데 선생님의 수업은 세 시간 연강이었음에도 참으로 유익하고 즐거웠습니다. 그만큼 배운 것도 많았고요.

저는 기본적으로 교육이란 일방적이어도, 인위적이어도, 강제적이어도 안 된다고 생각합니다. 물론 그런 요소들이 필요하겠지만 그건 극히 일부분이겠지요. 우선은 '배운다'는 생각보다 '재미있다'라는 생각이 먼저 머릿속에 생겨야 하고 그래야만 수업의 효과 역시 극대화될 수 있다고 생각합니다.

선생님의 수업이 그러했습니다. 이유 없이 좋았던 수업이라고 하는 것이 아니라, 제가 생각하는 이상적인 수업의 모습에 매우 근접했던 것 같습니다. 아직은 그저 교사가 되고픈 예비 교사일 뿐이지만, 가르침 잊지 않고 좋은 교사가 되겠습니다. (최주민)

終

짧은 시간이었지만, 정말 많은 것을 배워 갑니다.

선생님 한 학기 동안 수고 많으셨어요.

감사합니다.

묻지 마라.

컥! 마지막까지 킬리만자로가….

영호 샘, 하하 좋지 않습니까? (김민지)

옷깃만 스쳐도 인연

선생님! 옷깃만 스쳐도 인연이라는데 저희 초등교육과를 비롯한 저와 선생님도 엄청난 인연이라는 걸 새삼 느낍니다. 한 학기 동안 이 소중한 인연을 계속해 왔는데, 이제 마칠 때가 됐다고 생각하니 무척 아쉽습니다. 항상 저희들에게 인간적이고 따뜻하게 대해 주셔서 잊을 수 없는 한 학기가 될 것 같습니다. 밤늦게까지 수업하면서 다 같이 먹었던 즐거운 저녁 시간도, 뒤풀이 자리도, 모두모두 기억이 날 것 같습니다. 대구부설초등학교에서 뵈었던 모습, 학교에서 뵈었던 모습, 항상 좋은 모습으로 기억되겠지요? 처음 맡은 저희들이라 기대도 크셨을 텐데 선생님도 무척 아쉬우셨으리라 생각이 듭니다. (김보미)

감사하단 말밖엔

오늘 글을 너무 많이 써서 손이 아파요. 킬리만자로의 표범. 정말 잊히지 않을 노래. 하지만, 더 아픈 건 제 마음 정말 너무 아쉬워요. 많은 것을 담아갑니다. 많은 것을 배웠습니다.

정말 감사합니다.

선생님! 정말 멋있는 분입니다. 대학 와서는 이런 스승을 만나지 못하리라 생각했었는데, 선생님과 함께한 시간, 정말 좋았습니다. 흐트러질 때마다 교수님의 한 마디 한 마디를 떠올리며 곧게 살아가겠습니다. 저희 반 자주 찾아 주세요. 항상 건강하시고 행복하세요. 지금의 인자하시면서도 강직한 그 모습!

기억에 오래 남을 것 같습니다. (김수인)

킬리만자로의 표범 같은 김영호 선생님!

선생님 초지일관하시던 모습이 가장 인상 깊었습니다.

웃음을 잃지 않는 자세, 준비된 수업, 학생을 이해하는 마음, 모두 감사합니다. 저도 선생님처럼 초지일관한 선생님이 되고자 노력할 것입니다.

한 번도 배움을 의심해 보지 않았던 금요일 수업, 잊지 못할 거예요.

선생님과 교육 B반의 인연이 끊이지 않기를. (김원아)

나

선생님의 그림자는 학생이다.
즐거운 그림자 만들기
즐거운 수업은 즐거운 그림자이다.
즐거운 그림자 찾기
해우를 꿈꾸며, 여인천하를 꿈꾸며
일본 교육 이야기
그림자를 만들고 찾는 것은 좋은 수업을 찾아
가는 길이다.

나의 의미를 찾아서

"교감 선생님, 저번 달에 우리 반 선생님이 안 오셔서 교감 선생님께서 수업을 해 주셨을 때 정말 재미있었어요. 나중에도 선생님이 안 오실 때 꼭 저희 반에 오셔서 다시 수업해 주세요. 교감 선생님 사랑합니다." (ㅇ-ㅇ 김ㅇㅇ)

"대구태현초등학교 ㅇ-ㅇ 김ㅇㅇ에게, 날씨가 꽤 추워졌지요. 이제 겨울이 다 된 것 같아요. 지난번에 ㅇ학년 ㅇ반 수업을 했을 때 교감 선생님도 정말 재미있었어요. 학생들도 참 잘해 주어서 고마웠어요. 다음에 시간이 되면 꼭 갈게요. 공부를 잘하는 방법은 선생님이나 친구들의 이야기를 잘 듣고 내 생각도 잘 말하는 것에서 시작합니다. 교감 선생님은 우리 학교 학생 모두를 사랑합니다. 학교생활 즐겁게 하세요." 2013.11.22.(금) 김영호 교감 선생님이

"김영호 선생님, 저 기억하시겠습니까? 매천초등학교 선생님 제자 말썽꾸러기 김ㅇㅇ입니다. 제가 공부는 잘하지 못했지만 선생님 덕분에 초등학교 생활을 즐겁게 마칠 수 있었습니다. 공부가 조금 지겨워지거나 오후에 잠이 올 때 선생님께서는 제게 노래를 시키셨습니다.

자주 불렀던 기억이 납니다. 친구들도 즐겁고 저도 행복한 시간이었습니다. 지금은 창원에서 기계 부품 관련 일을 하고 있습니다. 막상 어른이 되니 노래를 부를 일이 많지가 않습니다." -(하략)-

　좋은 수업의 조건을 따진다면 즐거운 수업을 제일 먼저 꼽아도 좋을 것이다. 물론 즐겁기만 해서도 곤란하지만, 배우고 가르치는 것이 즐겁지 않고서 어찌 좋은 수업이라고 할 수 있겠는가? 내가 만일 학생이라면 어떤 수업을 원하겠는가? 나는 지금 어떻게 가르치고 있는가?

　'내가 만일'이라는 노래가 있다.

　　　내가 만일 하늘이라면 그대 얼굴에 물들고 싶어
　　　붉게 물든 저녁 저 노을처럼 나 그대 뺨에 물들고 싶어
　　　내가 만일 시인이라면 그댈 위해 노래하겠어
　　　엄마 품에 안긴 어린아이처럼 나 행복하게 노래하고 싶어
　　　세상에 그 무엇이라도 그대 위해 되고 싶어
　　　오늘처럼 우리 함께 있으니 내겐 얼마나 큰 기쁨인지
　　　사랑하는 나의 사람아 너는 아니 워~ 이런 나의 마음을

　　　내가 만일 구름이라면 그댈 위해 비가 되겠어
　　　더운 여름날에 소나기처럼 나 시원하게 내리고 싶어
　　　내가 만일 구름이라면 그댈 위해 눈이 되겠어
　　　추운 겨울날에 함박눈처럼 나 포근하게 내리고 싶어

세상에 그 무엇이라도 그대 위해 되고 싶어

오늘처럼 우리 함께 있으니 내겐 얼마나 큰 기쁨인지

세상에 그 무엇이라도 그대 위해 되고 싶어

오늘처럼 우리 함께 있으니 내겐 얼마나 큰 기쁨인지

사랑하는 나의 사람아 너는 아니 워~ 이런 나의 마음을 워~ 이런 나의

마음을 워~ 이런 나의 마음을.

(내가 만일/김범수 작사·작곡)

'내가 만일' 시도 외워 보고 노래도 불러 보자. 노랫말을 바꾸어 수업에도 활용해 보자. 가상인 '내가 만일'이 만일이 되고 또 되다 보면 현실이 되지 않겠는가? '내가 만일'은 의인유추법이다. '내가 만일'은 창의성을 기르기에도 아주 좋은 노래이자 교육 자료이다.

'내가 만일 수업이라면'이라는 가정으로 내 수업을 찾아가는 것은 바로 내 그림자 찾기이다.

너는 나의 그림자일까?

즐거운 수업을 위한 조건은

■ 일주일에 한 번

결국 좋은 수업은 선생님 몫이다. 실력 있는 목수는 연장을 탓하지 않는다고 한다. 우리는 학생 탓, 학구 탓, 또 다른 탓, 탓을 하기도 한다. 하지만 좋은 수업은 선생님들의 몫이다. 그 몫의 출발점은 머리가 아닌 가슴이다.

선생님들의 지적 수준은 대한민국의 최상위군이다. 가슴에 열정을 품은 톰슨 선생님 같은 가슴이다. 수업은 학교 문제의 만병통치약이다. 조벽 교수의 이야기는 '현장의 선생님들이 어떻게 가르쳐야 하는가'에 대한 물음에 시사하는 바가 크다.

일주일에 단 한 번만이라도[13]

"어떻게 하면 교육을 일으켜 세울 수 있나."

"시간이 갈수록 문제가 심각해지는데도 수월성이다, 평준화다 하면서 논쟁만 벌이고 있다. 절망적이다. 하지만 해법은 있다. 자녀 교육이든 학교

---

13) 한국일보, 2011년 3월 12일 토요일 21면, 명강의를 찾아서.

교육이든 학생이 미래에 대해 희망을 갖도록 도우면 된다. 물론 어려운 과제다. 집에서, 교실에서 어른들이 죄다 스트레스를 받아 절망하고 있다면 학생들은 말할 것도 없다. 어른부터 학생에게 희망의 원천이 되도록 하라."

"학생들이 학교에서 공부의 즐거움을 느낄 수 있는 묘안은 없나."

"몇 가지 조건이 충족된다면 공교육은 살아날 수 있다. 학습의 즐거움, 관심사, 자기주도적 학습이 필요조건이다. 이 중에서 학습의 즐거움이 으뜸이다. 모든 과목이 매번 재미있고 즐거울 수는 없겠지만, 1주일에 단 한 번이라도 매우 흥미진진하면 대성공이다. 이는 전적으로 교사한테 달렸다. 교사는 1주일에 단 한 수업만이라도 학생들이 학습의 즐거움을 느낄 수 있도록 준비해야 한다."

선생님들은 기억에 남는 수업이 있는가? 초등학교 다닐 때 가장 기억에 남는 수업은 무엇인가? 그 이유는 무엇인가? 중학교나 고등학교, 대학의 수업에서 기억에 남는 수업이 있는가?

교육실습 기간 중에 했던 수업 중에서 가장 기억에 남는 수업은 무엇인가? 그 이유는 무엇인가? 앞으로 어떤 수업을 해야 한다고 생각하는가?

■나는 최고의 교사인가?

나는 어떻게 가르치는가. 최고의 교사는 어떻게 가르치고 있는가를 알아보자. 사실 우리는 모두 최고의 교사가 아닌가.

최고의 교사는 어떻게 가르치는가?[14]

1. 학생들에게서 시선을 거두지 마라

2. 두루뭉술한 답변을 지나치지 마라

3. 지식을 확장시켜라

4. 정확한 언어로 말하게 하라

5. 교사 스스로 수업이 지루할 것이라 속단하지 마라

6. 뚜렷한 목표를 가지고 수업을 시작하라

7. 수업 목표를 정하는 4가지 기준

8. 수업 목표를 학생들과 공유하라

9. 목표에 도달하는 가장 빠른 교수법을 선택하라

10. 교사와 학생 모두를 고려한 수업 계획을 세워라

11. 수업 목적에 맞는 교실 환경을 조성하라

12. 다양한 방법으로 학습 동기를 유발하라

13. 수업 단계마다 이름을 붙여라

14. 정확하게 필기하는 습관을 들이게 하라

15. 전략적으로 교실을 순회하라

16. 세밀하게 나누어 질문하라

17. 수업에 참여하는 비율과 생각하는 비율을 조절하라

18. 배운 내용을 이해했는지 확인하라

19. 반복 연습을 시켜라

20. '종료 티켓'을 활용하라

21. 수업 중 자신의 의견을 밝히게 하라

---

14) 더그 레모브 지음/구정화·박새롬 번역 및 감수(2013), 최고의 교사는 어떻게 가르치는가. 해냄출판사.

22. 무작위로 호명하라

23. 전체 학생이 응답하게 하라

24. 빠른 질문으로 수업에 집중시켜라

25. 학생들에게 대답을 준비하는 시간을 주어라

26. 토론할 때에도 필기하게 하라

27. 학습 내용을 담은 상징적인 결과물을 만들어라

28. 생활수칙을 만들어라

29. 해야 할 일을 정확히 알게 하라

30. 빠른 전환을 훈련시켜라

31. 학습 자료별로 바인더를 만들어라

32. 두음으로 행동 규칙을 정하라

33. 수업 시작 전부터 준비하게 하라

34. 수업을 방해하지 않는 무언의 신호를 공유하라

35. 공개적으로 칭찬하라

36. 100퍼센트 따르도록 하라

37. 구체적으로 지시하라

38. 짧고 단호하게 말하라

39. 다시 하게 하라

40. 사소한 문제도 쉽게 지나치지 마라

41. 교실 입구에서 학생을 반갑게 맞이하라

42. 경고하지 마라

43. 긍정적으로 제시하라

44. 학생들의 특성이 아니라 행동을 칭찬하라

45. 온화한 동시에 엄격하라

46. 우리 교실만의 즐거운 요소를 만들어라

47. 일관된 감정을 유지하라

48. 잘못된 행동은 자세히 설명해 주어라

49. 학생들은 옳거나 그를 수 있음을 인정하라

50. 읽기 활동을 통해 사고를 넓혀라

51. 효과적인 질문 전략을 활용하라

52. 속도를 적절하게 조율하라

52가지 중에 '1. 학생들에게 시선을 거두지 마라'를 살펴보자. 시선을 거두지 않는다는 것은 상호작용을 의미한다. 그것은 대화일 수도 있고, 질문을 주고받는 것일 수도 있다. 아니면 말없이 눈으로 주고받는 이심전심일 수도 있다. 시선은 관심의 표현이다. 관심은 관계의 다름 아니다. 간혹 특정 프로그램에 의존하는 수업을 한다면 선생님의 시선은 어디로 가야 하는가?

또 '41. 교실 입구에서 학생을 반갑게 맞이하라'를 보자. 등교 시간에 교실 출입문에서 학생들을 맞이하지는 않더라도 선생님이 먼저 출근해서 아이들을 맞이하는 것도 좋지 않을까? 선생님이 기다려 주고 인사를 건네는 교실에 들어서는 학생들은 즐겁지 않겠는가?

나는 아침마다 교문에서 등교하는 학생들을 맞이하면서 인사를 하고 있다. 큰 소리로 인사를 하고 손을 흔들기도 한다. 교문 앞을 지나가는 대학생, 할아버지, 할머니 등 모든 사람들에게 인사를 한다. 지금은 먼저 인사를 하는 학생들도 많다. 박준우라는 학생은 늘 두어 걸음 앞에 와서 공수를 하고 인사를 한다. 그러고는 악수를 하고 교문에 들어선다.

위의 52가지 중에 선생님들이 지금 할 수 있는 것은 몇 가지나 될까? 초·중·고·대학을 다니면서 했던(받은) 수업을 52가지에 대비해 보면 어떨까? 예비 교사라면 교육실습 기간 중에 한 수업을 52가지에 대비해 보는 것도 내 '거울 보기'가 될 것이다.

현장의 선생님들은 이론적으로는 52가지를 다 알고 있다. 단지 실천의 문제이다. 간혹 초·중·고 또는 대학의 학교 급에 따라 가감을 해야 할 것도 있다. 어쩌면 가르치는 것은 '앎의 문제'가 아니라 '실천의 문제'라는 생각이 든다.

그림자 만들기 또는 그림자 찾기

만남이라는 그림자를 찾아서

초등학교 선생님을 오랫동안 한 분들에게 기억에 남는 학생이 누구냐는 물음에 다음과 같은 답변이 많다고 한다. 첫째, 공부를 잘한 학생이다. 둘째, 말썽을 많이 부린 학생이다. 그런데 졸업을 하고 소식을 전해 오는 학생이 누구냐는 물음에는 공부를 잘하는 학생이 아니고, 말썽을 많이 부린 학생이라는 대답이 많다고 한다. 다음에 소개하는 내용은 제자들과 주고받은 편지 또는 이메일 내용이다. 편지의 특성을 생각해서 원문 그대로 가감 없이 실었다. 교정도 하지 않았다. 이 두 학생이 말썽을 많이 부렸다는 것은 아니다.

■해후, 그 아름다운 기억을 찾아서

다음은 대구매천초등학교 제자와 이메일로 주고받은 내용이다. 편지의 특성을 고려해서 교정하지 않고 그대로 싣는다.

제목: 선생님 건강하시죠~?

보낸 날짜 2004년 06월 09일 수요일, 저녁 7시 15분 31초 +0900 (KST)

눈물이 납니다. 선생님을 생각하면 눈물이 나네요~! 안녕하신지요. 김영호 선생님 선생님께서 교단을 밟은 첫 학교 그리고 첫 담임으로 부임하시던 그 옛날 1984년 2월… 키 크고 잘생기시고 늘 웃음 잃지 않는 미남선생님 그리고 총각선생님… 제 한평생에 지침돌로 남아 힘이 들고 괴로울 때 늘 되새기며 용기를 주시는 그 이름… 지금도 또 다른 젊은이들에게 깊은 인생에 지표를 만들고 계실 고마우신 그 이름, 김영호 선생님…

건강하시죠~? 선생님! 강변가요제에서 이선희가 'J에게'로 대상 타고 난 뒤 친구들과 그 노랠 부르는 걸 보시고 선생님께서 음악시간엔가 절 나오게 하셔서 그 노랠 부르게 하신 기억들… 또 많은 반 친구 앞에서 음악시간이든 국어시간이든 노래할 기회가 있으면 언제든 나오게 해서 동요든 가요든 부르게 하신 기억들…

절 기억하실까? 선생님! 저의 어린 시절 중 제일 기억에 남는 국민학교 5~6학년 담임선생님이셨습니다. 매천국민학교 32회 졸업생 김★★입니다. 항상 까불고 장난 많이 치고 산만하고 공부안하는 땅콩… ★★이입니다. 키 작고 공부 못하는 꼬맹이입니다. 첨 뵙게 된 때부터 20년이 흘렀습니다. 많이 변하셨겠죠? 연세도 쉰이란 단어에 가깝게 서 계실 거라고 생각이 듭니다. 죄송합니다. 그 많은 시간동안 늘 선생님에 존영을 마음 속에 두면서도 세월에 칼바람과 일진월보의 인생살이로 이렇게 한참이 지나서야 글로나마 인사 올립니다. 죄송합니다. 선생님…

국민학교 시절부터 공부에는 담을 쌓은 제가 그래도 늦게 후회가 되어 나름대로 노력해서 전문대학은 졸업을 하였고 기계계열로 취업하여 열심히 고군분투 중입니다. 지금은 마산에서 생활하고 있고 결혼도 5년 전쯤에 해서 큰아들과 둘째는 딸을 둔 가장이 되었습니다.

현재 제 모습은 선생님의 깊은 교육 덕택으로 알고 고마운 마음으로 지내고 있습니다. 그 시절 아이들 앞에서 책도 제대로 못 읽은 저를 어여삐여겨 그나마 노래 부르길 좋아하는 저의 장점을 아시고 일부러 아이들 앞에서 씩씩하게 노래도 부르게 해주시고 잘 부른다고 칭찬도 아끼질 않으신 그 모습으로 인해 훗날 제가 살아가는 데 긍정적인 바탕을 마음속에 만들어 주신 은혜 잊지 않겠습니다.

그리고 중학교 시절… 선생님에게 편지를 보내면서 '3개월이 넘었습니다.'를 '3개월이 남았습니다.'로 잘못 보내어서 또 한번 실망시켜 신중함을 일깨워 주신 기억들… 그때 ★★이가 이렇게 인사 올립니다. 국어 선생님이신 김영호 선생님… 예전 기억들이 뇌리에서 많이 지워지고 퇴색되어 낱낱이 떠오르진 않으나, 선생님의 그 마음은 영원히 간직하며 살겠습니다. 선생님! 선생님의 모습 앞에 당당히 설 날을 손꼽으며 나름에 열심하겠습니다.

푸르른 계절에 씻어내리는 맑은 꿈… 그리고 청암사 그곳에서 선생님에 다른 가르침을 배워가겠습니다. 바다 같은 글 산과 같은 글… 좋은 글 밥이 지으시고 후학에 힘쓰시길 바랍니다. 존경받는 존명으로 영원히 기억되는 스승이 되소서… 선생님과 저와 둘 만의 창으로 마주앉아 있다는 설렘으로 두서없이 적어내려 간 것을 용서해 주십시오.

항상 건강과 행복에 겨운 평생을 하심을 기원하며 그만 줄이겠습니다.

안녕히 계십시오. ^^항상 밝은 나날들을 꿈꾸며…

○○○○@○○○○.net

20년 만의 해후를 꿈꾸며

어제 20년 전 제자로부터 받은 이메일입니다.

어쩌면 나는 아무 생각 없이 한 것들이 한 사람의 인생에 길이 되기도 하고 못이 되기도 할 것입니다.

이제 수업실습 2주가 끝나 갑니다. 힘드시지요? 생각대로 잘되시나요? 무엇이나 하루아침에 이루어지는 것은 없습니다. 로마가 수많은 영웅호걸과 그보다 몇만 배의 이름 없는 사람들의 피와 땀으로 이루어진 것 아니겠습니까?

지금 조금 잘하고 조금 못하는 것은 그리 큰 문제가 아닙니다. 그런 것을 발견하고 고쳐 나가자고 실습이란 것이 있을 테니 말입니다.

누구에게나 기회는 공평하게 주어지는 것이지만, 준비된 자만이 그 기회를 자기 것으로 만든다는 말씀을 드렸습니다. 여기서 기회라고 하는 것이 흔히 말하는 큰 성공이나 출세만을 의미하는 것은 아닙니다. 지금에 충실하자. 과거에 집착하지 않되, 잊지를 말자. 미래의 환상에 빠지기 전에 지금 이 순간에 충실하자. 신이 아닌 사람이 모든 면에서 완벽할 수는 없습니다.

그러나 완벽이란 목표를 정한 다음 한 계단 한 계단 오르는 것이 인생 아니겠습니까? 물론 그 누구도 완벽이란 계단 끝을 밟는 이 없겠지만….

가능하면 이른 시간에 어쩌면 실습이 끝나거나 아니면 방학이 되어야 성사될지 모르지만, 이메일을 보낸 이 녀석을 만나러 마산으로 가 볼 작정입니다. 고사성어에 나오는 '군자삼락'은 아니더라도 가르친 제자가 제 도리 다하면서 열심히 살아가는 것, 어찌 행복한 일이 아니겠습니까? 20년 전 기억을 되살려 노래도 한번 들어볼 작정입니다.

20년 만의 해후를 꿈꾸니, 본격적인 여름이 시작하기도 전에 찾아온 가마솥더위도 그저 즐거울 따름입니다. (2004.6.10.)

■ 여인천하

다음은 대구교육대학교대구부설초등학교 제자와 주고받은 내용이다. 앞의 편지와 마찬가지로 교정하지 않고 그대로 싣는다.

김영호 선생님께

선생님 안녕하세요? 저 기억하실지 모르겠어요. 거의 7년이 지났으니까요. 교대부설초등학교에서 선생님이 맡으신 6학년 1반의 강수연이에요. 기억나세요? 선생님이 매일 '여인천하 난정이'라고 부르시곤 하셨잖아요. 7년 동안 찾아뵙지 못해서 죄송해요. 미우셨죠? 항상 선생님 뵈러 가야하는데, 편지라도 써야 하는데, 한 지가 어느덧 몇 년이 흘렀네요. 그간 정말 너무도 뵙고 싶었어요. 막상 선생님 찾아뵈려고 애들 몇 명 보았더니 선생님께서 구미에 있는 초등학교로 옮기셨다는 소문이 있어서 못 갔어요.

지금 선생님이 어디 계신 줄도 모르지만 무작정 편지를 쓰고 있어요. 잘 전달되겠죠, 이 편지. 전 다른 애들보다 한 해 일찍 입학해서(초등학교를) 지금 나이는 20살이에요. 원하는 대학에 들어가지 못해서 재수생활 1년 하구요. 지금은 한양대 1학년이에요. 원래 목표는 연세대에 들어가서 선생님께도 꼭 '자랑스럽다 내 제자'란 말을 듣고 싶었지만, 전 예능계라서 예능계는 연세대랑 한양대는 갑대요, 실력이.

선생님께 꼭 말해 드리고 싶은 게 있는데요. 저 성악 전공하거든요. 기억 나세요? 6학년 때 저 교내노래대회 나간다고 선생님께서 음악 시간이 끝나고 피아노 옆에서 저 노래 지도해주고 하셨잖아요. 그땐 부끄럼이 너무 많았는데 선생님 덕분에 자신감도 엄청 많이 얻었어요. 그 부끄럼 많던 애가 사람들 앞에서 노래해야 하는 성악의 길을 가고 있다니…. 참 세상일은(사람일은) 모르는 것 같아요. 어떻게 될지. 그런데 신기한 건 초등학교 때 졸업 앨범을 보니 제 장래 희망에 성악가라고 쓰여 있더라구요. 졸업 앨범 하니까 생각나네요.

선생님께서 항상 하시던 말씀, "할 때는 하고 놀 때는 놀자." 이 말을 지키기에는 절제가 필요하고 참 지키기 힘든 일인데, 항상 공부 1등 하는 애들 보면 저 마인드를 품고 있더라구요.

생각해 보면 선생님과 함께 했던 그 1년이란 시간 안에 아직까지도 가끔 생각나게 만들고 그리워지는 엄청난 추억들이 있어요. 다 쓰려 하니 편지지도 모자라겠어요.

어디 편찮으신 데는 없으시죠? 건강히 잘 계시죠? 너무 뵙고 싶어요. 선생님은 여전히 멋있으실 것 같아요. 어린이들의 우상? 이랄까? 근데 신기한 건 전 초등학교 시절이 제일 좋았거든요. 그런데 1,2,3,4,5학년 때는 친구들만 기억나고, 선생님께 손바닥 맞은 기억, 칭찬표 받은 기억밖에 안 나는데요. 6학년 때를 생각하면 참 선생님에 대한 기억이 많은 거예요.

전 아직도 컴퓨터에 무슨 사이트 만들면 비밀 번호를 만약 잊어버렸을 경우 문제를 걸어야 될 때 '내가 좋아하는 선생님은?, 내게 가장 기억에 남는 선생님 성함은?' 이 문제를 선택하고요. 답은 선생님 성함을 적어요. 그렇지만. 선생님께는 제자가 워낙 많으시니까 절 기억하실지 모르겠네요.

선생님에 대해 가장 많이 기억에 남는 추억은요, 선생님 막 수업 시간에 벌 잡아서 다리 뜯어서 드시고… 하하, 진짜 재미있었는데. 벌이 몸에 좋다면서 선생님은 막 드시고, 애들은 고함지르고… 선생님도 생각나세요? 그리고 수학여행 제주도 가는 날에 애들(지각한 애들) 한 명씩 들어올 때마다 혼내지 않으시고, 다 같이 박수쳐 주자던 말씀도 생각나요.

수학여행 가서도 한 방 한 방 다 돌면서 아이들 발 손수 다 씻겨 주셨잖아요. 마치 예수님이 제자 발 씻겨 주듯이… 그때 저희 조(저도 그랬지만) 발 냄새 심하다고 3번이나 통과 못 하고 했었는데… 기억이 새록새록 다 나네요. 정말 학교 가는 게 그땐 정말 좋았는데…

지금은 사람들이 순수하질 못해서 서울 와선 정말 아무도 못 믿겠어요. 소매치기도 당했거든요. 뭐 그래도 착한 사람은 있겠죠, 어디든. 아! 그리고 선생님은 기억나실지 모르겠지만. 저에 대한 선생님의 추억도 좀 많아요. 저가 초등학교 2학년 때까지는 발표를 열심히 했었는데, 학년이 갈수록 부끄럼이 많아져 가지고 6학년 때는 조 발표 이외에는 거의 발표를 안 했거든요.

근데 선생님은 저의 그런 모습이 안타까우셨나 봐요. 제가 할머니랑 거의 십 몇 년을 살아서 사투리가 많이 심하거든요. 그래서 할머니 같단 소리도 몇 번 들었는데요. 선생님이 갑자기 수업 시간에 문제를 내시는 거예요. "니 친구 철수가 앞에 가고 있는데 철수를 뒤돌아보게 할 한두 마디를 말해 봐라."

그 순간 전 부끄럼을 따질 새도 없이 손을 들었어요. 몇몇 애들이 "철수!, 임마!, 헤이!" 이런 단어를 말했고, 티비 옆에 있어서 잘 보이지도 않는 제가 손을 든 것을 발견하신 선생님은 절 시키셨죠. "여인천하!" "야야입니다." 그러니까 선생님이 정답이라고 하셨죠. 그게 어찌나 즐겁고 행복하던지. 그 맛에 발표를 하나 싶더라구요. 너무 감사했어요. 발표를 잘 하지 않고 부끄러워하는 애들을 내세워 주시려는 선생님 마음이….

그리고 운동장에서 음악 수업을 했는데, 단소를 부는 시간이었어요. 근데 단소를 못 부는 사람은 남긴다고 하시는 거예요. 그래서 전 계속 연습을 했지만 소리가 나질 않는 거예요. 다른 애들은 다 집에 가는데 저랑 세 명만 남았어요. 그렇지만 저의 걱정하는 눈빛을 선생님은 읽으셨는지 저가 소리도 나질 않지만, 쉰 바람 소리를 내자 선생님은 웃으시며 "통과!"라고 하셨죠. 얼마나 기쁘던지….

선생님은 애들이 잘못해서 혼내실 때는 정말 무서운 호랑이 선생님이시지만, 절대 애들을 기죽이지 않으시고, 아이들의 장점을 내세워 주시고, 아이들을 포용하는 능력이 있으신 것 같아요. 선생님 같은 분만 다 선생님이었으면 좋겠어요. 아이들에게 행복한 학창 시절과 선생님에 대한 좋은 기억만 남겨 주시는 선생님 말이에요. 저가 중학교 때 너무 안 좋은 선생님을 만나서 선생님이 더더더 그리운 거예요.

너무 늦게 연락드려서 죄송해요, 선생님. 아이들 때매 스트레스 많이 받으실 텐데…. 힘내세요. 선생님은 정말 제 생애 최고의 선생님이시니까요. 전 정말 잊지 못할 거예요.

직접 이 편지를 전해 드리지 못해서 죄송스러워요. 이제 선생님의 주소를 알아봐야겠어요. 선생님 항상 건강하시고 힘든 일 있으셔도 힘내세요. 선생님 곁엔 항상 저희가 있으니까요. 저흰 항상 선생님 편이에요. 선생님께 항상 주님의 은총이 함께하길 기도할게요.

그럼 안녕히 계세요. 제 전화번호는 010-★★★★-★★★★이에요. 나중에 문자 하나 넣어 주세요.

선생님의 영원한 제자 팬 올림

강수연에게!

우리 반 최고야

박인호 작곡, 우리 반 모두 작사

아름다운 부설에 6학년 1반 김영호 선생님 터 잡으시고
할 때는 하자 놀 때는 놀자 선배 후배 훌륭한 제자도 많아
비서실장 곽해민 발표 김형근 수학 천재 이상학
신화 창조 짱이다 신화 허세진 태권도의 오창현
사회 박사 김준형ˇ 밝은 얼굴 류수민
달리기는 민석! 순진한 재권
우리 반은 짱이다!

성실한 김도형 서예 박혜진 휘파람은 장준식 암전 이보라
천진난만 김대영 노래 우지연 축구 하는 오정민 키 정명규
과학 하면 서보건 컴퓨터 이경창 피아노는 김성은 서예서예 홍상원
착실 권하연 꼬마신사 박준범 농구황제 장희갑 애교만점 김주미
현대석봉 회주 첼로 여왕 지은 6학년 1반!

춤 하면 박혜지 미남 이동주 천사악마 천수현 멋있는 최원준
여인천하 강수연 공자 김동휘 미술 하면 심아름 깜찍 임아진
봉사정신 김종훈 청소 우상미 똑똑한 백솔희 독서 소년 김기현
유머 신수빈 우리 모두 하나지! 협동하면 우리야! 우린 너무 행복해
믿음 있는 학급 청결은 1반 미래는 빛난다

사고뭉치 우정 바람의 나라 하나뿐인 하늘 내 마음이지
내가 아나 이박사 하늘색 풍선 파란하늘 주황풍선 정다운 모둠
두 얼굴의 사나이 우리 선생님 그래도 우린 좋아 만세 만세 6의 1
항상 열심히 최선을 다한다. 청결, 예절, 질서 모두 잘~ 갖춰진
최고의 학급 6학년 1반 미래는 빛난다 우리 반은 짱이다 6학년 1반!

수연아!

김영호 선생님이다. 네 편지 받고 얼마나 기뻤는지 모른다. 아침에
출근하려는데 노란 봉투가 있어서 보니 네 편지더구나. 바로 보니 깨
알 같은 글씨라 출근해서 보기로 하고, 서재에 들어가서 졸업 앨범을
찾았다. 6학년 담임을 열세 번 했기 때문에 그동안 모아 놓은 앨범이
제법 많단다. 앨범을 찾아 네가 있는 쪽에다 편지를 끼워서 가방에
넣고 출근했다. 장마철이라고 하지만 조금 흐릴 뿐 비는 내리지 않았
지. 어느 때보다 기분 좋은 아침 출근길이었다. 왜관을 지나니 비가
조금씩 내리기 시작하더니 대구에 도착하니 거의 내리지 않았어.

우리 반 반가 생각나지? 아마 하루에 두세 번씩은 불렀을 거야. 그
당시 〈여인천하〉란 드라마가 한창 유행하던 때였는데, 주인공이 강수
연이었지. 그래서 '여인천하' '여인천하'라고 부르곤 했었지.

자신의 꿈을 이루어가고 있는 네가 자랑스럽다. 1년 재수한 것은
길다면 긴 인생에서 잠깐 쉬어 간다고 생각하면 오히려 좋은 경험이
되지 않을까? 네가 쓴 편지를 보니 그때 생각이 많이 나는구나. 지금
생각해도 즐겁고 행복했던 시절이다. 가끔씩 교대부초에 가 보면 감
회가 새롭다.

수연아!

아래 표 안의 글이 네 글이다. 1학기 때 수학여행을 다녀와서 쓴 글이다. 2학기에는 제주도로 현장학습을 갔을 게야. 네 편지에 쓰인 발 검사를 보니 또 생각이 나네.

사실 발은 고생은 제일 많이 하면서도 천덕꾸러기 취급을 받기도 하지. 그때 그렇게 발 검사를 엄격하게 한 이유는 여러 가지가 있었지. 직접적인 이유는 발 냄새가 나지 않게 하려는 거였다. 한 방에 한 명씩 자는 것도 아니고, 대충 씻고 나면 발 냄새가 대단하거든. 피차 피해를 볼 수밖에 없는 것이고, 또 다른 이유는 그래야 다음 날 다니기가 편하다는 거야. 발만 잘 씻어도 피로를 회복하는 데 많은 도움이 된다고 해.

간접적인 이유는 아이들이 어떻게 지내나, 누구 혼자 따돌리는 아이는 없나 등등을 확인하는 좋은 기회지. 지금 생각하니 한 번에 통과를 시켜 준 모둠은 없었어. 보통 두 번, 아니면 세 번이 되어야 통과가 되었지. 나중에는 발을 씻고, 얼굴에 바르는 화장품을 바른 모둠도 있었어. 아이들의 발바닥에 코를 바싹 들이대고 냄새를 확인하던 때가 정말 엊그제 같구나. 그땐 우리 반만 검사를 한 게 아니고 1, 2, 3반 모두 검사했을 거야.

네가 쓴 글 한번 읽어 보렴.

끝이 좋으면 다 좋아

강수연

6학년이 되어서 수학여행에 왔다.
첫 번째로 국립부여박물관에 도착을 했다. 국립부여박물관에는 역사실 등 볼 것이 정말로 많았다. 국립부여박물관을 다 둘러보고 기념품을 파는 곳이 있었다. 거기서 나는 책도 사고, 고무찰흙으로 만든 신부와 신랑 인형을 샀다. 사고 보니 너무 예뻤다.

그렇게 국립부여박물관을 갔다가 두 번째로는 부소산성, 낙화암, 고란사에 갔다. 거기에는 중학생, 고등학생 등 언니, 오빠들이 많이 있었다.

그런데 사람들이 어찌나 많은지 빠져 나오지도 못했다. 그런데 갔다가 내려가는데 안 좋은 일이 생겼다. 몇 명의 아이들이 오지 않아서 기다리고 있는데 갑자기 갈증이 났다. 그래서 저기 물이 있길래 그쪽으로 살살 뛰어 가는데 저기서 중학생 언니가 내 쪽으로 오면서 나를 밀었다. 그래서 나는 진흙이 있는 곳에 넘어지고 그 언니는 그냥 미안하다면서 가 버렸다.

그런데 갑자기 다리가 너무 아팠다. 그래서 다리를 보니까 피 위에 모래가 많이 묻어 있었다. 나는 너무 아파서 울었다. 그래서 화장실에 가니 청소하는 아주머니가 옷을 닦아 주셨다. 정말 고마웠다. 다리에 있는 모래를 몇 개 털어 내니 선생님이 오셔서 물휴지로 닦아 주셨다. 그 외는 희주, 주미, 지연이, 솔희가 치료를 구급용품으로 해 주었는데 고마웠다. 다음부터는 뛰지 않겠다는 생각이 들었다.

그리고 세 번째로는 공주 무령왕릉에 도착했다. 무령왕릉에도 볼 것이 많이 있었다. 그런데 여기에서는 사진을 찍지 못하게 하였다.

그리고 네 번째로는 도고 글로리 콘도에 왔다.

거기에는 밤을 새고 돌아다니는 아이들이 많았다. 그런데 우는 아이들이 많았다. 뭐 때문인지는 모르지만…. 우리 방은 혜진이와 나 빼고는 다 울었다. 그런데 나는 자려고 하는데 아이들이 이불을 다 가져가서(원래 내가 덮을 건데) 나는(나 혼자) 혼자 정말 춥게 자고 아이들은 따뜻하게 자서 난 너무 섭섭했다. 아이들이 이럴 줄은…

4월 26일

다음으로 다섯 번째로는 온양 민속박물관에 왔다. 기념품도 아주 많았고 가짜 사람들도 많이 있었다. 만져보고 싶었지만 못 만졌다. 만든 사람들은 얼마나 힘들었을까? 우리 집에 전시하면 좋을 텐데…. 우리 집 앞에 약전 골목 전시관에도 가짜 사람들이 있다.

여섯 번째로는 현충사에 갔다. 현충사에서는 위에 올라가서 묵념을 해야 되는데 나는 그냥 내려왔다. 묵념을 하지 않고….

일곱 번째로는 가장 인상이 깊은 독립기념관에 왔다. 고문을 당한 사람을 보았는데 너무 불쌍하고 귀신 같았다. 너무 소름이 끼치고 무서웠다. 독립 기념관에는 제3전시관까지밖에 못 봤다.

　이제 집에 가는 시간! 우리 엄마, 아빠 등이 정말 보고 싶었다.

수연아!

아래 표의 글은 네가 교내독서발표대회에 나간 원고다. 그때 우리 반에서 열두 명인가 나갔을 거야. 선생님이 국어과 담당이라 심사를 하기도 했지. 모두들 책도 많이 읽고, 연습도 많이 한 걸로 기억한다. 사전에 책을 읽고, 발표할 내용을 미리 적어서 발표하는 것이지만, 그렇게 하는 과정에서 큰 도움이 되었을 거야.

사무실에 와서 졸업 앨범을 펴 본다. 내가 제일 존경하는 성용제 교장 선생님과, 김정개 교감 선생님, 그리고 6학년 선생님들과 우리 반 아이들. 우리 반 사진 밑에는 '할 때는 하고 놀 때는 놀자.'라고 되어 있네. 그리고 네 사진 밑 장래 희망에 '성악가'라고 되어 있는데, 그 길을 가고 있다니 정말 대견하고 자랑스럽다.

한병태에게

6학년 1반 강수연

병태야! 안녕?

난 대구 교대부설초등학교 6학년 1반에 재학 중인 강수연이라고 해. 내가 이 책을 읽게 된 동기는 우리 학교에서 독서발표대회를 하는데 '우리들의 일그러진 영웅'에 대한 책으로 발표대회를 하거든. 난 이 책을 살 때 별로 기쁘지 않았어. 이제 이 책을 읽어야 한다는 귀찮은 생각뿐이었지. 하지만 이 책을 한 10장 정도 넘기고 나니 너무 재미있는 이야기일 것 같다는 생각을 하면서 호기심을 가져 계속 읽었어. 난 이 책이 이렇게 재미있을 줄은 꿈에도 상상을 못 했어.

내가 만약 너 같았으면 엄석대란 아이하고 끝까지 경쟁을 했을 것 같아. 하지만 내가 너로서도 반에서 왕따 당할 것을 생각하면 끔찍하고 생각부터 지칠 것 같아.

그런데 아이들은 그런 석대가 왜 좋다고 말했을까? 아마도 겁이 나서 그랬겠지. 그건 나도 그랬을 것 같아.

석대는 시험을 칠 때에도 매일 공부 잘하는 친구가 자기의 문제를 풀어 줬지? 난 석대의 그 점이 좋지 않은 것 같아. 시험은 자기 실력 그대로 치는 건데 말이야. 난 맨 처음에 석대가 정말로 공부를 잘하는 아이인 줄 알았는데 사실 그게 아니었어.

넌 석대와 갈수록 친해졌지? 그리고 석대는 하는 행동이 너무 어른스러운 것 같아.

그런데 그 시험지 사건 때문에 너희 반은 울음바다가 되었지? 선생님의 센 매를 맞고… 그날부터 석대는 학교에 더 이상 오지 않았지. 골목 같은 곳에서 아이들을 계속 때렸잖아. 내 생각에는 석대가 시험지 사건 때문에 교실 밖으로 뛰쳐나가지만 않았다면 자기의 잘못을 뉘우치고 친구들과도 사이좋게 지내고 학교생활도 더 재미있었을 텐데 난 그 점이 정말 안타까워. 그럼 커서도 나쁜 짓을 하지 않아서 경찰에게 잡혀 가는 일은 없었을 텐데…

석대와 넌 갈수록 장래가 비교되었지. 석대는 계속 나쁜 짓만 하고 다니고 넌 계속 공부만 열심히 했잖아. 가끔씩 석대의 현재 모습도 궁금해 하면서 말이야.

그런데 넌 어느 날 너의 부인과 함께 기차 가까이 있었는데 갑자기 낯익은 목소리가 너에게 들렸지. 그래서 소리 나는 쪽으로 보니 경찰과 함께 있는 수갑 찬 사람이 있었어. 그 사람은 바로 엄석대였지. 나 같았으면 깜짝 놀라서 석대에게 다가가서 말을 걸어볼 거야.

"야! 엄석대, 너 나 기억나니? 나 한병태야. 오랜만이네."라고 말을 했을 거야. 그럼 석대도 반가워하겠지? 그렇지만 난 석대가 그런 모습을 보면 실망을 할 것 같아. 옛날 친구가 그런 안 좋은 모습을 하고 있는데…. 그럼 석대도 부끄러워서 고개를 숙이고 모른 체하겠지? 어쩌면 너랑 이야기를 하는 순간 도망칠 수도 있겠네. 수갑을 차지 않았더라면 더 빨리 달릴 수 있었겠지만….

나도 너랑 엄석대처럼 친구와의 우정을 오랫동안 간직했으면 좋겠다.

그럼 다음에 또 편지 쓸게. 안녕?

병태 친구 수연이가

수연아!

선생님은 잘 지내고 있단다. 지금은 학교에 근무하지 않고, 대구광역시교육과학연구원 교육연구부 교육연구사로 근무하고 있다. 2008년 1월에 교육전문직 시험에 합격을 하고, 그해 3월부터 1년간 시교육청에서 파견 근무를 하고, 올 3월 1일부터 여기서 근무하고 있어. 근무하는 곳의 위치는 어린이 공원 오른쪽이야. 왼쪽이 어린이 공원이고, 오른쪽으로 보이는 5층 건물 중 4층의 교육연구부다. 그 아래쪽에 대구과학고등학교가 있지.

수연아!

언제든지 시간 날 때 들러라. 친구들하고 같이 오면 더 좋겠네. 그리고 네 편지는 선생님 홈페이지에 올리겠으니 양해해 주면 고맙겠다. 교대부초에서 사용하던 것은 홈페이지 회사 사정으로 사용하지 못하고 새로운 마당을 만들었다. 이 홈페이지에도 옛날 홈페이지 자료가 들어 있단다. 선생님 일기나 모둠 일기 등은 파일 형태로 올린 것이 아니라서 볼 수가 없는 아쉬움이 있기는 해.

그리고 선생님은 아직 구미에 살고 있단다. 앞으로도 계속 구미에 살 거야. 네가 쓴 편지봉투의 주소가 정확하단다. 이메일, 전화 번호 등은 같이 넣은 명함에 있는 것을 보렴.

수연아!

편지 고맙다.

부모님께도 안부 전해 드리고, 늘 건강과 행복이 함께하길 바란다.

2009. 7. 17.
김영호 선생님이

■교육 삼형제

삼 형제라고 하면 삼국지에서 도원결의로 유명한 유비, 관우, 장비를 많이 떠올린다. 누구나 피를 나눈 친형제도 있지만, 피를 섞지 않은 남남이 모여서 우애를 다지고 형제의 정을 나눈 것도 참 좋은 일이다. 학교생활을 하면서 많은 선생님들을 만나고 또 만난다. 그런 선생님들 중에서 마음이 아주 잘 맞는 선생님들도 있고 그렇지 않은 선생님들도 있다. 가치관이나 생활 방식의 같고 다름에 따라서 호불호가 생기는 것 같다.

도용환, 대구교대 6년 선배님이다. 대구의 경운초와 관음초에서 같이 근무를 했다. 유머 감각이 뛰어나고, 늘 자연친화적인 삶을 갈구했었다. 가치관이나 생활 방식이 나와 잘 맞았다. 대구관음초등학교에서 고향인 경남 거창으로 전출을 했다. 그 당시만 해도 대부분 도시지향적인 생각이 많았기 때문에 신선한 충격이었다. 거창군의 몇몇 초등학교에서 근무하다가 최근 명예퇴직을 하고, 자연을 벗 삼아 유유자적하는 자연인이다.

천민필, 대구교대 2년 후배님이다. 대구의 관음초에서 같이 근무를 했다. 대학 때부터 알고 지내던 사이였다. 한때 구미에 살아서 차를 같이 타고 출퇴근을 하기도 했다. 밤늦게까지 통음을 하면서 교육을 이야기하기도 했다. 지금까지 가장 많은 통음의 대상이었던 것 같다. 역시 가치관이나 생활 방식이 나와 잘 맞았다. 지금은 대구율원초등학교 교감으로 재직 중이다.

도용환, 김영호, 천민필은 삼 형제이다. 유비, 관우, 장비하고 비슷한 점도 많은 것 같다. 1988년 대구삼영초등학교의 제자였던 대구금계초등학교의 문종호 선생님은 내가 관우 같다는 이야기를 자주 했었다. 삼국지의 도원결의 같은 것은 하지 않았지만, 많은 시간 교육을 논하고 인생을 논하면서 생각을 공유하기도 했다.

그 논의의 공간은 처음에는 대구였으나, 2000년 이후로는 주로 거창에서 이루어지고 있다. 거창의 명소와 그 명소보다 더 소중한 사람들과의 만남도 얻었다. 교육전문직으로 나가면서 자주 만나지를 못했다. 다음은 2000년대에 거창을 다녀와서 형님께 쓴 편지의 전문이다.

도 형님!

밖에는 눈이 내리고 있습니다. 하루 종일 내린 눈이건만 지난번에 내린 눈에 비하면 초라하기 비할 데 양입니다. 내리는 순간 녹아 없어지니 차가 다니는 길에는 쌓일 틈이 없네요. 이렇게 사람도 억겁의 세월에서 잠시 잠깐 왔다가 가는 것이나 다름없겠지요. 밤이 지나고 보면 어떻게 될지 모르지만, 오지 않은 내일을 걱정하기보다는 지금 이 순간을 충실하게 보내는 것이 좋을 것 같은 일요일 오후입니다. 컴퓨터가 고장이 나서 지금은 pc방입니다.

어젯밤에는 곤하게 잠을 잤지만, 꿈속에서 물 흐르는 소리를 들었습니다. 늘 바쁜 일상을 오가는 사람들의 찻소리만 듣고 지내다가, 밤새 흐르는 물소리를 들은 지가 하루가 된 것이 무척이나 기억에 남았나 봅니다. 그리고 여름이면 몰라도 한겨울에 그것도 잠자리에 누워서 흐르는 물소리를 듣기가 그리 쉬운 것은 아니니, 더더욱 기억의 한 자리를 분명하게 차지하나 봅니다.

늘 무엇인가에 쫓기는 사람같이 허둥대기만 하는 삶을 살아온 것은 아닌지 되돌아봅니다. 무엇 하나 이루어 놓은 것도 없이 마흔이란 나이를 지나고 보니 되돌아보는 아쉬움이 더합니다. 하루하루의 삶이 무엇을 목표로 하는 것인지 분명하지 않을 때가 많습니다. 누구나 다 그러할 것이라는 자위에 오늘 하루도 두 다리 쭉 뻗고 잠자리에 들어보지만, 어디 한구석 허전한 것은 헛된 욕심 아니면 무슨 말로 설명을 해야 할지 모르겠습니다.

몇 년 동안 같은 학교에서 근무를 하고, 함께한 술자리며, 보이스카우트 야영지에서의 풀벌레 소리, 물소리가 너무 멀게만 느껴졌습니다. 언제 그런 때가 있었나, 하는 먼 옛날의 이야기로만 생각이 되기도 했습니다. 그러나 이번 거창에서의 1박 2일은 그것은 꿈도 아니고 먼 과거의 일도 아니고 남의 일도 아닌 나 자신의 일이며, 언제라도 함께할 수 있는 일이라는 것을 깨달았습니다. 너무 바쁘게만 살아 온 나 자신을 되돌아보고, 앞으로 어떻게 살아가야 하고 어떻게 살 것인지에 대한 생각을 정리하게 된 시간들이었습니다.

세상의 일이 내 생각대로만 되는 것도 아니고, 내가 욕심을 낸다고 안 될 일이 되는 것도 아님을 진작부터 모르고 있은 것은 아니었지만, 다시 마음을 정리하고 때를 기다리고, 지나친 욕심을 버리는 것은 더 나은 새로운 하나를 얻는 것이라는 것을 알았습니다.

스카우트 야영을 한다고 성주, 거창, 함양을 다니면서 밤새워 기울이던 술잔과 그 술잔 속에서 녹아나던 젊은 날의 이상과 꿈과 청춘을 되돌릴 수는 없지만, 그런 기분 그런 생각을 오늘 다시 생각하면서 내일을 위한 활력소로 만들어 봅니다.

이번 겨울, 아이들과 함께 2박 3일 제주도에 다녀왔습니다. 작은아이가 한 번도 가지 않았다고 성화를 부려서 다녀왔습니다. 일곱 번째 가는 제주도지만 또 다른 느낌이 들었습니다. 우리 반 교생이었던 장봉철 선생님 가족과 만나는 즐거움도 있었습니다.

이번 거창행을 아이들이 함께하지 못한 것이 무척 아쉽습니다. 특히, 지나고 보니 더 그런 생각이 듭니다. 전날 밤에는 먼 길을 떠난다는 기분과 동기에게서 받은 전화로 틀어진 기분까지 더해져서 통 잠을 이루질 못했습니다. 처음 낯선 곳으로 수학여행을 떠나는 초등학생이 밤새 뒤척이다가 꼭두새벽같이 일어난다고나 할까요.

아이들이 같이 가질 않으니 두 집이라도 구태여 차를 두 대 가지고 갈 필요는 없었습니다. 천 선생님이 차를 가지고 가려고 했지만, 아무래도 내 차가 더 편안할 것 같았고, 처음부터 그런 생각이었습니다. 사실 천 아우하고도 자주 만나질 못했습니다. 상당한 시간 누구보다도 가깝게 지내고 함께 다닌 사이지만, 학교가 달라지고 사는 곳이 다르니 만날 기회가 잘 나질 않았습니다. 마음까지 멀어진 것은 아니지만….

9년 만에 내린 큰 눈 때문에 모처럼의 기회가 물거품이 되는 것은 아닌가 하는 걱정을 했지만, 겨울 햇볕의 따사로움은 걱정을 말 그대로 눈 녹듯이 사라지게 만들었습니다. 그러나 경부고속도로는 아무 문제가 없었지만, 88고속도로는 말이 아니었습니다. 많은 터널과 높은 고개는 익히 다닌 것이라 별 문제가 아니었지만, 음지에 쌓은 눈은 이게 고속도로인가 하는 생각이 들 정도였습니다. 특히 어린아이들이 타고 있으니 더 조바심이 나고 힘든 여정이었습니다.

거창읍에 도착하니 한결 마음이 놓이긴 했지만, 갈계리를 향하는 길은 고속도로와는 또 다르더군요. 북상면에서 야영을 두 번이나 했고, 사전 답사 등등의 일로 여러 번 다닌 길이라 낯설지 않았지만, 스키장 아니면 스케이트장 같은 길에서 차를 몬다는 것은 색다른 경험이고, 가슴 조이는 시간들이었습니다.

북상면 소재지로 향하는 계곡은 그 옛날 그대로이건만, 또 다른 감흥에 취하면서 차를 4륜구동으로 하고 시속 20킬로미터 정도로 천천히 몰았습니다. 마침 도로에 오가는 차들이 많지 않아서 함께 탄 일행들도 눈 덮인 산천을 마음껏 보면서 이제나저제나 형님의 집이 나타나기만을 기다렸습니다. 한 구비 돌아 마을이 있고, 또 한 구비를 돌아 얼음장 사이로 흐르는 물소리를 들으면서 그렇게 하기를 몇 번인가 헤아릴 수 없이 되풀이하다가, 모두가 "야! 저기다."라고 이구동성으로 외친 때가 먼 길 떠나온

길손의 뱃가죽이 헐렁해졌을 무렵이었습니다.

반갑게 맞아 주시는 형수님도 여전하시고, 어디 별장에 온 것 같았습니다. 갖은 동물과 산과 나무와 바위와 물과 언제라도 부르면 금방 달려올 것 같은 바람, 욕심을 버렸다고 하지만, 진짜 큰 욕심을 가진 것 같습니다.

세상의 일이란 내가 어떤 의미를 주느냐에 따라 달라질 것이라는 생각을 합니다. 모든 사람들이 공동의 선이라고 하더라도 그것이 나에게 의미가 없다면 무슨 필요가 있겠습니까? 며칠 전에 어느 선배와 이런 이야기를 나누었습니다.

내 인생의 목적이나 목표가 교감이 되고 교장이 되고 다른 어떤 것이 되는 것에 있는 것은 아니다. 그것은 내가 살아가면서 자연스럽게 거쳐 갈 하나의 길일뿐이다.(물론 거쳐 가지 못할 수도 있겠지만.) 내 인생의 목표를 단지 그것에만 둔다면 나의 모든 생활이 그것으로만 연결될 것이 분명할진대, 얼마나 부질없는 것이 될 것인가? 그럴 것이 아니라 지금의 내 삶에 충실하자. 지금 내가 맡은 아이들에게 최선을 다하자. 그리고 미리미리 준비하자. 누구에게나 기회가 오지만, 준비하지 않은 자는 남과 같이 기회를 잡을 수 없는 것 아닌가?

그리고 정정당당하게 살자. 원칙을 지키고 바른 길을 걷자. 조금 빠르다고 무슨 큰 영화를 얻을 것이며, 조금 늦다고 내 인생이 어떻게 되는 것도 아닐진대. 설사 그것을 이루지 못하더라도 또 다른 무엇인가가 나를 채워 주지 않겠는가? 등등의 이야기를 나누었습니다.

눈길을 걷고, 사실 그런 눈길을 걷기가 쉽지 않지요. 스키장의 눈이란 대부분 인공적으로 만들진 눈이니 또 다른 것이고, 한겨울 밖에서 구워 먹는 돼지고기, 불을 가까이 하지 못해 동치미 무같이 살짝 얼어 버린 배추를 씹는 맛이란 삶의 기쁨이라 하지 않을 수가 없었습니다. 더하여 소주의 알싸한 맛을 느끼면서 밤새 산모퉁이를 돌아오는 바람 소리를 잠재우고 그저 흘러만 가는 덕유산 자락, 거창의 물소리는 '사람 산다는 것은 이런 것이구나.'를 느끼게 했습니다.

이런 것을 가까이 하고 사는 것이 어찌 욕심이 아니겠습니까? 세상의 그 어떤 것과도 비교할 수 없는 큰 욕심. 그 욕심을 잠시 뒤로하고, 오던 길을 되돌아오는 마음은 첫 수학여행의 감흥을 못내 잊지 못하는 그런 초등학생이었습니다.

바쁘다는 핑계로 소중한 것을 잊고 살기보다는, 바쁨을 잠시 밀쳐 두고 진정 살아가는 행복을 맛보러 자주 들르겠습니다. 언제나 넉넉한 웃음과 맛깔 나는 음식이 세상에 지친 길손을 마다하지 않을 갈계리를 그리며…

늘 건강하시고 행복하시길…. 날마다 웃음이 끊이질 않는 갈계리의 산모퉁이를 그리며.

아직도 눈이 내리는 2003년 1월 26일 구미에서 김영호 드림

일본 교육 바로 알기

가깝고도 먼

흔히 일본을 가깝고도 먼 나라라고 한다. 지리적인 위치로 보면 매우 가까운 이웃사촌이다. 하지만 역사적인 배경을 생각한다면 쉽게 가깝게 느낄 수만은 없는 나라이다. 최근에는 독도 문제가 불거지면서 외교적인 마찰이 생기고 있다.

공적으로 일본을 두 번 방문할 기회가 있었다. 초등학교나 대학교 등 교육기관을 방문하는 기회가 되었다. 덤으로 일본의 역사나 생활 모습을 살펴볼 수 있었다.

2001년에는 일본에 다녀와서 '아, 우리나라도 조금만 더 노력하면 곧 일본을 따라잡을 수 있겠구나.'라는 생각이 들었다. 그러나 2013년에 일본을 다녀와서는 2001년과는 조금 다른 생각을 하게 되었다.

다음은 일본 연수를 다녀와서 쓴 글의 일부이다.

■일본은 왜 강한가?[15]

---

15) 2001.1.26.~2.1.까지 5박 6일 동안 대구교육대학교대구부설초등학교에서 일본 연수를 다녀와서 쓴 글의 일부이다.

일본의 힘 (2001.1.30.)

자매학교인 효고교육대학교부속소학교를 방문하는 날이다. 특별히 단장에 신경을 썼다. 버스에 오르자 성용제 교장 선생님이 오늘 일정을 소개했다. 효고교육대학교에는 다섯 명의 대구교육대학교 유학생들이 있어 오늘 안내역을 맡을 것이며, 일본의 소학교는 외형적으로 보기에는 실망스러울 것이지만, 그 안에서 이루어지는 교육은 매우 알찰 것이라는 것이었다.

유학생이 보내온 '산보'라는 노래를 함께 배우고 부르면서 즐거운 시간을 가졌다. 창밖으로는 잘 정돈된 농촌 집들이 보였다. 경지 정리가 되지 않은 곳은 계단식 논으로 한국의 산골에 와 있는 착각이 들 정도였다.

한적한 시골길로 접어들어 소학교에 도착했다. 유치원 학생들이 놀이터에서 노는 모습은 바로 우리 아이들 같았다. 버스에서 내려 소학교 중앙 현관으로 들어서는데 운동장에서 체육을 하는 학생들의 모습이 인상적이었다. 아니 한 마디로 충격이었다. 쌀쌀한 날씨에 운동장 곳곳에 물이 고여 있고, 전체적으로 질퍽질퍽 했다. 그 와중에도 짧은 체육복을 입고 양편으로 나누어 축구를 하는 모습은 어디 프로축구 클럽을 찾아온 느낌이었다. 남녀 구분도 없었고 축구 실력도 보통이 넘어 보였다. 그리고 그렇게 살찐 아이들도 없는 것 같았다.

나도 개인적으로 축구를 굉장히 좋아한다. 초등학교 다닐 때 겨울이면 넓은 운동장(지금 학교의 운동장에 비하면)에서 매일같이 축구를 하는 것이 하루 일과였다. 어느 날인가 눈이 내려 질퍽한 운동장에서 축구를 하고 집에 돌아와 잠시 아랫목에 누웠다가 깜박 잠이 들어 깨어 보니 체육복에 묻어 있던 모래가 방바닥에 하얗게 깔려 있던 기억이 새롭다.

초등학교 교사를 하면서도 학생들과 축구를 많이 했다. 체육이나 방과 후나 여름이면 아이들과 같이 짧은 바지를 입고 운동장을 누비던 기억이 스쳐 갔다. 이번 여름에는 아이들과 같이 짧은 바지를 입고 축구를 해야지, 하는 생각이 들었다.

현관에 들어서니 우리 학교에서 보낸 여러 가지 자료들이 잘 전시되어 있었다. 낯선 이국에서 우리 학생들의 작품을 보니 감회가 새로웠다. 또, 이렇게 세심한 배려를 한 소학교 담당자들에게 고마운 마음이 절로 들었다. 연구실에 들러 스하라 소학교 교장 선생님, 교감 선생님 등과 인사를 나누었다. 버스에서 배운 '산보'라는 노래를 함께 불렀다. 일본 선생님들이 무척 좋아했다.

10시부터 11시까지 자유롭게 교실 수업을 참관했다. 일반적으로 수업 기자재는 우리나라만큼은 되질 않는 것 같았다. 대부분 국어(일본어) 수업 시간인지 칠판 활용을 많이 하고 있었다. 다양한 색을 사용하여 시각적인 효과가 있었다.

그리고 교실 환경은 학생들의 작품이 꾸밈없이 잘 나타나 있었는데, 교실의 전면을 활용하고 있었다. 칠판의 양옆, 칠판 위, 옆면, 뒷면, 천장 할 것 없이 공간이 있는 곳이면 어디에나 학생 작품이 붙어 있었다. 자유로운 면은 있으나, 한편으로는 좀 혼란스럽다는 느낌이 들었다.

특히 4학년 교실은 국제 이해 교육을 위해 자매학교인 우리 학교 4학년 각 반의 작품이 잘 전시되어 있었다. 2학년 교실에서는 선생님의 말씀에 따라 교실 바닥을 뒹구는 학생들의 모습이 인상적이었다. 바닥은 군데군데 먼지가 있어서 깨끗하지는 않았다. 우리 같으면 손님이 방문한다고 난리법석을 피웠을 것인데, 형식보다는 실질을 중시하는 실용적인 일본의 문화의 한 단면이 아닐까, 하는 생각도 했다.

체육관을 돌아보고 운동장으로 나오니 다른 반의 체육 수업이 막 시작된 것 같았다. 아까는 자세히 보질 못했는데 전부 등 번호가 적힌 겉옷을 입고 있었다. 흔히 한국에서 보는 프로축구 팀이나 국가대표 팀이 연습 경기를 할 때 입는 그런 옷이었다. 교사가 학생들의 활동 모습을 쉽게 관찰할 수 있을 것이라는 생각이 들었다. 그리고 학생들의 경기 모습을 촬영하는 무비 카메라가 혼자서 열심히 돌아가고 있었다.

우리나라의 어느 초등학교에서 정식 축구부도 아닌 학생들을 이렇게 지도하고 있는가? 몸이 조금 아프다는 핑계로 오늘은 교실에서, 비가 온다는 핑계로 교실에서, 다른 과목 진도가 늦다고 그 과목 보충 시간으로 체육 시간을 빼 먹은 체육 시간이 도대체 얼마나 될까? 물론 나 자신도 예외가 될 수 없다.

정신력을 강조하고 한일 감정만 자극하면 승리는 당연하다고 생각하는 것은 이미 시대착오적인 사고방식이다. 일본의 초등학교 체육 시간이 바로 그 나라의 체력이고 국력인 것이다. 다른 과목도 마찬가지이다. 우리는 너무 화려한 것만 생각한다. 남이 보아서 매끄러운 수업, 번지르르한 수업, 화려한 수업, 많은 자료가 시시각각 투입되는 수업, 그 수업이 끝나고 남는 것은 무엇인가? 이제 거품을 걷고 내실을 다져야 할 것 같다. 이제라도, 더 늦기 전에….

다시 연구실로 들어가 일본 선생님들과 대화를 가졌다. 연구실에 오신 분들은 모두가 정장 차림이었다. 김판수 씨가 통역을 맡아 비교적 수월하게 소통을 할 수 있었다. 나는 국어에 관심이 많은 만큼 국어에 관하여 여러 가지를 물어 보았다.

"일본의 1학년 국어 수업 시간은 몇 시간이며, 담임교사가 국어에 대한 비중은?"

"일주일에 8시간입니다."

"1학년 학생들이 입학기 전에 국어 읽고, 쓰는 것은 어느 수준입니까?"

"대부분 읽고, 쓰기가 되며 유치원에서는 읽고, 쓰기를 가르치지는 않습니다."

"혹 읽기, 쓰기 및 수학 부진아가 있는지 없는지, 있다면 어떻게 지도하고 있습니까?"

"부진아가 있습니다. 부진아는 수업을 마치고 담임이 지도하며 가정과도 긴밀한 연락을 취하고 있습니다."

그리고 학년당 학급 수는 3학급이며, 한 분의 보조 선생님이 있어 학반에서 필요로 할 때 도와준다고 했다. 그리고 선생님들은 각 현에서 추천을 받아서 전입하고 3년에서 5년까지 근무를 하며, 특별한 혜택은 없고 부속소학교에 근무하는 것 자체에 자부심이 대단하다고 한다.

사실 선생님이라면 가르치는 것 자체에 긍지와 자부심이 가져야 한다. 물론 그렇게 하다 보면 자연스럽게 승진을 할 수도 있을 것이다. 그것이 아니라 승진 자체에 목적을 두다 보면 수단과 방법을 가리지 않게 되어 학생들을 가르치는 것이 승진을 위한 방편으로 전락할 것이다.

아쉬운 시간을 마치고 효고교육대학교 교육학부 학장님을 방문하기 위해 운동장으로 나왔다. 막 체육 수업이 끝나 가고 있었다. 운동장 중간에 선생님을 중심으로 둘러서 무엇인가 이야기를 듣고 있었다. 가까이 가 사진을 찍으면서 자세히 보니 가쁜 숨을 몰아쉬면서 진지하게 듣고 있었다. 운동화와 다리는 흙으로 범벅이 되어 있었다.

우리나라에서 이렇게 체육 수업을 하면 학부모들이 뭐라고 할까? 그것은 고시하고 그렇게 수업을 할 선생님이 얼마나 될까? 그리고 그런 수업을 한다면 교장 선생님들은 뭐라고 할까? 현관에서 함께 사진을 찍고 아쉬운 작별을 하면서 대학으로 향했다.

대학은 내가 대학원을 다닌 한국교원대학교와 분위기가 비슷했다. 한적한 시골에 위치한 것부터 초·중등 교사를 같이 양성하는 것도 같았다. 설에는 한국교원대학교가 설립될 때 이 학교가 모델이 되었다고 한다. 대학에 들어서니 우리나라 대학과 분명히 다른 것을 발견할 수 있었다. 학교가 깨끗할 뿐만 아니라 지정된 벽보판 외에는 어느 곳에도 유인물이나 현수막을 볼 수 없다는 것이다. 한때 일본에서도 60년대에는 대학이 이념 논쟁에 휩쓸려 학문의 전당이라는 상아탑의 의미가 퇴색된 때도 있었지만, 지금 외형적으로는 그런 모습은 어디에도 찾을 수가 없었다.

인자해 보이는 학장님과 잠깐 인사를 나누고 문구점과 책방을 구경하였다. 우리를 안내하던 한국인 유학생 박○○ 학생의 모습이 인상적이었다. 박○○ 학생은 예천 시골에서 태어나 안동여고를 나와서 대구교대에서는 윤리 심화 과정을 마치고 효고교육대학교에서는 비교 언어학으로 석사과정을 마치고 곧 박사과정에 입학한다는 것이다. 자그마한 키에 상당히 야무지고 당찬 모습이었다. 신발을 보니 뒤축이 거의 떨어질락 말락 할 정도였다.

그것을 보신 여러 선생님들께서 작은 성의라도 표시하고자 의견을 모으다가 자존심에 관한 문제이고 또한 성실이나 검소, 근면에 관한 소신을 잘못 오해할 수가 있으니 그만두자고 했다. 잠시 함께 걷게 되어 학위 과정을 마치면 한국에 돌아올 계획이 있느냐고 물으니 대답은 않고 빙그레 웃기만 했다.

오후에 시험이 있는데도 우리를 안내한 네 명의 유학생들은 종종 걸음으로 각자 갈 길을 가고, 우리는 스하라 교장 선생님이 앞장선 차를 따라 오사카로 향하는 고속도로로 향했다.

스하라 교장 선생님은 효고교육대학교의 국어과 교수로 일본의 초등학교 검인정 국어 교과서 집필을 했다고 한다. 우리나라의 전래 이야기인 '삼 년 고개'를 교과서에 실어, 우리나라 문교부장관의 표창을 받기도 했다고 한다. 대구교대와 자매 관계로 대학에서 파견된 배한극 교수님과의 인연으로 부속학교끼리도 자매결연을 하게 된 것이다. 한국에 대한 애정이 대단하신 분으로 우리가 흔히 알고 있는 일본 사람들의 대한對韓 감정과는 사뭇 다르다는 느낌이 들었다.

일본을 극복하자

가깝고도 먼 나라, 중국과 더불어 우리나라 역사에서 떼려야 뗄 수 없는 나라, 도움보다는 항상 피해를 준 나라 일본을 5박 6일의 짧은 기간 동안 수박 겉핥기식으로 돌아보았다. 평소 알고 있던 것과 크게 차이는 없었지만, 그들의 생활을 직접 현장에서 보고 느낀 바가 많다. 다분히 주관적인 요소가 많겠지만, 그것은 분명 우리와는 매우 다른 점이며, 그것이 일본을 세계적인 대국으로 만들었을 것이다.

먼저 그들의 생활을 보자. 기초, 기본이 잘되어 있다는 생각이 든다. 지금 우리나라에서도 기초, 기본을 바로 세우자는 운동이 벌어지고 있다. 기초 기본이 부실한 것은 사상누각에 불과한 것이다. 물론 그들도 교통 신호를 무시하고 다니는 사람도 많다. 주로 젊은이들이 잘 지키지 않는 것으로 보인다. 그리고 거리에 가끔 캔이나 휴지도 볼 수 있었다. 그러나 전체적으로 준법정신이 철저하다는 인상을 지울 수는 없다.

그리고 조상 대대로 가업을 물려받는 장인정신이 투철하다. 그것이 오늘날 일본을 세계적인 경제 대국으로 만든 밑거름임에 틀림없다. 덧붙여 철저한 개인주의이나 다른 사람에게 피해를 주지 않으며 남을 배려하고 양보하며 단결심이 강하다는 것이다. 우리 국민성을 이야기할 때 개인적으로는 대단히 우수하고 협동심이 부족하다는 말을 듣는다. 그리고 여성들과 노인들의 사회 참여가 높다. 바로 자기의 직장, 일을 가지는 것이다. 또한 자전거 문화가 보편화되어서 경제적인 이득과 친환경적인 요소 및 건강이라는 일석삼조의 효과를 볼 수 있다고 생각한다.

또 하나 일본은 깃발의 문화이다. 오랜 전쟁의 영향이 아닌가 한다. 동서고금을 통하여 군사의 세를 과시하거나 상징을 할 때 깃발을 많이 사용한 것은 다 아는 사실이다. 음식점 앞이나 책방 앞, 중고자동차상사 앞 전자 상가 앞 등 때와 장소를 가리지 않고 바람에 펄럭이는 깃발을 볼 수 있었다.

그러나 일본의 한계를 지적하는 사람들이 많다. 군대식 사고에 젖어 창의력을 발휘할 기회가 적다는 것이다. 지금까지는 일사불란한 그런 사고방식이나 행동 체계가 발전의 원동력이 되었다면, 앞으로는 그것이 일본의 발전을 가로막는 장애가 된다는 것이다.

일본 초등학교 학생들의 체육 시간을 보면서 많은 것을 생각했다. 우리나라는 학생들을 너무 나약하게 키운다. 부모와 학교라는 울타리에 안주하기에 급급하다. 우리는 일본을 극복하지 않고는 세계 일류가 될 수가 없다. 천연 자원이 부족한 양국은 필연적으로 아이티 산업 등 전자 공업과 가공 무역에 주력할 수밖에 없다.

우리 주변은 세계적인 강대국들이다. 중국은 앞으로 미국과 상대할 수 있는 유일한 국가라는 것이 세계 석학들의 공통된 의견이다. 러시아는 옛 소련만 못하지만, 여전히 강대국임에 틀림없으며, 일본은 앞에서 살펴본 것과 같다.

대륙과 바다를 동시에 끼고 있는 반도국인 우리는 힘이 강할 때는 무한 발전 가능성이 있지만, 힘이 약하면 대륙으로 진출을 꿈꾸는 일본이나, 해양 진출을 꿈꾸는 중국이나 러시아의 괴롭힘을 피할 수가 없는 것이다. 영원한 우방도 적도 없는 것이 현실이며, 우리가 존재할 수 있는 바탕은 우리의 힘뿐이다. 가깝고도 먼 이웃, 아니 가까운 이웃 일본을 극복하고 세계로 나가자.

■ 낯섦과 익숙함을 오가며[16)]

2013년 7월 22일부터 8월 2일까지 11박 12일 일정으로 일본 국외 연수를 다녀왔다. 연수 전후를 계획하고 국외에서 다른 33분을 지원하는 연수번호 34번 행정요원이었다.

10여 일 동안 차를 운전하지 않거나 컴퓨터를 사용하지 않은 것은 첫 경험이다. 많이 낯설었다. 일본에서 경험한 것도 익숙하기보다는 낯선 것이 많았다. 컴퓨터 사용이나 차 운전을 하지 않는 게 처음에는 낯설었지만, 이내 익숙함으로 다가왔다. 휴대폰도 사흘 정도 사용을 하지 않으니 낯섦이 익숙함으로 다가온다.

국외 연수 과정에서 많은 낯섦과 익숙함을 만났다. 낯섦에서 익숙해야 할 것을 찾고, 익숙함이 낯선 것이 되어야 할 것도 만났다. 이 낯섦과 익숙함을 유비무환有備無患, 교학상장敎學相長, 온고지신溫故知新으로 엮어 본다.

유비무환有備無患은 미리 준비해 두면 근심할 것이 없다는 뜻으로 『서경書經』의 열명편說命篇에 나오는 말이다. 이번 국외 연수를 전후해서 유비무환의 필요성을 절실히 느낄 수 있었다.

원칙과 기본에 철저한 일본에서 연수 첫날 대형버스 짐칸에 실은 트렁크 여섯 개가 떨어지는 일이 생겼다. 다행히 내용물의 손상이 없었고, 현지 및 귀국 후 보상 처리가 매끄럽게 된 것이 불행 중 다행이었다. 그 일이 있고 난 뒤에는 짐을 실은 후 반드시 운전기사가 열쇠로 잠그는 것을 확인한 다음 차에 올랐다. 운전 기사분들이 알

16) 대구광역시교육청(2013), 2013.창의·인성 장학자료-3, 낯섦과 익숙함에서 찾은 ■146~151쪽(김영호), 파일탐재: 대구광역시교육청 홈페이지(http://www.dge.go.kr)/교육마당/장학자료/카테고리-창의인성교육과/31, 2013.7.22.~8.2.까지 11박 12일 동안 대구광역시교육청 창의·인성교육 우수교원 국외 연수 행정요원으로 일본을 다녀와서 쓴 글의 일부이다.

아서 열쇠를 잠그기도 했지만, 그냥 지나치는 분들에게는 가이드가 첫날의 일을 설명하면 바로 열쇠를 채웠다.

귀국하는 날, 대구공항에서 시교육청으로 오는 버스 기사에게는 일본에서의 일을 두 번이나 설명을 하였지만, 절대 떨어지지 않는다며 끝내 열쇠를 채우지 않았다. 다행히 트렁크가 떨어지는 일은 벌어지지 않았다.

또한 사전에 철저한 체력을 길러야 한다는 점이다. 연수 이틀날부터 입안과 혀에 물집이 잡히기 시작했다. 피곤하면 나타나는 증상이다. 겉으로 드러나지는 않지만, 음식을 먹을 때 여간 고통스러운 일이 아니다. 다행히 현지에서 약을 구하고, 하룻밤을 조용히(?) 보낸 덕분에 쉽게 치료가 되었다.

연수 후반부에 접어들면서 체력이 떨어져서 고생을 하는 몇 분이 있었다. 다른 준비도 중요하지만, 연수 기간 동안 무탈하게 지낼 수 있는 체력이 무엇보다도 중요하다. 무엇이나 그렇듯이 체력도 하루아침에 길러지는 것은 아니다. 평소에 규칙적인 생활과 꾸준한 운동으로 건강을 다져야 하지 않을까? 웃옷을 벗고 오사카 성을 활보하던 일본 소학교(초등학교) 학생의 모습에서 어릴 적 나를 떠올려 보았다.

귀국 후, 휴대전화의 전화번호 실종 사건도 마찬가지이다. 미리 전화번호를 다운받아 놓았으면 당황할 일도 아니다. 서비스업체에서도 처리하기 전에 백업을 시켜 놓았더라면 역시 근심을 덜 수 있었다.

그 외에도 34명의 연수단 규모의 적정성, 연수단 구성에 적합한 초·중·고 방문학교 선정, 학기 중 국외 연수 실시 방안 모색 등도 미리미리 준비하면 좋을 것 같다. 병을 미리 예방하는 것이 중요하듯이, 어떤 일이나 미리 준비하고 갖추어서 근심과 걱정을 더는 게 살아가는 지혜가 아닐까?

교학상장教學相長은 가르치고 배우면서 학업을 증진시키고 성장한다는 뜻으로 『예기禮記』에 나온다. 남을 가르치는 일과 스승에게서 배우는 일이 서로 도와서 자기의 학업을 증진시킨다는 것으로 늘 되새기는 말이다. 평소 많이 사용하던 말로써 이번 일본 연수 과정에서 교사나 학생이 늘 간직했으면 좋겠다는 생각을 한다.

먼저, 오사카의 건국학교는 교학상장의 본보기로 손색이 없다. 오사카의 건국학교는 열악한 환경에도 불구하고 선생님들의 열정이 대단하다는 것을 실감할 수 있었다. 일반 사립학교에 비해서 열악한 근무 조건과 봉급에도 불구하고 한국인 학교로서의 긍지와 자부심이 넘쳤다.

학교 소개 동영상을 보면서 울컥하는 마음을 억누를 수가 없었다. 오후 3시 20분이면 수업이 끝나고 예체능 활동을 한다는 이야기를 듣고는 우리 학생들의 현실과 겹치면서 답답함이 몰려왔다. 급식도 학생 손으로 먹을 만큼 받아서, 간단한 설거지까지 하는 학생들의 모습은 우리 학교에서 쉽게 볼 수 없는 광경이었다.

우리 교실에 비하면 훨씬 열악한 환경이지만 기초와 기본에 충실하다. 학생들 걸상 뒤에는 예외 없이 조그만 걸레가 걸려 있다. 학생들이 언제든지 자기 주변을 닦고 또 닦는다고 했다.

2004학년도 교대부초에서 3학년 세 명의 담임이 의논 끝에 학생들에게 가로 세로 각 30cm의 수건을 준비하게 했다. 수요일과 토요일에 책상과 교실 곳곳을 닦고 깨끗이 빨아서 책상 위에다 말리고 다음 날 사물함에 넣었다. 책상 위에 널린 걸레를 보면서 지저분하다는 말씀을 하시는 분들이 있었지만, 개의치 않고 1년을 그렇게 하니 교실에 먼지가 많이 줄어들었다.

이나소학교는 일본 연수를 추진하면서 다른 곳을 가지 못하더라도 반드시 가야 할 곳이었다. 성영미 선생님의 능숙한 통역 덕분에 의사소통이 원활했다. 점심시간을 넘겨 가며 예정된 시간보다 1시간 넘게 친절한 안내를 해 주신 교장, 교감 선생님과 연구주임의 열정은 대단했다. 우리 교육청에서 인성교육으로 추진 중인 동물 기르기는 오래 전부터 실시하고 있는 정책이다(일본에는 인성교육이란 용어가 없다).

이나소학교는 통지표, 종소리, 시간표가 없다고 한다. 참 편할 것 같지만, 학생 개인별로 수백 쪽의 상세한 기록물이 있다고 한다. 학생들의 평소 대화를 녹음해서 기록으로 옮기는 수고로움도 마다 않는다고 한다. 선생님들은 모두가 운동화에 바지와 티를 입고, 호루라기를 목에 걸고 수업을 한다고 한다. 학생에게 무슨 일이 일어나면 신속한 조치를 위한 것이라고 한다.

이런 것들이 위에서부터 시도된 것이 아니고, 수십 년 전부터 학교 구성원이 합의해서 이어지고 있는 전통이라고 한다. 연구학교 점수를 따기 위해서나 승진을 위해서 이나소학교에 전입하는 교사는 없다고 한다. 단 하나 교사의 전문성인 수업력을 신장시키기 위해서라고 한다. 우리 선생님들이 반면교사로 삼으면 참 좋겠다는 생각이 들었다.

츠쿠바대학부속소학교는 인간을 소중히 여기고 인간을 이해하며 인간을 위해 나아가는 교사를 양성하는 대학의 교육이 바로 실천되는 곳이다. 대학교수가 교장을 맡아서 일주일에 한 번 출근을 하며, 실질적인 운영은 부교장이 맡고 있다. 부교장은 일주일에 다섯 시간의 수업을 한다.

대학의 교수와 부설학교 교사는 대등한 관계이다. 우리나라도 대학교 교수와 부설학교의 교사가 대등한 관계로 공동 연구를 추진하고 있는가? 부속소학교에서는 10년 뒤의 일본 교육의 변화에 대한 연구를 한다고 한다. 10년 뒤? 수업공개를 할 때는 전국에서 수천 명의 교사가 참관한다고 한다. 교사 연구실에는 온통 책이다. 우리나라 대학부설학교의 공개 모습과 교사 연구실의 모습은 어떤지 궁금하다.

90년대 중반 일본에서 시작된 아침독서 10분 운동이 2000년대 초반 우리 교육청의 핵심 정책이 되어 독서운동을 한 단계 끌어올리는 계기가 되었다. 또한 사토마나부 교수가 시작한 배움의 공동체 운동도 우리 교육청뿐만 아니라 전국적으로 호응을 얻고 있다. 이 외에도 우리 교육에는 일본의 영향을 받는 것이 많다. 좋은 것을 받아들이는 데는 주저함이 없어야 한다.

몇몇 소학교를 참관하면서 우리 교육과의 차이를 생각해 보았다. 일본 교실의 물질적인 환경은 우리보다 열악하다. 칠판과 분필로 상징되는 교실 수업이 일본에는 그대로 남아 있다. 학생과 교사의 상호 존중을 바탕으로 활발한 상호작용이 일어난다.

우리는 어떤가? 칠판과 분필만으로 하는 수업은 구시대의 유물 취급을 받는다. 대신 언제부터인가 우리 초등학교 교실에는 특정한 프로그램(?)이 넘친다고 한다. 학생들은 특정한 맛에 적응(?) 또는 순응하고 있다. 학생들은 무엇과 상호작용을 해야 하는가?

최근 수업 개선에 열정적인 교사들과 연구자들을 중심으로 다양한 수업 보기 운동이 생겨나고 있다. 수업 비평, 아이의 눈으로 수업보기, 배움의 공동체, 수업 친구 만들기 등이다. 학생들의 진정한 학습(배움)이 있는 수업, 그런 수업협의가 이루어져야 한다는 바람도 함께 가져 본다.

한편으로 특정 이론이 최선의 방법일 수는 없다. 우리 학교에 우리 반에 알맞은 것을 취사선택하고 발전시키는 현장 교사의 노력이 필요하지 않을까? 그런 것을 나누고 공유하면서 새로운 이론이 되고, 교사 개개인의 독특한 수업 방식이 되면 참 좋겠다. 배우는 즐거움과 가르치는 행복을 느낄 때 진정한 교학상장이 이루어질 것이다.

온고지신溫故知新은 옛것을 익혀 새로운 것을 안다는 말이다. 옛것을 익혀 그것을 토대로 새로운 지식과 도리를 발견한다는 뜻으로 논어에 나오는 말이다. 일본의 문화재와 관광지를 보면서 가슴 깊이 묻어 두었던 온고지신을 다시 꺼내 본다.

우리 교육청에서는 '대구사랑 골목투어'를 운영하고 있다. 신청 학교가 많아서 3년에 한 번 정도 참가할 수 있을 정도로 인기가 높다. 옛것을 잘 보전하고 현대 감각을 접목한 결과이다. 대구시나 중구청에서도 시민들을 대상으로 적극적인 운동을 펼치고 있다. 어느새 전국적인 명성과 함께 대구의 대표적인 브랜드로 자리를 잡아가고 있다. 온고지신의 좋은 본보기이다.

일본은 자연재해가 많은 곳이다. 쓰나미와 원전 피해 복구가 완전하게 된 것도 아니다. 태풍과 지진도 자주 발생한다. 곳곳에 유황을 분출하며 장대한 터짐을 꿈꾸는 활화산도 제법 많다. 유황을 뿜는 화산 부근에는 어김없이 온천이 있다. 열악한 자연환경이 천혜의 휴양지가 되는 것이다.

북해도의 온천 규모에서 놀라고 또 하나 더 놀란 것은 남탕에서 일하는 분들이 주로 50대 이상의 여성이라는 점이다. 온천욕의 기본 예절을 사전에 연수받았지만, 외국인이면 당황하지 않을 수 없다. 하지만 잠시의 낯섦이 익숙함으로 변하는 데는 그리 오랜 시간이 필요하지 않았다.

일본 거리는 담배 천국이다. 남녀노소를 불문하고 자유롭게 담배를 피운다. 부자지간에 맞담배는 자연스러워도 맞술은 평생에 한두 번이라고 한다. 우리와는 사뭇 다른 낯섦이다. 담배 천국 거리야 배울 것이 아니지만, 젊은 여성들의 기모노와 유카타 착용은 온고지신의 좋은 본보기이다. 평일에 충무로나 동성로 거리에 한복을 입고 활보하는 아가씨들을 본 적이 있는가?

한국에서 한복은 낯섦이고 일본에서 기모노와 유카타는 익숙함이다. 한국에서 한복은 아주 특별한 날에만 입는 옷이 되어 버렸다. 그 특별한 날에도 한복을 입지 않는 사람들이 대부분이다. 무엇이나 특별한 것이 된다는 것은 익숙함이 아니라 낯섦의 또 다른 모습이 아닐까?

십여 년 전에 일본의 효고교대와 부속소학교를 방문할 기회가 있었다. 1월 말, 눈이 녹아 질퍽한 운동장에서 축구를 하던 모습이 인상적이었다. 모두가 반바지를 입고 남녀 구분 없이 함께 축구를 하고 있었다. 그때는 우리가 조금만 노력하면 그리 멀지 않은 시간에 일본을 따라 잡을 수 있겠다는 생각을 했다. 그런데 11박 12일 연수를 다녀오면서 우리가 많은 노력을 하지 않으면 그 간극을 좁히기 어렵겠다는 생각이 들었다.

일본의 교실은 그때나 그리 많이 변한 것 같지가 않다. 교실 환경도 마찬가지이다. 우리는 많은 것이 변했다. 학교의 건물이나 교실의 환경도 많이 좋아졌다. 그런데도 우리의 많은 노력이 필요한 것은 무슨 까닭일까? 무엇 때문일까?

예전 교실 그대로 돌아가자는 것이 아니다. 우리는 예전의 좋은 것들은 낡은 것이라는 이름으로 사라지게 했다. 새것이 다 좋은 것은 아니다. 사라진 것에서 익숙함을 찾아본다. 새것에서 낯섦을 본다.

일본 교육은 기초와 기본에 철저하다. 다른 사회적인 분위기도 그렇다. 남을 배려하되 남을 의식하지 않고, 겉치레에 연연하지 않고 속을 꼭꼭 채운다. 우리의 교실과 학교, 사회가 그렇다고 자신 있게 말할 수 있는가?

신문에 '외모 지상주의 사회, 성형 시술·수술 세계 1위'라는 기사가 났다. 내실을 다지기보다는 겉치장을 하기에 모두가 골몰하고 있는 것은 아닐까? 더 늦기 전에 기초와 기본을 충실히 다져야 한다. 세종대왕 용비어천가의 가르침을 잊은 것은 아닐 것이다. 뿌리가 깊은 나무는 …. 원천이 깊은 물은 ….

전무후무前無後無란 낯섦과 익숙함이 교차하는 말이다. 가깝고도 먼 나라 일본이라는 표현을 자주 사용한다. 누구는 '일본은 없다'고 하고, 또 다른 누구는 '일본은 있다'고 한다. 다 '낯섦'과 '익숙함'의 관점 차이라는 생각을 한다.

　지금 우리에게 필요한 것은 익숙함에 있는 것이 아니라 낯섦에 감춰진 보물을 찾아야 하지 않을까? 우리나라나 일본의 낯섦과 익숙함에서 진정 우리에게 필요한 것을 찾아서 우리 것으로 만드는 지혜가 필요하다. 용기와 두려움은 한 이불을 덮고 잔다고 한다. 낯섦과 익숙함도 동전의 양면이나 손등과 손바닥의 관계와 다르지 않다.

　일본의 호텔 화장실에서 나와 체구가 비슷한 일본인과 동시에 손을 씻었다. 앞서거니 뒤서거니 화장지를 뽑았다. 나는 손을 닦았다. 일본인 남자는 세면기 주변의 물기를 닦았다. 그러고는 손수건을 꺼내서 손을 닦았다. 아차, 나는 다시 화장지를 뽑아서 세면기의 물기를 닦았다. 바지 주머니에는 손수건이 두 개나 들어 있었다. 짧은 순간 서로에게 말없는 낯섦과 익숙함이 교차했다.

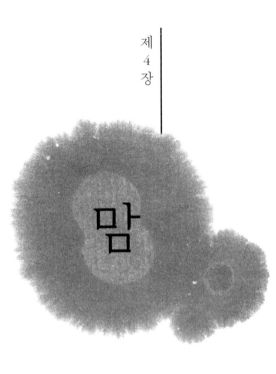

제 4 장

맘

마음과 마음을 나누는 방법에는 여러 가지가 있다. 대화, 참 좋은 방법이다. 아침 시간, 수업 시간, 방과후 시간 등 학교 생활 중에 대화할 시간이 참 많다. 그런 마음 나누기를 기록으로 남기면 좋지 않을까? 티끌 모아 태산이라고 하지 않았는가? 하루하루의 작은 기록들이 쌓이고 쌓여서 훌륭한 교육의 디딤돌이 되지 않겠는가? 다시 쓰는 교단일기, 교감일기 속으로…

마음과 마음을 나누는

"포항공대에서 입학사정관제를 처음 도입하고 기억에 남는 학생이 몇 있습니다. 그중에 한 학생이 기억나는데 고등학교 선생님 추천서에 '골치 아픈 천재'라고 쓴 학생이 있었습니다. 1차 입학사정관 투표에서는 탈락했는데, 2차 교무회의에서 합격을 시켰습니다. 포항공대 입학사정관제를 실시하고 처음 있었던 일입니다. 마침 기계공학과라 제가 담당하게 되었습니다. 학생 면담 일정을 잡기가 어려워서 점심시간에 면담을 하면 어떻겠느냐고 전화를 했습니다. 그랬더니 점심시간에 면담을 하면 자기가 점심을 못 먹는다고 했습니다. 그래서 네가 점심 못 먹으면 나도 점심을 못 먹는다.…"

2013년 창의·인성교육 컨설턴트 양성과정(심화)에 강사로 오신 한국원자력안전연구원 김무환 원장님의 말이다.(2014.1.21.(화) 14:00~15:00, 대전 TK인재연수원) 포항공대에서 27년간 근무하고 최근 연구원장으로 옮기셨다고 한다.

'골치 아픈 천재'와 상담을 해 보니 고등학교 다닐 때 수업 시간에 질문을 많이 했다고 한다. 그런데 그 질문에 어느 누구도 답을 해 주지 않았다는 것이다. 사회성에도 약간의 문제가 있었지만, 학생의 궁금중에 대해서 아무도 답을 해 주지 않는 고등학교가 놀랍기도 하다.

처음 대학 생활을 할 때는 몰라서 질문을 하지 못했다고 한다. 그 뒤 대학을 아주 우수한 성적으로 졸업하고 동대학원에서 열심히 공부하고 있다고 했다. 원장님은 학생들을 기다려 주고 질문을 즐겁게 받아 주라는 말로 그 학생에 대한 이야기를 마쳤다.

교사와 학생, 학생과 학생의 상호작용이 충만한 교실 수업을 생각한다. 더하여 선생님과 선생님의 수업에 대한 이야기가 넘쳐 나는 교실을 그려본다. 그런 과정을 자유롭게 써 보자. 살아 있는 교실의 이야기, 수업에 대한 고민과 열정이 담긴 이야기를 써 보자. 흔히 말하는 교단일기이다. 나만의 역사가 되지 않겠는가?

'민들레 홀씨 되어'라는 노래가 있다.

달빛 부서지는 강둑에 홀로 앉아 있네
소리 없이 흐르는 저 강물을 바라보며
가슴을 에이며 밀려오는 그리움 그리움
우리는 들길에 홀로 핀 이름 모를 꽃을 보면서
외로운 밤을 나누며 손에 손을 잡고 걸었지
산등성이의 해질녘은 너무나 아름다웠었지
그 님의 두 눈 속에는 눈물이 가득 고였지
어느새 내 마음 민들레 홀씨 되어
강바람 타고 훨훨 네 곁으로 간다

산등성이의 해질녘은 너무나 아름다웠지

그 님의 두 눈 속에는 눈물이 가득 고였지

어느새 내 마음 민들레 홀씨 되어

강바람 타고 훨훨 네 곁으로 간다

어느새 내 마음 민들레 홀씨 되어

강바람 타고 훨훨 네 곁으로 간다.

(민들레 홀씨 되어/작사·작곡 김정신)

학생들은 일기 쓰기를 어려워한다. 그 이유는 주제를 잡아라, 한 가지를 자세하게 써라, 생각이나 느낌을 많이 써라 등의 주문에도 영향이 있다. 또한, 막연하게 일기를 쓸 것을 요구만 했지 자세한 방법을 안내하지 않은 이유도 있을 것이다.

선생님들도 마찬가지이다. 하지만 일기를 쓰는 것이 어려울 것도 힘들 것도 없다. 어느 날은 일어난 일을 차례대로 써 보자. 또 어느 날은 수업 시간 한 시간만 자세하게 써 보자. 아이들과 이야기 나눈 것만 써 보자. 이런 모든 것을 다 써 보기도 하자. 중요한 것은 교단일기를 시작하는 것이다. 무엇이나 시작이 반이다. 교단일기를 쓰는 것은 민들레 홀씨가 되는 것이다.

마음 나누기의 시작, 교단일기

다시 쓰는 교단일기

2000년 9월 25일, 처음 개인 홈페이지를 만들었다. 학습 자료실이며 여러 가지로 유용한 공간이었다. 틈틈이 학교생활을 중심으로 교단일기(847회)도 썼다. 생각하기 나름이지만 개인적으로 아주 중요한 자료이다.

2005년에 홈페이지 회사에서 유료로 전환하고 기존 홈페이지는 폐쇄한다는 연락이 왔다. 그동안의 자료가 너무나 아쉬웠다. 120,000번이 넘는 접속이 이루어진 홈페이지를 그냥 날려 버리기에는 너무나 아까웠다. 다행히 얼마의 돈을 지불하고 전 내용을 시디에 담을 수 있었다. 그러나 게시판 형태의 교단일기는 흔적도 없이 사라져 버리고 말았다.

그 무렵 교총의 홈페이지 계정을 하나(2005.3.29.) 개설했다. 2005년 3월, 6년 동안 근무하던 교대부초를 떠나 북부에서 6개월을 지내고, 신설학교인 대구함지초등학교에 근무하게 되었다. 자의 반 타의 반으로 신설학교 연구부장을 맡으면서 체육 전담 교사를 1년 6개월 하였다. 홈페이지를 사용할 일이 거의 없었다. 교단일기도 거의 쓰지를 않았다. 어딘가 허전했다.

2007년에도 계속 연구부장을 하면서 학반을 담임하겠다고 했다. 이왕이면 6학년을 맡겠다고 하니, 모두들 반신반의했다. 1월에 홈페이지 메뉴를 새롭게 꾸미고, 지난 번 홈페이지 자료를 하나둘씩 옮겼다. 매일 쓰지는 못하지만 새롭게 교단일기도 시작했다. 교대부초에 있을 때와 같이 자주는 쓰지 못했지만, 중요한 일은 짧게나마 기록으로 남겼다. 교직을 마무리하는 날, 그간의 흔적을 모아 작은 기록으로 남기는 바람도 있었다. 학생들은 모둠별로 돌아가면서 학급 일기를 썼다. 역시 홈페이지에 올렸다.

초동목아(樵童牧兒)가 되어 (2007.1.19.금)

오전에 방을 정리했다. 서재 겸 큰아이 방으로 사용하던 것인데, 큰아이가 대학에 가고 군에 가는 바람에 주로 서재 겸 컴퓨터실로 사용하던 곳이다. 이것저것 물건을 들여놓다 보니 사용하지 않는 의자가 두 개나 되고, 그 위에 옷이 겹겹이 쌓이게 되었다. 또한, 평소에 입고 다니는 양복 두 벌과 코드 두 벌도 책장을 옷걸이 삼아 걸게 되니 용도 불명의 방이 되고 말았다.

언제부턴가 아내가 방을 치우라고 성화를 한다. 몇 권의 교육학 책을 분리수거 하였다. 밑줄 친 곳이 많은데, 그런 곳은 그냥 쉽게 넘겨 버린다. 다 알지도 못하면서 줄을 친 것에 대한 안도감이라고나 할까. 몇 번 책을 아파트 분리수거 창고에 내고, 걸레로 책장 곳곳을 닦았다.

책장 가장자리 네 곳은 따로 자리를 비워 교육학 관련 책만 넣었다. 책도 다시 분류를 하고 나니 짧은 오전이 끝났다. 방은 원래의 모습으로 돌아왔다. 어쩌면 책장의 책들이 지금까지 많이 서운해 했을지도 모를 일이다. 늦은 점심을 먹고 아내와 함께 시골로 갔다. 부모님들이 계시는데, 20분이면 충분히 도착하는 거리이다. 겨울 햇살이 따사로웠다. 늘 가는 길이라 익숙한 풍경들이다.

아버지는 누워 계셨다. 어머니와 함께 오전에 자두나무 전지 한 것을 정리하시다가 어지럽다면서 집으로 내려오셨다는 것이다. 잠시 문안을 드리고 지게를 메고 톱과 낫을 들고 집을 나섰다. 아내는 반찬을 만들고 저녁 준비를 하였다.

키가 커서인지는 몰라도 초등학교 5학년 때부터 전용 지게가 있었다. 여름이면 소 먹일 풀을 베어서 지고, 겨울이면 아궁이에 땔 나무를 하여서 가져오던 지게였다. 그 당시 전용 지게는 언제 없어졌는지 모르지만, 아직도 시골집에는 지게가 있다.

상당히 오랜만에 지게를 지고 산에 올랐다. 짧은 겨울 해가 산 그림자를 만들어 응달인 산자락은 어스름이 내리기 시작했다.

어릴 때만 해도 모든 집이 나무로 보온을 하던 시절이라 나무하기가 쉽지 않았다. 가까운 산보다는 멀리 가야 제대로 나무를 했던 기억이 새롭다. 오전에 나무 한 짐을 하고 점심을 후딱 먹고 나서 다시 오후에 나무를 한 짐 하고 나면 길고 긴 겨울밤이 기다리던 시절이었다.

조금 가난하긴 했지만, 그런 일이 힘들다거나 하기 싫지는 않았다. 그저 즐겁게 일을 하였다. 늘 또래 아이들보다 풀이나 나무를 많이 했던 기억이 난다. 어른들도 시원찮은 어른보다 낫다는 말씀을 자주

하셨다.

어린 시절과 달리 지금은 산에서 나무를 하는 사람이 거의 없기 때문에 산이라면 어디서나 나무가 넘쳐 난다. 산소 부근에는 산소에 햇볕이 잘 들도록 주변에 나무를 베어 놓은 것이 많고, 각종 병해충에 쓰러진 나무도 여기저기에 널려 있다.

큰 참나무를 네 등분 하고, 가시나무와 소나무 하나를 지게에 얹은 후 칡 줄기로 잔가지를 한 다발 묶어서 지게에 얹었다. 지게를 지고 일어서지 못한다는 생각은 하지 않았다. 그런데 지게를 지고 일어서려니 도저히 일어설 수가 없었다. 생각보다 참나무가 너무나 무거운 것이었다. 세월의 나이를 생각해도 그리 힘이 없다고는 할 수 없는데 말이다.

하는 수 없이 참나무 둥치 두 개를 내리고 다시 묶었다. 이마에서 땀이 비 오듯 흘렀다. 등줄기에 흐르는 땀도 식힐 겸 보온병에 가지고 간 물을 한 잔 마시고 잠시 앉았다. 지금쯤 면접을 보고 있을 것이란 생각을 했다. 낙엽에 미끄러지지 않게 조심조심 집으로 내려와서 내려놓고 다시 산으로 갔다. 남은 것과 다시 조금 더 나무를 해서 집으로 내려왔다. 산은 어둠이 내리기 시작했다.

부모님과 함께 저녁을 달게 먹었다. 부모님들은 뭐 하러 힘들게 나무를 하느냐고 하셨지만 싫지만은 않은 듯하다. 그렇다. 이왕에 하는 일이라면 즐겁게 해야 할 것이다. 어린 시절 겨울 방학이면 오전에 나무 한 짐 하고, 점심으로는 시래기 국에 밥을 말고 고추장을 넣어서 먹는 것이 그리 좋을 수가 없었다. 그래서 지금도 자주 그렇게 먹는다. 세월이 흐르면서 그런 즐거움이 점점 줄어드는 것은 아닌지 모르겠다.

시작한 일이라면 어떻게 하든지 끝을 보아야 할 것이다. 저녁에 전문직 시험을 친 동기들과 통화를 했다. 여러 가지 걱정을 해 주었다. 고마운 일이다. 내공을 더 쌓아서 다음에 보자고 했다. 시험 문제가 꽤나 어려웠나 보다.

그렇다. 하루 이틀에 이루어지는 일은 없지만, 어느 것이나 하루 이틀 소홀히 해서 될 일도 없다. 아내에게는 내색을 하지 않았다. 왜 뜬금없이 산에 나무를 하러 갔는지도 모른다. 어쩌면 모르는 것이 좋을 듯도 하다.

오늘 초동이 되었다. 그 어린 시절은 초동 때와 같이 앞으로 나에게 주어지는 모든 것을 즐겁게 받아들이려 한다. 무엇이 되고 되지 않고의 문제가 아니라, 내 마음이 즐거워야 모든 것을 즐겁게 대하고 행복한 결실을 맺을 거란 생각을 한다. 다시 어린 시절의 초동목아가 되어 본다.

다시 시작하는 하루 (2007. 3. 2. 금)

퇴근 시간이 막 지났다. 아침부터 오락가락하던 비는 여전하다. 봄비라고 하지만 이 비 그치면 좀 추워지지 않을까? 사실 겨울다운 날씨가 없었던 터라 내심 좀 추워지길 기대하곤 했었다. 시업식을 할 때도 비가 오락가락해서 학생들이나 선생님들 마음도 오락가락했었다. 다행히 큰비는 내리지 않았고, 간단명료한 시업식을 마치고 교실로 들어와 잠시 숨을 돌리고 체육관으로 향했다. 1학년 입학식에 참석해서 환영을 해 주는 자리였다. 이럴 때 체육관이 있다는 게 얼마나 다행인지 모르겠다. 아주 긴장한 아이, 언제나 그런 아이, 그 아이들 표정만큼이나 다양한 부모님들의 표정, 그렇게 입학식이 끝났다. 아이들과 여러 가지 약속을 하고 편지(다음 내용)와 함께 여러 가지 안내장을 돌렸다. 그렇게 시업식날인 3월 2일 아이들과의 만남이 끝났다. 오후에는 2시에 학년 연구 담당 선생님들의 모임이 길어지다 보니, 기획위원회는 참석하여 자리에 앉자마자 회의가 끝나고 말았다. 다시 4시에 연구부 소속 선생님들과의 회의, 그리고 4시에 전체 직원 회의. 그 와중에도 비는 계속 내렸다. 안치환의 '사람이 꽃보다 아름다워' 노래가 비를 타고 내린다. 그렇다. 사람이 꽃보다 아름답다.

다음은 학부모들께 드린 안내장이다. 매월 초나 말에 학급의 일을 안내하였다.

학부모님께 드립니다.

학부모님 댁내 두루 평안하십니까?

새봄과 함께 2007학년도 대구함지초등학교 6학년 1반을 담임하게 된 교사 김영호입니다. 귀댁의 자녀를 담임하게 된 것을 매우 기쁘게 생각합니다. 저에 대한 내용은 마지막 부분을 참고하시면 됩니다. 앞으로 일 년 동안 함께 생활하면서 우리 6학년 1반 학생들이 이런 사람이 되었으면 하는 바람과 학급 경영에 대한 안내를 드리겠습니다. 이것은 대구광역시 교육청의 주요 시책과 우리 학교의 학생상에 기초하여 6학년 1반 학생들과 제가 함께 노력해야 할 것이라고 생각하시면 됩니다.

첫째, 기초와 기본이 튼튼한 학생입니다. 속담에 '공든 탑이 무너지랴?' 또는 '사상누각', '세 살 버릇 여든 간다.' 등의 말이 잘 말해 주듯이 공부나 인성이나 기초나 기본이 중요합니다. 기초 생활 질서 지키기, 기초, 기본 학력 정착하기, 학습장 정리, 맡은 일에 책임 다하기 등입니다. 그리고 궁극적으로 학생 자신이 공부에 자신을 가지고, 공부하는 방법을 알았을 때 학습력 신장이 배가될 수 있습니다. 가정에서도 항상 관심을 가져 주시기 바랍니다.

둘째, 좋은 책을 많이 읽고 자신의 생각을 글로 나타내는 학생입니다. 동서고금을 통하여 독서의 중요성은 누구나 다 인정을 하는 것입니다. 부모님들께서도 자녀들과 함께 책방에 들러 책을 고르거나 사는 일을 하시면 독서 교육에 큰 도움이 되겠습니다. 그리고 책을 읽는 습관을 가지도록 집에서 함께 책을 읽는 시간을 가져 주시고, 가급적 텔레비전 보지 않는 날을 정하는 등 각 가정 나름대로 좋은 계획을 세워서 실천해 주시기 바랍니다. 다른 분야도 마찬가지겠지만 독서 교육에 있어 가장 중요한 것은 부모님들의 모범입니다. 우리 학교 도서관도 3월 초에는 새로운 모습으로 단장을 마치고 개관을 하게 됩니다. 그리고 자신의 생각을 글로 나타내는 연습이 많이 필요합니다. 말로 나타내는 것도 중요하지만, 글로 자신의 생각을 표현하는 것도 매우 중요한 시대입니다. 국어 시간뿐만 아니라 학교생활이나 사회, 가정생활을 하면서 보고, 듣고, 느낀 것을 기록하고 정리하는 습관을 가지도록 노력하겠습니다.

셋째, 정보화 시대에 걸맞게 인터넷 등 정보 관련 학습에도 소홀함이 없도록 해야겠습니다. 세계는 하루가 다르게 변하고 있으며, 그 모든 자료들이 인터넷이라는 '정보의 바다'에 녹아들고 있습니다. 세상의 변화를 거부하기보다는 앞서 가는 자세가 필요하다는 생각입니다. 그러나 아무리 좋은 것이라도 너무 지나치면 부족함만 못하다고 하였습니다. 필요

이상으로 채팅이나 게임에 빠지지 않도록 각별한 주의와 부모님들의 보살핌이 필요하다고 생각합니다. 따라서 가정에서는 컴퓨터나 텔레비전은 학생들과 상의하셔서 일정한 시간대나 주당 몇 시간 등의 방법으로 정하는 것이 좋겠습니다.

넷째, 학생들에게 맞는 한 가지 이상의 운동입니다. 몸이 건강해야 마음이 건강하고 자신이 할 수 있는 일을 자신 있게 할 수 있다는 것은 누구나 다 알고 있는 사실입니다. 아파트에 산다면 엘리베이터를 타는 대신에 계단을 걸어서 오르내리는 것도 좋은 운동이 될 것입니다. 학교에서는 줄넘기를 중점적으로 하고 있고, 지난해에 이어 가족 배드민턴 대회도 계획이 되어 있습니다. 가족이 함께 운동을 한다면 금상첨화가 될 것입니다.

다섯째, 더불어 살아가는 마음을 가진 학생입니다. 앞으로의 사회는 저마다의 개성을 가진 사람들이 서로 협력하여 더불어 살아가는 시대가 될 것입니다. 나 혼자만 살아가는 세상이 아닌, 나와 주변의 사람들이 즉, 우리들이 더불어 살아가는 공동체가 될 것입니다. 내가 잘났지만, 나 자신을 낮추고 겸손하고 다른 사람들과 협력할 수 있는 마음가짐이 필요할 것입니다. 내 주변에는 나보다 몸이 불편한 친구, 나보다 여러 가지가 부족한 친구도 있을 수 있고, 반대로 내가 그럴 수도 있습니다. 함께하면 행복하고 아름다운 사회가 될 것입니다.

마지막으로, 일체의 촌지는 받지 않습니다. 학생들은 누구나 공평하고 평등한 한 인격체로 대접받을 권리가 있습니다. 공부를 잘하고 못하고, 운동을 잘하고 못하고, 경제력의 차이 등의 문제로 차별을 받아서는 안 됩니다. 혹 학교를 방문하실 때 음료수나 화분 등도 사양합니다. 학교와 교실은 언제나 열려 있습니다. 학교나 교실을 방문하실 때 학교를 믿고,

학생(자녀)을 사랑하는 마음만 가지고 오시면 됩니다. 다시 말씀드립니다. 일체의 촌지는 받지 않습니다.

이상 여섯 가지의 안내 및 당부 말씀을 드렸습니다. 학부모님 여러분들의 적극적인 협조를 부탁드리면서, 시인의 말씀과 같이 우리 모두가 서로에게 '참 좋은 당신'이 되었으면 합니다.

혹 궁금하신 것은 아래 내용을 참고하시기 바랍니다.

내내 건강하시고 행복한 생활을 하시길….

고맙습니다.

2007년 3월 2일
대구함지초등학교 6학년 1반 담임 김영호 드림

일요일 3제 (2007. 4. 8. 일)

〈1제: 나무〉

내일 지구의 종말이 오더라도 오늘 한 그루의 나무를 심겠다고 했던 스피노자의 말이 생각났다. 오늘 자두나무 30여 그루를 심었다. 몸이 그리 편치만은 않으신 아버지의 고집이다. 건성으로 두어 번 지금도 나무가 많은데 뭐 하려고 나무를 심느냐고 투정삼아 말씀을 드렸지만, 진심은 아니었다.

아내는 작은아이를 도서관에 보내고 집 정리를 한다고 함께 가질 못했다. 좀 느긋하게 아침잠을 잘 수도 있는 일요일이지만, 그렇게 할 형편이 아니다. 어젯밤에 모처럼 클럽에 가서 운동을 하고 몇몇이 간단한 뒤풀이도 한 참이라 아침 해와는 상관없이 느긋한 잠이 필요한 일요일이었다.

혼자 차를 몰았다. 세차를 한 지도 오래되어서 차 안팎이 말이 아니다. 하지만 어쩌랴. 나들이를 가는지 차들이 많다. 시골 동네 부근에 이르자 온통 하이얀 자두꽃이다. 김천이 포도 특구이면서도 자두 특구이기도 하다. 우리 집에서도 사과를 하다가 지금은 모두 자두로 품종을 바꾸었다.

아버지 어머니와 함께 차를 타고, 묘목을 사러 갔다. 몇 번 가 본 곳이기 때문에 힘들이지 않고 찾아갔다. 부모님은 혹 묘목이 없으면 어쩌나 하는 괜한 걱정을 하신다. 묘목이 없으면 좋겠다는 생각도 든다. 그러면 오늘 하루 그냥 가는 것이다.

그러나 바람과는 정반대로 묘목은 얼마든지 있었다. 봄기운이 완연해서 묘목에도 제법 잎이 나와 있었다. 자두나무 35그루, 밤나무 2그루, 감나무 1그루를 샀다. 밤나무와 감나무는 덤으로 얻어서 셈을 하지 않아도 되었다. 이게 세상사는 인심이고 인지상정이 아니겠는가? 부모님의 표정이 밝아지신다. 작은 것에 웃고 우는 그런 평범한 분들이다.

줄을 대고 묘목을 심고, 물을 충분히 주었다. 1,000여 평이 좀 넘는 밭에 심어져 있는 자두나무도 많은데 굳이 심으시려고 한다. 자두꽃 향기가 바람에 날리고 그 꽃잎이 머리에 떨어져 앉는다. 어머니가 머리에 앉은 꽃잎을 털어 주신다. 설령 오늘 심은 나무가 당신 살아 계실 때 수확을 못 할 수도 있지만, 심고 또 심고 싶으신가 보다.

더 이상 이런저런 말씀을 드릴 필요가 없다는 생각이 들었다. 지금 있는 것만 해도 너무 벅차다. 나도 나이가 들어서인지(?) 예전의 일요일만큼은 하지를 못하는 것 같다. 물론 학교 일이 이전보다 많기는 하지만, 세월 앞에 장사 없다지 않는가?

점심은 지난 일요일에 간 곳에서 달게 먹었다. 집에서 간단하게 세차를 했다, 차가 달라졌다. 자두꽃 향기를 차 안에 가득 싣고 다시 고향에서 멀어졌다. 오후의 봄 햇살이 줄기차게 백미러를 따라온다.

〈2제: 시장 구경〉

집에 와서 간단히 샤워를 하고 잠시 쉬었다가 아내와 함께 사장에 갔다. 옷 두 가지를 수선하려고 단골집에 맡기고 시장에서 선 채로 음식을 먹었다. 시장해서인지 맛이 좋았다. 처형 가게에 들러 커피를 한 잔 마시고, 봉곡동 배드민턴 가게에 들러 짧은 바지를 하나 샀다.

〈3제: 수업 준비〉

저녁을 먹고 12일 공개수업을 할 교수·학습안을 짜기 시작했다. 그동안 책을 보고 머릿속으로만 생각하고 생각하던 것을 하나하나 풀어 나갔지만, 10여 쪽이 넘는 분량을 다 할 수는 없었다. 내일 일찍 출근해서 학교에서 마무리를 해야 할 것 같다. 아니면 또 월요일 밤에 교실에 불을 밝혀야 할 것 같다. 글을 읽고, 협력학습을 통하여 전체의 내용 요약하기이다.

수업공개 (2007. 4. 12. 목)

7교시(15:00-15:40)에 공개수업을 했다. 6학년의 다른 반은 2교시에 교장, 교감 선생님이 참관하는 약식 장학을 했다. 당초 계획은 하루 전인 수요일 5교시였으나, 대부분의 선생님들이 출장을 나가실 일이 갑자기 생기는 바람에 목요일, 그것도 7교시에 하게 되었다.

학생들이나 나나 7교시는 부담이 될 수밖에 없다. 학생들은 방과 후 학교 외에는 정규 수업으로는 7교시를 한 적이 없기 때문이다. 물론 학원 수업 등으로 학교 수업을 마치고 몇 시간을 더 하는 학생들도 있지만, 그것과는 분명히 다른 무엇인가가 있는 것이다.

학년 초에 수업을 하겠다고 자청을 했었다. 수업을 잘하고 못하고를 떠나서 체육 전담을 1년 6개월 하면서 수업에 대한 감이 많이 떨어진다는 느낌을 받았던 터라 뭔가 재충전의 기회가 필요하다고 생각했었다. 그렇게 국어를 한다고만 해 놓고는 바쁜(?) 일상에 빠져서 수업을 생각할 기회가 없었다. 6학년을 맡은 지도 몇 년이 되었고, 연구부장의 일도 만만치가 않았다.

3월 말에 국어 진도를 확인해 보았다. 교육과정 운영 계획대로 한다면 둘째 마당 소단원 2의 자연과 더불어 '사라진 공룡'을 읽고, 전체의 내용을 요약하는 것이었다. 하필이면 2차시 연속 차시로 되어 있는 것이라, 계획을 하기도 수업을 하기도 힘든 차시였다. 98년 연구 교사를 할 때의 주제가 요약하기이기는 하지만, 그때는 수업공개도 5월 초라 지금보다는 여러 가지로 여유가 있었다.

다른 차시를 하기보다는 교육과정에 근거해서 그대로 하기로 했다. 손이 뜸했던 국어과 관련 책을 보고, 교사용 지도서를 몇 번이고 보았다. 출퇴근길에 머릿속으로 정리를 해 보았지만, 썩 좋은 생각은 떠오르지 않았다. 몇 번이고 주저하다가 4월 8일 일요일 저녁에 다섯 시간에 걸쳐 초안을 완성했다.

오전에 시골에 가서 밭에다 나무를 사다가 심느라 두어 시간 삽질

이면 괭이질을 한지라 피곤했지만, 더 이상 미룰 수가 없었다. 다시 월요일 밤에 수정을 하고, 화요일에 학년 것과 함께 결재를 받은 후에 화요일 밤에 최종 수정을 하여 수요일에 각 학년에 안내를 하였다.

그런데 수요일에 전전차시(10/18) 수업을 해 보니 협동 학습으로 하는 양이 너무 많을 것 같았다. 그래서 다시 협동학습을 하는 분량을 전문가 학습에서 각각 2,2,2,3문단씩만 하기로 계획을 바꾸었다. 그리고는 수업 당일 4교시에 바로 전 차시 학습을 하였다. 학습지는 두 차시 연속해서 사용하는 것으로 하였다.

5, 6교시는 학생들은 편안하게 해 주었다. 잠을 자고 싶은 학생들은 10여 분 잠을 자게 하고 이야기를 나누고, 시를 흥얼거리다 보니 수업할 시간이 되었다. 긴장이 된다. 심호흡을 한다. 시를 외워 본다. 노래를 함께 불러 본다.

카메라가 도착했다. 아이들도 긴장한다. 선생님들이나 학부모 또는 교생 참관 수업을 수없이 했지만, 그때마다 긴장되기는 마찬가지다. 시작과 마침을 알리는 것은 없다. 대부분의 선생님들이 오시고, 교장, 교감 선생님이 오신 게 3시 5분쯤이다. 계획보다 5분 늦게 시작했다.

"즐거운 국어 공부 시작하겠습니다."라는 인사에 학생들은 "열심히 공부하겠습니다."라고 답한다. 바로 학습 문제를 찾기 위한 창의성 5단계가 시작되었다. 1. 공운동 2. 화석 3. 영화 4. 중생대 5. 쥐라기 공원.

잠시 침묵이 흐르고 학생들에게 확인해 본다. 1번에 답을 한 학생들은 거의 없다. 5번에 오니 공룡이라고 답한 학생들이 대부분이다.

그래서 오늘은 '사라진 공룡'을 읽고, 전체의 내용을 요약하는 것으로 학습 문제를 정하고 판서를 했다. 학생들과 의논하여 공부할 내용을 찾고, 전문가 학습에 공부할 내용을 확인했다. 미리 소칠판에 기록한 것을 꺼내서 확인을 했다.

'북청 물장수'를 외우면서 전문가 학습 모둠으로 이동한다. 우리 반에서는 제자리에서 집중을 할 때는 '아침풍경'(김영호) 시조를 외우고, 전문가 모둠으로 이동하고, 다시 모집단으로 돌아올 때는 '북청 물장수'(김동환)와 '소금'(류시화), '향수'(정지용) 등의 시를 외우고 있다.

전문가 학습을 마치고, 두 전문가 집단의 요약한 것을 비교하고, 모집단으로 돌아갔다. 역시 시를 외운다. 별로 소란하지 않고 빠른 시간에 이동을 한다. 전문가 모둠에서 학습한 것을 모집단에서 서로 가르치기를 하고, 개인별로 요약하고 돌려 보면서 상호 평가를 한다. 그리고 전체 발표를 했다. 조금씩 요약한 내용이 다르다. 당연한 일이다. 내가 준비한 것을 파워포인트로 잠시 보여주고, 눈을 감고 공부한 내용을 정리한다.

마지막으로 학생들의 소감을 들어보았다. "선생님들이 오셔서 긴장이 되었다.", "선생님들이 많이 오셔서 짜릿했다.", "선생님들이 많이 오셔서 감시를 당하는 느낌이 들었다." 등이다. 역시 솔직한 표현이다. 그렇게 수업이 끝났다. 두 모둠에 건빵 한 봉지씩을 돌렸다. 4시가 다된 시각이니 시장기가 돌 때다.

이번에 적용한 모형은 협동학습의 직소 모형(전문가협력학습)이다. 전에는 거의 잘 사용하지 않았던 모형이다. 모둠학습은 늘 하지만, 항상 한두 명이 주도하는 형태를 벗어나기가 어려웠다. 모둠 구성도 3

월 3주에 했다. 준비도 검사며, 학습 태도, 남녀 등을 고려하였다.

협동학습을 위한 전문가협력학습의 준비는 3월 말에야 완성이 되었다. 역시 상호 이동하는 학생들의 수준을 고려해야 했다. 협동학습의 장점은 방관자가 없다는 것, 물론 전문가 학습을 할 때에는 한두 명이 주도를 할 수도 있지만, 그 내용을 모집단에 전달하고 상호 가르치기를 해야 하기 때문에 방관자가 되기는 어렵다.

하지만 시간이 너무 많이 걸리고 학습 훈련이 철저하게 되어야 하는 어려움도 있다. 국어 시간에는 몇 번 적용을 할 기회가 없었다. 그래서 사회, 수학, 과학 시간에도 적용을 해 보았다. 처음에는 그냥 하는 수업보다 배 이상의 시간이 걸렸지만, 점차 시간이 줄어들고 학습 효과도 높아졌다.

다 잘할 수는 없다. 오늘 조금 부족하더라도 그리 실망할 필요는 없다. 수업 비디오를 보면서 곰곰 생각할 것이 많다. 가르치는 것에 왕도는 없다고 하지만, 잘 가르치는 방법은 있지 않겠는가? 오늘 수업을 마치면서 어떻게 가르칠 것인가를 다시 생각해 본다.

敎學相長 (2007.10.18.목)

1학기에 이어 다시 수업공개를 했다. 창의마을 수업공개다. 몇 개 학교가 하나의 창의마을이 되어 일 년에 몇 번 수업공개를 하고, 교수·학습 방법에 대한 의견을 나누는 시간이다. 이웃 학교의 교장 선생님과 다른 학교의 선생님들도 많이 오셨다. 유익하다면 유익한 시간이지만, 바쁜 학교 일정 때문에 제대로 운영하기가 어려운 게 사실이다.

1학기 교내 공개할 때와 같은 주제(문단 나누고 전체의 내용 요약하기)라 교수·학습안을 작성하거나 수업을 진행하는 데는 별 어려움이 없었다. 하지만 언제나 그렇듯이 다른 사람에게 수업을 보여준다는 것은 부담스럽다. 개인적인 학문의 성취도 기쁜 일이지만, 아이들과 함께하는 시간 또한 즐거운 일이다. 가르치고 배우는 일, 어찌 군자(?)의 즐거움이 아니겠는가?

臥薪嘗膽 (2008.01.18.금)

다시 교육전문직 시험을 쳤다. 그전보다 더 어렵다는 느낌이 들었다. 교육학도 어렵고, 교직 실무도 어렵다. 교육학과 교직 실무는 시험을 마치고 나니 생각나는 문제가 몇 개 되지 않았다. 교수·학습안은 그런대로 작성을 했다. 워드와 엑셀은 당황하는 바람에 쉬운 것도 놓쳤다. 준비가 부족한 탓이리라. 수업시연과 면접은 그런대로 한 것 같았다. 하루 종일이 걸렸다.

밤에는 같이 시험을 친 동기와 대학 친구들을 만나서 그동안 굶주렸던 음주와 담소를 즐기면서 길고 긴 하루를 마감했다. 고진감래가 아니라, 고진이 되면 또 어떠리. 와신상담의 결과가 다 달콤할 수만은 없다.

處變不驚 (2008.03.03.월)

24년 동안의 학교생활을 뒤로 하고 수습 전문직으로 교육청에 파견을 나갔다. 원적은 학교에 있지만, 더 이상 학생들을 직접 가르칠 일은 없을 것 같다.

6학년을 13번, 5학년을 6번, 4학년을 1번 반, 3학년을 1번, 1학년을 1번, 체육교과를 2년 반 했다. 몇 년 전 국어과 연구회 모임에서 후배(전주교대 이창근 교수)와 약속한 것을 더 이상 지킬 수 없게 되었다. 6학년을 15번 하고 승진을 하거나 전문직으로 진출하겠다는 약속이었다.

모든 게 낯설고 새로운 일이다. 더 이상 학생들을 가르치는 즐거움을 맛보기 어렵다. 그러나 어쩌랴. 내가 선택한 길이다. 새로운 이 길에 정을 붙이고 매진할 일이다. 판단은 날카롭게 하되 행동은 우직하게 할 것이며, 상황이 바뀌었다고 처신을 가볍게 하지 말 것이다.

■교감일기- 학생들과 가까워지기[17)]

어느 토요일에 출근을 하면서 라디오에서 고전열전 '난중일기'를 들었다. 이순신 장군은 전쟁 중에도 일기를 썼다. 난중일기다. 학교에 근무하는 분들은 흔히 "오늘도 전쟁하러 간다."는 말을 자주 사용한다. 굳이 전쟁이라는 말이 필요할까, 반문해 본다. 학교는 전쟁터가 아니다. 선생님들과 학생들이 서로 가르침과 배움을 주고받는 즐거운 인생터이다.

수습전문직과 교육전문직 5년 6개월 동안에는 글을 쓸 시간도 여유도 없었다. 시간은 내면 되지만, 정신적인 여유가 없었다. 간혹 학교 현장에 가서 직접 수업을 하거나, 수업을 보고 비평 아닌 비평을 정리하는 게 고작이었다.

---

17) 2013.9.2.(월)~12.24.(화)까지 쓴 교감일기 중에 학생들과 관련된 내용임. 선생님들께 일기 쓸 것을 적극 권장합니다. 시작이 반입니다. 첫 출근하는 날 시작하면 계속 쓸 수 있습니다. 하루에 한 줄이라도 좋습니다.

교감으로 전직을 하고 출근하는 날은 일기를 쓰고 있다. 아이들을 만나는 이야기, 선생님들과의 수업 대화, 학교 행사 등을 기록한다. 어느 날은 한 가지 주제로 쓰기도 한다. 어떤 날은 학교에서 있었던 모든 일들을 한두 줄씩 나열하기도 한다. 예술제 학부모와 교직원 작품에 교감일기와 역사, '태현 행복수업 만들기'를 냈다. 학부모님들과 선생님들께 좋은 말씀을 많이 들었다.

월별로 차례와 쪽수를 넣었다. 인쇄소에 맡겨서 제본을 몇 권 했다. 필요한 내용은 찾기도 좋고 개인적인 역사가 될 것이란 생각도 들었다. 현장에 있는 많은 선생님들이 교단일기를 쓸 것을 적극 권한다. 2013.2.6. 대구광역시교육청 임용고사에 합격한 333명의 예비교사 직무연수에서 몇 번이고 당부한 내용이다.

"첫 출근 날부터 교단일기 쓰기를 시작하세요."

다음은 지금까지의 월별 일기 목록이다

2013년 11월 차례

2013년 12월 차례

일기는 사적인 내용이 많아서 다 공개하기는 어렵다. 다음은 학생들과 선생님들과 관계되는 내용이다.

실물이 훨씬 좋아요 (2013.9.2.월)

"일요일 밤 '개그 콘서트'만 시작하면 슬슬 불안해져요."

"아 그래요, 저는 월요일 아침에 일어나는 게 참 힘들어요."

두어 달 전에 교육청 사무실에서 동료와 나눈 이야기이다. 그만큼 업무에 대한 부담이 컸다는 반증이다.

2013년 9월 2일, 왜관 나들목에서 내려서 국도를 타고 천천히 달렸다. 5년 6개월 만에 다시 학교로 돌아가는 첫 출근일이다.

"대구태현초등학교에 새로 온 김영호 교감 선생님입니다. 옆 친구에게 교감 선생님 성함이 무엇인가 이야기 해 보세요. 자, 다 같이 교감 선생님 이름이 무엇인지 말해 봅니다."

아침 방송조회 인사말이다. 오랜만에 돌아온 학교는 낯설기만 하다. 점심을 먹고 하굣길의 아이들과 이야기를 나누었다.

"안녕하세요."

"안녕, 내가 누구인지 알겠니?"

"교감 선생님, 아침 방송에서 봤어요. 실물이 훨씬 좋아요."

그렇게 기분 좋은 점심시간이 끝이 났다. 오후에는 본격적인 결재, 참 많다. 5년 6개월 동안 나도 학교를 얼마나 바쁘게 했을까 생각해 본다. 지나간 일이다. 한 번 더 생각하고 더 잘할 수도 있지 않았을까 생각해 본다. 부질없는 일이다. 직원 마침회에서는 소감 및 당부 말씀을 했다. 자, 시작이 반이다.

"1984년 3월 1일 매천초등학교가 초임입니다. 5년 6개월 만에 학교에 돌아왔습니다. 첫날이라 어안이 벙벙합니다. 요즘 수업 관련 많은 이론들이 있습니다. 수업 비평, 아이 눈으로 수업 보기, 배움의 공동체, 수업 친구 만들기 등입니다. 행복, 행복교육 합니다. 제 생각으로는 모든 것에 앞서 수업에서 행복을 찾아야 한다는 생각입니다. 선생님과 학생들이 수업에서 행복을 찾을 수 있도록 최선을 다해 지원하겠습니다."

배움 (2013.9.10.화)

교문에서 들어오니, 운동장에서 굴렁쇠를 굴리던 아이들이 들어온다. 서로 발길을 멈추고 이야기를 나누었다.

"너 굴렁쇠 굴리는 방법을 잘 알고 있나?"

"예, 잘 알고 있어요."김민기에게 물으니 자신 있게 대답을 한다.

"어떻게 해야 하는데?"

"굴렁쇠를 처음 굴릴 때 왼손으로 세게 밀고, 막대는 아래쪽에 대야 합니다."

"왜 그렇게 해야 하는데?"

"처음에 세게 굴려야 굴렁쇠가 넘어지지 않아요."

"그래, 그걸 너 혼자만 알고 있니, 아니면 친구들에게도 이야기를 해 주었니?"

"굴렁쇠 굴리는 친구들에게 다 이야기 해 주었어요."

그때, 같은 굴렁쇠 굴리기 선수인 같은 반의 전보광이 끼어든다.

"저도 다 알고 있어요. 제가 제일 잘 굴려요."

아이들끼리 배우고 가르치고 상호작용이 일어나고 있다. 몇 번의 시행착오를 겪으면서 방법을 깨우친 것이다. 교실 수업에서도 이런 배움이 일어났으면 참 좋겠다. 다음에 선생님들께 안내글 드릴 때 꼭 사용해야겠다. 선생님이 애써 설명하지 않아도 아이들은 스스로 배움이 일어나는 좋은 보기이다.

수첩을 꺼냈다.

미남 (2013.9.11.수)

6학년 남학생 중에 헤어스타일이 독특한 아이가 있었다. 키도 크고 얼굴도 잘생겼다. 그런데 왼쪽 눈은 거의 보이지 않을 정도로 머리카락으로 가리고 있었다. 어제는 얼굴 잘생겼는데, 머리 조금만 더 자르면 훨씬 좋아 보일 거라는 말을 했다.

오늘 아침에도 교문에서 만났다. 머리를 깎았다. 아주 짧게 깎은 것은 아니지만, 왼쪽 이마가 보일 정도로 단정(?)한 모습이다. 인사를 나누고 불렀다. 이름을 물었다.

"니 이름 좀 수첩에 적어도 되겠니?"

"예"

"이름이 뭐지?"

"6학년 4반 ○○○입니다."

"그래, 잘생겼다. 열심히 해."

교실로 향하는 ○○이의 발걸음이 가벼워 보였다.

도서관 (2013.9.23.월)

5일간의 연휴를 마친 월요일 아침 풍경이다. 1교시를 마치고 잠깐 도서실에 들렀다. 2교시 시작 시간이 얼마 남지 않아서인지 여학생 한 명이 책을 두 권 들고 나왔다.

"안녕! 몇 학년 몇 반이지?"

"예, 1학년 2반입니다."

"이름은 뭐지?"

"이채영입니다."

아이가 보는 앞에서 수첩에다 이름을 적었다. 2학년 2반이면 연결 복도를 건너서 교무실을 지나가야 했다. 잠깐의 동행이 시작되었다.

"도서관에 자주 가는 모양이지?"

"예."

"일주일에 몇 번이나 가지?"

"세 번 정도요."

"그래, 자주 가는구나. 한 번 갈 때 책을 몇 권이나 빌리지?"

잠시 머뭇거린다. 어림짐작으로 말을 이었다.

"두세 권 정도 빌리나?"

"예, 세 권 정도 빌립니다."

"지금까지 읽은 책 가운데 가장 재미있었던 내용이 무엇이지?"

어려운 질문이다. 고개를 갸우뚱하면서 대답을 했다.

"잘 모르겠어요."

분명한 의사표시이다.

수학여행 (2013.9.26.목)

"교감 선생님이다. 잠깐 들어갈게."

즉시 반응이 오는 방이 있는가 하면, 몇 번의 벨로 노크가 필요한 방이 있다.

"전체 일어서, 신발 정리."

서너 명이 나와서 어지럽게 널린 신발 정리하기에 바쁘다.

"이왕이면 내일 편하게 신을 수 있게 정리하는 게 좋겠지."

아이들은 신발을 반대로 돌려놓는다. 방마다 한두 명은 뒤꿈치를 구겨서 신은 모습도 보인다.

"신발을 구겨서 신는 친구가 있네. 그것도 바로 하자."

신발 정리가 끝이 나면 방으로 들어간다. 부드럽지만 딱딱함이 있는 말투로 빠르게 말한다.

"자, 전체 일어서, 차렷."

아이들은 헐레벌떡 일어선다.

"전체, 한 줄로 서. 전체 차렷. 제자리 앉아. 발 쪽 펴고."

자다가 웬 홍두깨인가 하는 표정이다. 사실 홍두깨는 그다음이다.

"자, 다리 쪽 펴고."

화요일에 사전 교육도 한 시간 하고, 교문에서 자주 본 얼굴이라 낯설지만은 않은 표정이다.

"자, 지금부터 발 냄새 검사를 할 테니까 다리 쪽 펴."

아이들은 당황한다. 양말을 신은 아이도 있다. 아무나 발목을 잡고 죽 당기면서 발끝에 코를 댄다. 어, 별로 냄새가 나질 않는다. 또 다른 친구의 발목을 잡고 같은 동작을 되풀이한다. 발목을 잡힌 아이는 어쩔 줄 몰라 당황한다. 제법 냄새가 난다. 얼굴을 찌푸리면서 과장된 표정을 짓는다. 아이들은 자지러진다. 정색을 한다.

"오늘 피곤했지?"

"예."

"발 냄새 검사를 한 이유를 알겠어?"

서로 얼굴을 쳐다보기만 할뿐 대답을 하지는 않는다.

"오늘 많이 걸었어요. 교감 선생님 생각하기에는 발이 제일 고생을 한 것 같아요. 냄새도 많이 날 것이고. 그래서 발을 깨끗이 씻는 게 피로도 잘 풀리고 좋을 것 같아요."

아이들은 제 코에다가 제 발을 가져다 댄다.

보결수업 (2013.10.17.목)

5교시에는 3학년 3반 보결 수업을 들어갔다. 굳이 수업을 하지 않아도 되지만, 보결이 생기면 한 시간이라도 배정을 해 달라고 부탁을 하였다. 교실에 들어가 보니 아이들의 사정을 알 것 같았다. 창체 시간이다. 짝활동을 여러 번 하게 했다. 교감 선생님 이름, 교장 선생님 성함, 우리 학교 이름, 교감 선생님께 질문하고 싶은 내용 등을 해 보았다.

간혹 자세가 흐트러지면 조금은 정색을 하고 엄하게 주의를 주기도 했다. 짝활동을 해보니 말하는 활동은 잘하지만, 듣는 활동은 소홀한 것 같았다.

다음 활동은 칠판에 붙어 있는 학습 문제, 시간표, 국어, 수학 등의 코팅 자료를 순서대로 놓고 암기하는 것을 하였다. 집중력 향상에 도움이 많이 되는 자료이다. 전체 읽기를 여러 번 하고, 눈 감고 외우기, 돌아서서 외우기 등을 하였다. 코팅 자료를 섞어서 여러 번 하니 집중력도 높아지는 것 같았다.

마지막으로는 '목' 자를 붙이고 '목'으로 시작하는 낱말 만들기를 해 보았다. 스무 가지 이상이 나왔다. 목수, 목숨, 목젖, 목포, 목줄, 목걸이, 목적, 목표, 목사, 목동, 목요일, 목욕, 목욕탕 등등. '영' 자로 시작하는 낱말을 만들어 보자는 말과 함께 5교시 마침종이 울렸다.

내 꿈을 향한 (2013.10.29.화)

6교시를 마칠 시간에 화단으로 나갔다. 시월의 따사로운 햇살이 눈부시다. 화단에 전시된 아이들의 작품을 보면서 천천히 걸었다. 유유자적이다. 여학생 한 명이 자기 작품을 들고 말을 걸어온다. 작품을 보니 3학년 1반 차주은이다. "교감 선생님, 제 산문인데요, 김연아 선수가 나오는 책이 있어요." 아이의 작품을 받아 들었다. 제법 무겁다. 김연아 선수가 출판한 책이 오른쪽 모서리에 장식이 되어 있다. '김연아처럼'이라는 책이다.

　찬찬히 글을 읽어 보니 솜씨가 좋다. "주은이, 글을 아주 잘 쓰는구나. 교감 선생님은 특히 마지막 구절이 마음에 든다." 아이의 얼굴에 웃음이 번진다. 액자를 양손으로 들게 하고 사진을 찍었다. 현관까지 걸으면서 이야기를 나누었다. "마지막 문장 잘 기억해. 공책이나 책상에 써 놓아도 좋을 것 같다. '내 꿈을 향한 발걸음을 옮겨 내 꿈까지 가야겠다.' 참 잘 생각했다. 항상 기억하고 어려운 일이 있을 때 생각하면 좋을 것 같아. 네가 유명한 사람이 되면 이 말도 유명한 말이 되는 거야."

편지 (2013.11.22.금)

　안녕하세요? 저는 3-3 방지혜예요.

　요즘 날씨가 너무 쌀쌀해요.

　교감 선생님께서 추운데도 아침마다 우리 학생들을 위해 인사를 해 주셔서 감사해요. 더욱더 좋은 학교를 만들어 주세요.

　그럼 안녕히 계세요.

　대구태현초등학교 3학년 3반 방지혜에게

　편지 잘 받았어요. 이제 겨울이 다 된 것 같아요. 교문에서 태현 어린이들을 만나는 게 무척 즐거워요. 같이 인사를 나누는 것도 마찬가지예요. 교감 선생님은 교문에 서 있어도 춥지 않게 긴 옷도 입고, 마스크도 쓰고, 장갑도 끼고 있어요. 지혜도 장갑을 끼고 다니고 있나요? 좋은 학교는 모두가 함께 노력하면 꼭 될 거라는 믿음이 있어요. 춥지만 웅크리지 말고 씩씩하게 잘 자라길 바랄게요.

2013.11.22.(금) 김영호 교감 선생님이

장갑 (2013.12.3.화)

"교감 선생님, 저 오늘 장갑 끼고 왔어요." 4학년 두 명이 계단을 오르다가 자랑을 한다. "그래, 잘했어요."

복도를 한 바퀴 돌고 교문으로 나갔다. 대나무 빗자루를 잡았다. 오른손 엄지손가락은 어제보다 많이 나았다. 교문 앞은 깨끗하다. 며칠 동안 계속 쓸고 또 쓸고 하니 쓰레기는 거의 보이질 않는다.

다시 쓸었다. 그래도 낙엽과 담배꽁초 몇 개가 나온다. 쓸다가 등교하는 아이들은 만나면 장갑을 외쳤다. 30%는 장갑을 낀 것 같다. 어제 아침에 장갑을 강조한 것이 효과가 있는 것 같다.

다음 주 월요일에 한 번 더 이야기를 할 생각이다. 늘 내 앞에 와서 공수 자세로 인사를 하는 박준우가 홀쭉한 얼굴로 다가와 인사를 한다. 무슨 일이냐고 물으니 급성 설사를 했다고 한다. 악수를 하고 어깨를 두드려 주었다.

훈화 (2013.12.9.월)

다음은 오늘 훈화 내용이다. 두 번 읽게 하고, 세 번째는 보여주지 않고 말하게 하였다. 마지막에 다시 보여주면서 읽고 마쳤다. ( )의 내용은 학생들이 생각을 해서 말하도록 하였다. 일방적인 훈화가 아니라 상호작용하는 훈화이다.

오늘은 2013년 ( )월 ( )일 월요일입니다. 참 기분 좋은 아침입니다.

- 장갑을 꼭 (   )

- 쓰레기를 (   )

- 친구야, 사랑해.

- 선생님, 고맙습니다.

아침에 교실을 둘러보았다. 5개 학년의 학생 책상 배치가 디귿자형이거나 모둠형이다. 수업 동영상을 보고 더 많은 변화가 있었다. 시나브로 변화가 보인다. 좋은 일이다.

■ 교감일기- 선생님들과 가까워지기[18]

아이들에게 고맙습니다 (2013.9.10.화)

예, 교감선생님.^^ 칭찬 감사합니다. 제가 아이들에게 요새는 별말하지 않았는데 잘해 두었던 것 같습니다. 저는 별로 한 것 없는데 칭찬을 들어 부끄럽고 아이들에게 고맙습니다. 아이들이 새로 오신 교감 선생님께서 칭찬하셨다고 하면 많이 기뻐할 것 같습니다.^^ 책도 읽어보도록 하겠습니다. 많은 지도 부탁드립니다. 감사합니다.^^

-○○○ 드림-

파란색 운동화 (2013.9.13.금)

7시 30분에 실내 순회를 시작했다. 파란색 운동화를 신었다. 여름 것이라 가볍다. 처음 보는 사람은 왜 운동화를 신고 다니지? 하고 궁

---

18) 2013.9.2.(월)~12.24.(화)까지 쓴 '교감일기' 중에 수업 및 선생님들과 관련된 내용이다.

금해 할 것 같다. 다니기에는 편하지만 발이 좀 답답하다. 무좀은 더 심해질 것 같다. 복도에는 휴지와 쓰레기가 가끔 보인다.

신발장에는 실내화가 두 종류가 있는 반도 있다. 책상 배치는 조금 다양해졌다. 칠판에 많은 것이 붙은 반도 있고 그렇지 않은 반도 있다. 〈학습목표, 학습문제, 공부할 문제, ♣, ☆〉 이것은 전체적으로 안내를 해야겠다고 생각을 했다.

통(通)하였으니 (2013.9.20.금)

자정이 다 되어서야 집에 돌아왔다. 추석이 어제니, 공식적인 추석 연휴도 몇 분 남지 않았다. 텔레비전을 켰다. 떼거리 사회자에 그 못지않은 출연자들이 추석 연휴를 주제로 팔월 보름 다음 날을 아쉬워하고 있었다. 채널을 이리저리 돌렸다.

지상파 한 곳에서 첩보물 본 시리즈인 〈본 얼티메이텀〉을 하고 있었다. 추석날에는 〈본 슈프리머시〉, 추석 전날에는 〈본 아이덴티티〉가 시리즈로 방송되었다. 전편을 다 본 적은 없지만, 첩보 시리즈로는 유명한 영화이다. 국가, 집단, 개인, 인권, 음모, 배신, 복수 등을 생각하게 하는 영화이다. 결국은 사필귀정이라는 생각을 한 영화이다.

중간에 잠깐 채널을 돌리니 다른 지상파에서 우리나라 첩보물인 〈베를린〉 마지막 장면이 방송되고 있었다. 오늘 참 묘하게 통한다는 느낌을 받았다. 올해 2월에 교대부초 전영숙 교장 선생님 정년퇴임 기념집에 두 영화를 소재로 해서 '통하였으니'라는 글을 쓴 기억이 떠올랐다.

통通하였으니

김영호 (대구광역시교육청 장학사)

영화를 봤다. 〈킹콩〉을 본 뒤 처음이다. 〈베를린〉이란 영화다. 제목 '베를린'이 가지는 여러 의미를 생각해본다. 분단, 이데올로기, 음모, 배신, 통합, 통일 등 다양한 브레인스토밍이 가능하다. 영화 〈베를린〉의 끝이 비극인지 희극인지 단정할 수는 없지만, 귀결점은 '통通하였으니'라는 생각을 하였다.

전영숙 교장 선생님께서 40여 성상星霜의 교직을 마무리하신다고 한다. 참으로 축하드릴 일이다. 그전에 교사로서 부초 근무를 하시고, 여러 학교(기관)에서 교감, 교장, 교육전문직을 거치시고, 마지막에 부초에서 교직 생활을 마무리하시는 게 교장 선생님에게도 큰 영광이라는 생각이다.

개인적으로 교장 선생님을 직속상관으로 모시고 1년을 함께했다. 교육전문직으로 처음 근무한 교육과학연구원 교육연구부에서 부장님과 교육연구사 신분이었다. 참으로 유익하면서도 즐거운 1년이었다. 교육전문직으로서 가져야 할 근무 자세와 태도, 업무 처리 등을 하나하나 지도해 주셔서 이후 서부교육지원청과 시교육청에서 생활할 수 있는 디딤돌을 놓아 주셨다.

교장 선생님께서 부초에 근무하실 때 두 번 편지를 드렸다. 고마움과 부탁을 담은 조심스러운 편지였다. 편지의 세세한 내용은 누구나 짐작할 수 있는 것이기에 생략하고 일부만 옮겨 본다.

전영숙 교장 선생님께

대구교육대학교대구부설초등학교에 부임하게 되심을 진심으로 경하드립니다. 그 어떤 분보다 잘 어울리시는 자리라고 말씀드릴 수 있어서 참 좋습니다. 교사 시절 근무하신 곳이라 친정에 가시는 기분일 것 같다는 생각도 합니다.

어제는 게릴라성 소나기 한 줄기 하더니, 오늘 날씨는 좀 다른 것 같습니다. 여름이 여름가을이 되고, 가을여름이 되다가 결국 가을이 되겠지요. 자연이라는 게 참 묘하고도 고마운 것임을 새삼 느낍니다.

- 중략(세 가지 - 모두가 나름대로 생각하시는 내용입니다.) -

교장 선생님!

두서없이 막 적었습니다. 혹 무례한 내용은 아닌지 걱정이 되기도 합니다. 누구보다도 부초에 어울리시는 교장 선생님께서 우리 부초를 한 단계 더 도약시키시리라 믿습니다.

늘 건강과 행복이 함께하시길 빕니다.

교장 선생님!

참 좋은 당신입니다.

2010.8.26.(목) 김영호 드림

교대부초 교장, 교감 선생님께

즐거운 주말입니다.

저는 토요일 일직이라 출근했습니다.

많이 바쁘시지요.

몇 가지 안내 겸 당부 말씀드리고자 합니다. 사무실에서 전화 통화하기는 좀 그렇고 해서 이렇게 메일로 드립니다. 혹 마음 편치 않으실까 걱정이 되기도 하지만, 부초에 대한 애정이라 생각하시기 바랍니다.

- 중략(세 가지 - 상상하는 즐거움을 가지세요) -

부초 근무하시는 분들 매우 바쁘고 힘들지만, 부초 외에는 어디에도 없는 교과부 연구학교 접수와 교장, 교감 자격연수 지명만으로도 충분한 보상이 아닐까 생각합니다. 소탐대실이 없기를 간절히 바랍니다.

좋은 봄날에 두서없이 횡설수설한 것은 아닌지.

너그러이 이해하시고 4월 13일(금) 교우리 행사장에서 뵙겠습니다.

2012.4.7.(토) 김영호 드림

두 편지에서 생략된 각각 세 가지의 귀결은 '통通할지니'이다. 그 대상은 구성원 상호간일 수도 있고, 상하 관계일 수도 있고, 다른 기관(학교) 구성원 일수도 있다. 소통은 일방적인 것이 아니라 상호작용이다. 소통은 일방의 양보나 굴욕이 아닌 상호 배려와 나눔의 산물이다. 잘 통하였으리라.

영화 〈베를린〉은 첩보물의 새 역사를 창조한 〈본 시리즈〉와 비슷한 설정이라고 한다. 하지만 우리 영화 〈베를린〉이 기존의 할리우드 첩보물과 다른 묘한 분위기를 자아내는 것은, 반세기가 넘게 전 세계 유일의 분단국가라는 특수성일 것이다. 영화 〈베를린〉의 통通의 대상이 국가 대 국가, 이념 대 이념, 개인 대 개인 등으로 다양하다. 결국 마지막 '통通하였으니'는 바로 인물 개인의 자신과 자신 즉, 자아 성찰이 아니었을까?

'십 년이면 강산이 변한다'고 한다. 강산이 네 번이나 변할 세월을 초지일관 한 가지 일에 일가를 이루는 것은 개인적으로나 사회적으로 대단한 일이다. 그 40여 성상의 '통通하였으니'가 또 다른 많은 '통通하였으니'를 낳고 낳았으리라.

전영숙 교장 선생님!
늘 건강과 행복이 함께하시길 기원합니다.
지금까지 잘 통通하셨으니, 앞으로는 더 잘 통通하실 것입니다.

교과용 도서 (2013.11.11.월.)

초등학교 3~4학년 국어 교사용 지도서 마지막 심의일이다. 장소는 어느 때와 마찬가지로 서울교육대학교 본관 6층 다목적 회의실이이다. 김천 구미역에서 기차를 탔다. 1시간 30분이면 서울에 도착한다. 빠른 것에 익숙해진 탓인지 그 시간도 지겹다는 느낌이 들 때도 있다. 단풍은 물들다 물들다가 지쳤는지 낙엽이 되어 다음 해를 기약하는 중이다.

검토 의견은 지난 주 목요일에 이메일로 보냈다. 차례를 만들어서 보기 좋게 했다. 시교육청에 근무할 때는 심의회마다 참석할 수가 없었다. 교감으로 전직을 하고는 두 번 모두 참석을 했다. 학교 일이나 교과용 도서 심의나 다 중요하다. 특히, 최근에 고등학교 역사 교과서 문제가 불거지면서 심의진의 어깨가 더 무거워진 것도 사실이다.

집필진의 대표 교수님들은 모두 참석을 하셨다. 교원대 신헌재 교수님, 이경화 교수님, 서울교대 이재승 교수님, 전주교대 이창근 교수님이다. 심의진은 절반도 참석을 하지 않았다. 위원장이신 춘천교대 리의도 교수님, 같은 학교 이상신 교수님, 전남대학교 손희하 교수님, 경상북도교육연구원의 이경순 교육연구사님, 전남 보성남초등학교 정소영 교감 선생님, 그리고 나까지 여섯 명이 참석을 했다.

심의위원 열다섯 명 가운데 여섯 명이 참석을 해서 성원이 되느냐 마느냐는 문제로 한동안 의견을 주고받았다. 검토 의견을 낸 위원은 열한 명이다. 의견을 내는 것을 의사 표시로 보기로 하고 심의를 시작했다.

미리 보낸 검토 의견을 모두 모아서 인쇄를 해 놓았기 때문에 검토하기가 수월했다. 위원장님이 먼저 전체적으로 검토할 것을 짚고 넘어가신다. 나는 크게 다섯 가지를 언급했다. 필요한 것은 참고 자료도 붙였다. 모두 22쪽이다. 내가 먼저 유인물을 보면서 3~4분 정도 설명을 드렸다. 집필진에서는 다 반영을 하겠다고 표시를 해 두었다. 다음 쪽은 내 검토 의견서 1쪽이다.

---

1. '창의·인성 활동'에 대하여(2)
    - 개요(2)
    - 3-1. 국어 교사용 지도서 창의·인성 활동 요소 분석(3)
    - 4-1. 국어 교사용 지도서 창의·인성 활동 요소 분석(4)
    - 참고 자료(창의·인성 요소 및 개념(5)
2. '지도의 유의점'에 대하여(11)
3. '학습문제 확인하기'에 대하여(12)
4. '상세안' 및 '차시안' 전개 과정에 대하여(13)
    - 상세안(13)

교사용 지도서 잘 만들어 주셔야 합니다.

교과서도 교사용 지도서도 성전은 아니지만, 현장에서는 가장 중요한

교육과정 운영 자료입니다. 초등학교 선생님들에게는 교사용 지도서가 가장

권위 있는 수업 지침서입니다. 실제 현장을 보면 특정 프로그램을 아주

많이 사용하고 있습니다. 그 이유는 다음과 같은 몇 가지가 될 것 같습니다.

중고등학교와는 다르게 한 선생님이 여러 과목을 가르쳐야 하는 현실적인

문제도 있습니다. 또 그 프로그램이 도입부터 정리까지 일목요연하게

잘 구성이 되어 있어서 활용하기에 아무 편리한 것도 이유이겠습니다.

선생님들의 수업에 대한 약간의 게으름(?)도 문제가 될 수도 있을 것입니다.

공개수업을 하면 특정 프로그램 그렇게 많이 사용하지는 않습니다. 평소

수업에서는 참 많이 사용하는 것 같습니다! 이는 선생님이 나름대로 구상을

해서 동기유발을 하니 학생들이 "선생님, ★★ 틀어주세요."라고 하더랍니다.

이게 초등학교 전부는 아니더라도 많은 교실에서 일어나고 있는 현실입니다.

교사용 지도서 참 잘 만들어 주시면 좋겠습니다.

　　내가 너무 짧게 이야기를 했는지 리의도 위원장님이 유인물을 보시면서 잠깐씩 언급을 하면, 위원들 각자의 생각을 보충하는 식으로 진행이 되었다.

　　먼저, 창의·인성 활동에 대한 것이다. "1~2학년과는 달리 3~4학년에 창의·인성의 중요성을 파악하고 지도서에 넣은 것은 참 잘한 일

이다. 하지만 창의성과 인성에 대한 구체적인 개념 정립이 되지 있지를 않다. 창의성과 인성에 대한 개념을 부록에 넣었으면 좋겠다." 여러 의견을 나눈 결과 부록에 국어과에서 기르고자 하는 창의성과 인성에 대한 내용을 넣기로 했다.

두 번째 지도의 유의점과 상세안 및 차시안의 전개 과정에 대한 것은 별 이견이 없이 넘어갔다. 다섯 번째의 평가 자료에 대한 것도 평가 목표와 성취 기준의 중 수준으로 통일하기로 의견이 모아졌다.

제일 논란이 된 것이 '학습문제 확인하기'이다. 한 가지 문제로 가장 많은 시간 동안 의견이 오갔다. 학습문제 파악하기, 학습목표 확인하기, 학습문제 확인하기, 학습문제 제시하기 등 다양하게 제시되어 있는 것은 학습문제 확인하기로 하면 좋겠다는 제안을 했다.

교수진과 현장에 근무를 했던 분들과 의견이 나누어졌다. 나는 제안을 한 상태라 양쪽 의견을 듣기만 했다. 사실 중·고등학교에는 전부 학습목표라고 명확하게 제시를 한다. 초등학생의 특성이나 탐구학습, 학습자 중심의 관점에서 학습문제 확인하기로 하자는 주장은 현장 출신 심의진이다.

문장의 기술에 따른 학습목표와 학습문제의 차이가 무엇이냐의 관점은 집필진의 의견이다. 개인적으로는 어느 것이나 문제가 없다고 생각을 한다. 통일된 용어가 더 문제일 것 같았다. 지도서에 그렇게 해 놓아도 현장에서는 학습문제 확인하기로 할 것이다. 초등학교 현장과 대학의 연계교육이나 연구가 더 필요할 것 같다. 국립학교인 부설초등학교의 역할이 기대된다.

또 하나, 교과용 도서에 관한 규정에 보면 교과서와 지도서라고 명

시가 되어 있다. 교사용 지도서가 아니라 지도서라고 되어야 한다는 의견이 오가고 교육부에 최종 판단을 맡기기로 했다.

쉬는 시간에 대학원 지도교수님이셨던 신헌재 교수님께 인사를 드렸다. 검토 의견을 잘해 주어서 고맙다는 말씀을 하셨다. 이경화 교수님도 평가 기준 전체를 분석하고 대안까지 해 주어서 감동을 받았다는 말씀을 주셨다. 이경화 교수님은 단원마다 집필자가 다 다르기 때문에 평가 기준이 통일이 되지 않았다고 하셨다. 그럴 수도 있겠다는 생각이 들었다.

전체적인 것을 마치고 세부적인 것 몇 가지를 더 의논하고 마쳤다. 리의도 위원장님도 전에는 잘 빠지더니 오늘은 보고서 수준으로 검토를 해 왔다는 칭찬의 말씀을 주셨다. 총 열한 번(열네 번인가) 심의회 중에 다섯 번을 참석을 했으니 절반에도 미치지 못한다. 3~4학년 1학기 국어 교과용 도서인 교과서와 지도서 검토는 모두 마쳤다. 2014년 1학기에 3~4학년 2학기를 검토하게 된다. 마지막에라도 잘 참여를 하게 되어서 다행이다.

소통 (2013.11.12.화.)

연수물 제목은 '그 선생님네 교실'이다. 부제는 '행복과 PPK가 살아 있는 곳'이다. 강사는 대구교육대학교대구부설초등학교 교사 김혜진이다. 익히 국어과 수업이나 강의 모두 대구에서 으뜸이다. 우리 학교 선생님들께 아주 유익한 시간이 될 것 같다.

연수물 제목은 김용택의 시 '그 여자네 집'에서를 활용하였다. 그 전 연수물에는 '그 여자네 교실'이라고 한 것도 보았다. '선생님네'와

'여자네'는 조금 다른 느낌을 준다. '여자네'라고 하면 여성으로 한정이 되지만, '선생님네'라고 한다면 남성, 여성을 포괄하는 개념이 되기도 한다.

차례는 따로 번호를 매기지 않았다. 〈행복한가요, 행복과 수업 - 수업에서 길을 찾다, PCK와 PPK, (　　) 중심 수업 - 제너럴 닥터, 좋은 선생님, 이야기 나누는 수업, 진정한 인성 담기, 궁극적 목적을 고려하는 수업, 삶 속에서, 행복한 삶을 살아가는 교실을 바라〉 면으로 구성이 되어 있다.

수업도 소통이고 연수도 소통이다. 텔레비전이 바보상자라는 말을 듣는 것은 소통이 없는 일방 전달이라는 것이다. 교장 선생님도 끝까지 자리를 지켜 주셨다. 강사님(대구교육대학교대구부설초등학교 교사 김혜진)은 처음 말 그대로 특정한 수업 기술보다는 수업과 관련한 교사의 생각, 마음가짐 등에 중점을 두고 강의를 해 주셨다. 특히, 선생님들과 상호작용이 매우 잘되었다. 부담 없이 상호작용을 할 수 있도록 한 것은 바로 수업에서 선생님과 학생들이 상호작용하는 방법 그대로이다.

연수가 끝이 났다. 몇 분 선생님이 강사님과 간단한 인사를 나누는 것 같았다. 5시가 가까운 시각이다. 점점 짧아지는 겨울 해는 오늘도 어김이 없다. 교무실에서 강사님과 이영주, 심경회 선생님이 수업에 대한 이야기를 나누셨다. 수업 대화이자 수업 공유이며 수업 친구이다. 참 흐뭇한 광경이다.

왜 이제 오신 거예요? (2013.12.10.화.)

○○○ 님이 보낸 글 〉〉

저는 그것도 마음에 들어요. 지도안이요. 이번 두 분 선생님 거 보고 알았어요. 잘된 지도안이라고 보면 항상 시나리오 식으로 교사, 학생 역할에 말할 멘트까지 자세히. 전 왜 그렇게 써야 하는지 늘 의문이었는데, 누구 하나 시원하게 답해 주는 분 없었는데. 그렇게 쓰라고만 하셨고. 두 분 지도안 보고 안 그래도 되구나, 속이 시원해요. 최소한 교감 선생님 덕분에 지도안에 대한 의문은 풀렸어요. ^^

김영호 님이 보낸 글 〉〉

걱정 마세요. 마음만 먹으면 누구나 달인 됩니다. 지금 그 마음이면 이미 절반은 성공입니다. 제 계획은 우리 학교 모든 선생님들이 수업 달인이 되는 것 또는 그런 마음을 가지도록 하는 것입니다.

개인적으로 수업 관련 책을 쓰고 있습니다. 2014년 3월에 출판할 예정입니다. 이번 주에 수업 동영상 하나 더 보고 소감 공유(시리즈 19)다음 주에는 종합 및 2014년 계획(역사, 태현 행복수업 만들기 20)으로 마무리합니다. 방학 마치고 21번부터 계속합니다. 제가 이 학교 떠날 때까지.

○○○ 님이 보낸 글 〉〉

^^* 신규 때 이렇게 훈련받았으면 벌써 달인이 되었을 터인데… 왜 이제 오신 거예요~.

체육 수업 (2013.12.11.수.)

4학년 체육 수업을 했다. 체육 교과 담당 선생님이 특별휴가를 내셨다. 3, 4, 5교시 총 세 시간이다. 아침부터 날씨는 변덕이 매우 심했다. 눈이 오다가 말다가를 반복하고 태양도 나왔다가 들어갔다가를 반복했다. 4학년 3개 반이다.

먼저 운동장 한 바퀴 걷기, 한 바퀴 달리기, 준비체조하기, 달리기와 걷기의 차이점 알기, 천천히 달리기, 제자리멀리뛰기, 닭싸움 연습하기(외발로 100번 제자리 뛰기), 대왕마마 가위바위보 게임하기, 운동장에 오늘 공부한 내용 적기, 신발 털기 등이다.

아이들에게 발표도 여러 번 시켜 보았다. 모처럼 하는 체육 시간이라 좀 힘들기는 했지만, 젊은 교사 시절로 돌아가는 기분이 들어서 참 좋았다. 눈이 오락가락하는 운동장에서 눈을 소재로 다음과 같은 활동을 해 보았다.

- **손바닥에 눈 하나 잡기**: 눈이 많이 내리지 않으면 생각보다 쉽지가 않다. 움직임이 많아야 한다.
- **눈 하나 정해서 달리기 시합하기**: 바람이 부니 제법 달리기 시합이 되었다.
- **입으로 눈 하나 먹기**: 입만 벌리고 잠시 기다리니 저절로 눈이 찾아온다. 움직임 활동은 그리 많지 않다.

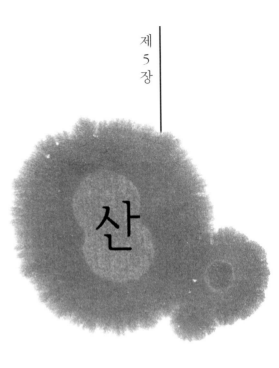

산

산을 오르는 것은 절차탁마의 과정이다. 수업을 하는 것도 산을 오르는 것과 다르지 않다. 왜 산에 오르느냐고 물으니 거기 산이 있으니 오른다고 하지 않았는가? 누군가 왜 수업을 하느냐고 물으면 어떻게 대답을 할 것인가? 내 방식으로 수업 보기, 장학사라는 이름으로, 교감이라는 이름으로 어떤 수업을 나누기를 할까? 산을 오르는 겸손한 마음으로 수업 속으로 들어가 본다.

산을 오르는 것은

칭찬은 하지 않겠습니다

• 1983년 대구중앙초등학교 강당, 교생 갑종 수업협의회

"칭찬은 앞에 말한 분들이 많이 하셨기 때문에 저는 하지 않겠습니다." 교생 갑종수업(지금의 학교단위 수업) 협의회 지도 조언을 하신 대구교대 국어과 교수님의 일성이었다. 10여 분 동안 질타가 이어졌다. 학습량이 너무 많다. 교재의 재구성이 필요하다 등등의 말씀이 셨다.

갑종수업 희망자가 네 명이나 되어서 제비뽑기를 하여서 내가 수업을 하게 되었다. 그 수업을 하고 나서 국어에 관심을 가지고 연구하게 된 동기가 된 것 같다. 협의회를 마치고 뒤풀이가 끝날 때까지 화가 풀리지 않았다.

발령을 받고 한동안 잊고 있었던 것들이 어느 날 가슴으로 다가왔다. 왜 적절한 학습량이 필요한지, 교재 재구성은 무엇 때문에 해야 하는지. 요즘 공개수업을 하면 대부분 칭찬 일색이다. 좋은 일이다. 하지만 진정 수업자를 위하고 우리 모두를 위한다면 진지한 협의가 필요하지 않을까?

몇 쪽이고 책 피라

• 1988년 대구삼영초등학교 4학년 2반 교실, 국어 시간

여느 때와 마찬가지로 학생들은 국어 책을 꺼낸다. 오늘 몇 쪽이야? 하고 묻는다. 학생들 대답에 따라 55쪽 피라(펴라), 내용 읽고 책 끝에 있는 문제 공책에 쓰고 답도 달아라, 라고 한다.

한 학생이 잘 모르겠는데요, 라고 한다. 뭐가 어렵다고 난리야. 옛 말에 어떤 글을 백 번 정도 읽으면 저절로 뜻이 통한다고 했어. 잔소리 말고 이해될 때까지 읽으라고 한다. 무안해진 학생은 고개를 갸웃거리면서 책을 읽는다. 그렇게 또 국어 시간이 흘러간다.

잘되면 조상 덕이고, 못 되면 내 탓이다

• 1997.11.16.(일) 경북 김천시 아포읍 대신리 본가, 할아버지 제삿날

월요일이 수업 발표 2차 심사일이라 일요일에 출근을 해서 수업 준비를 했다. 일요일이 할아버지 제삿날이었다. 늦은 퇴근으로 제사 시간 무렵에 도착을 했다. 절을 두 번씩 하고 술잔을 새로 채우는 등의 차례가 이어졌다.

절을 하고 나서 인기척이 없어 엎드린 채로 좌우를 살펴보니 아무도 엎드린 사람이 없었다. 아차, 나는 다음 날 할 수업 생각에 세 번 연속 절을 하고 있었던 것이다.

다음 날, 수업을 무사히 마쳤다. 얼굴도 모르는 할아버지의 음덕으로 국어과 1등급을 하였다. 다음 해 국어과 연구교사로 임명이 되어 대내외 공개를 하였다.

• 1998.5.6.(수) 대구관음초등학교 6학년 7반 교실,

  연구교사 국어과 수업공개

5월 6일, 연구교사 대외공개수업을 했다. 전날은 어린이날이었지만, 아이들에게 다음 기회를 약속하고 출근을 했다. 이것저것 준비하다가 늦은 퇴근을 했다.

수업을 마쳤다. 당시 수업 주제가 글을 읽고 요약하기였다. 마치고 칠판을 보니, '--100자 이내로 요약할 수 있다.'라고 되어 있는 것이 아닌가? 뭐에 홀렸는지 학습목표 진술로 한 시간이 흘러간 것이다. 협의회를 할 때 먼저 이실직고를 하고, 그렇게 세월이 흘렀다. 못한 것은 다 내 탓이다.

남을 가르치는 것은 쉬운 일이 아니다. 잘 가르치는 것은 더더욱 그렇다. 좋은 수업의 관점은 시대상을 반영하다고 볼 때 조금씩 달라질 수도 있다. 하지만 좋은 수업의 근본은 변하지 않는다. 좋은 수업은 그저 얻어지지 않는다.

달인의 조건에 10,000시간의 법칙이 있다. 초등학교 교사라면 경력이 15년 내외면 달인의 조건에 해당하는 시간만큼 수업을 하게 된다. 그렇다면 15년 이상의 모든 교사들이 수업의 달인이라고 자신 있게 말할 수 있는가? 좋은 수업을 할 수 있는 출발점은 바로 교사 자신이다. 돌이 옥구슬이 되는 절차탁마의 과정이 수업에 필요하지 않을까?

'킬리만자로의 표범'이라는 노래가 있다.

먹이를 찾아 산기슭을 어슬렁거리는 하이에나를 본 일이 있는가? 짐승의 썩은 고기만을 찾아다니는 산기슭의 하이에나. 나는 하이에나가 아니라 표범이고 싶다. 산정 높이 올라가 굶어서 얼어 죽는 눈 덮인 킬리만자로의 그 표범이고 싶다. 자고 나면 위대해지고 자고 나면 초라해지는 나는 지금 지구의 어두운 모퉁이에서 잠시 쉬고 있다. 야망에 찬 도시의 그 불빛 어디에도 나는 없다. 이 큰 도시의 복판에 이렇듯 철저히 혼자 버려진들 무슨 상관이랴. 나보다 더 불행하게 살다간 고호란 사나이도 있었는데.

바람처럼 왔다가 이슬처럼 갈 순 없잖아. 내가 산 흔적일랑 남겨 둬야지. 한줄기 연기처럼 가뭇없이 사라져도 빛나는 불꽃으로 타올라야지. 묻지 마라. 왜냐고 왜 그렇게 높은 곳까지 오르려 애쓰는지 묻지를 마라. 고독한 남자의 불타는 영혼을 아는 이 없으면 또 어떠리.

살아가는 일이 허전하고 등이 시릴 때 그것을 위안해 줄 아무것도 없는 보잘것없는 세상을 그런 세상을 새삼스레 아름답게 보이게 하는 건 사랑 때문이라고. 사랑이 사람을 얼마나 고독하게 만드는지 모르고 하는 소리지. 사랑한 만큼 고독해진다는 걸 모르고 하는 소리지. 너는 귀뚜라미를 사랑한다고 했다. 나도 귀뚜라미를 사랑한다. 너는 라일락을 사랑한다고 했다. 나도 라일락을 사랑한다. 너는 밤을 사랑한다고 했다. 나도 밤을 사랑한다. 그리고 또 나는 사랑한다. 화려하면서도 쓸쓸하고 가득 찬 것 같으면서도 텅 비어 있는 내 청춘의 건배.

사랑이 외로운 건 운명을 걸기 때문이지. 모든 것을 거니까 외로운 거야. 사랑도 이상도 모두를 요구하는 것. 모두를 건다는 건 외로운 거야. 사랑이란 이별이 보이는 가슴 아픈 정열. 정열의 마지막엔 무엇이 있나. 모두를 잃어도 사랑은 후회 않는 것. 그래야 사랑했다 할 수 있겠지.

아무리 깊은 밤일지라도 한 가닥 불빛으로 나는 남으리. 메마르고 타 버린 땅일지라도 한줄기 맑은 물소리로 나는 남으리. 거센 폭풍우 초목을 휩쓸어도 꺾이지 않는 한 그루 나무 되리. 내가 지금 이 세상을 살고 있는 것은 21세기가 간절히 나를 원했기 때문이야.

구름인가 눈인가 저 높은 곳 킬리만자로. 오늘도 나는 가리. 배낭을 베고. 산에서 만나는 고독과 악수하며 그대로 산이 된들 또 어떠리.

(킬리만자로의 표범/작사 양인자, 작곡 김희갑)

삶은 치열하다. 흔히 전쟁터라고 표현하기도 한다. 선생님들은 대부분 선생님들과 어울리는 때가 많다. 그러다 보니 친구들도 대부분이 선생님들이다. 시간이라든가 그 밖의 여러 가지 이유 때문에 다른 직종의 사람들과 어울리기는 쉽지 않다. 다른 직업도 마찬가지이다.

하지만 교직 이외의 친구나 선후배를 갖는 것은 참으로 좋은 일이다. 그런 친구나 선후배를 통해서 나를 돌아보기도 하고, 우리가 잘 알지 못하는 교직의 장단점을 파악할 수도 있다.

팔은 안으로 굽는다고 한다. 우리가 생각하는 학교와 일반인들이 생각하는 학교는 공통점도 많지만, 다른 점도 아주 많다. 그것은 시

샘과 시기일 수도 있지만, 우리를 돌아보는 좋은 기회가 되기도 한다.

사회 친구 중에 10년 연하의 정기현이라는 후배가 있다. 배드민턴을 치면서 처음 만나 몇 번은 복식 파트너를 하기도 했다. 당시 직업은 빙과류 제조회사의 대리였다. 처음 호칭은 김 선생님과 정 대리였다. 구미에서 경산으로 출퇴근을 하면서도 1주일에 몇 번은 운동을 같이 할 수 있었다. 부인은 피자가게를 운영하고 있었다. 참 바쁘고 부지런하게 산다는 생각이 들었다.

그 뒤에 근무지 이동으로 김해로 이사를 갔다. 자주 만날 수는 없었지만 식구들끼리 서로 집을 방문하기도 했다. 뒤에 과장으로 승진을 하고, 뒤이어 경남 지점장이 되었다. 지난해 말에는 영남과 제주도를 관할하는 영남권 본부장이 되었다. 큰아이가 다니는 학교의 학교운영위원으로도 열심히 활동 중이다. 바쁜 생활이지만 늘 긍정적인 삶을 살고 있다.

학교생활이나 장학사 생활이 힘들 때면 전화를 하곤 했었다. 어느 직장이나 바쁘고 힘들지 않은 곳이 없다. 잠시 나를 떠나 다른 이들을 보면서 힘을 얻는다.

3월 개학 준비로 한창 바쁜 2014년 2월 말에 전화를 받았다.

"형님, 잘 지내시지요?"

"그래, 잘 지내고 있어. 어쩐 일이야?"

"형님, 형수님과 언제 한 번 내려오시지요."

"그래, 언제 한번 날을 잡아 보세."

이런저런 가족 이야기가 오가고, 곧 만날 날을 잡아 보자는 약속으로 전화를 마쳤다.

지금의 호칭은 형님과 동생으로 바뀌었다.

절차탁마의 길이다

좋은 수업은 하루아침에 만들어지지 않는다

"김 선생님, 오늘 수업 어땠어요?"

"아, 어려워요. 동기유발부터 어긋나기 시작해서 우왕좌왕하고 말았어요? 동기유발이 너무 어려워요. 이 선생님, 동기유발을 잘하는 방법 뭐 없을까요?"

"아, 그래요. 저는 가급적이면 우리 학교나 우리 반과 관계되는 것으로 동기유발을 해요. 아이들에게 질문을 하고, 아이들끼리 서로 이야기를 많이 하도록 해요. 처음에는 잘될까 생각했는데 생각보다 효과가 좋아요. 그런데 오늘 동기유발을 어떻게 하셨지요?"

"예, 오늘은 모처럼 제가 어젯밤에 생각한 것을 이야기하면서 시작했어요. 조금 하니까 아이들이 시시하다면서 평소대로 동영상을 틀어 달라고 했어요. 그러고 나니 수업이 뒤죽박죽되고 말았어요."

"아, 그랬군요. 저는 아주 특별한 경우가 아니면 아이들과 많은 이야기를 나누는 수업을 하고 있어요. 수업 시작인 동기유발이나 마지막 정리도 그렇게 하고 있어요. 꼭 필요한 동영상 같은 자료는 여러 사이트에서 찾아서 활용하고 있어요. 가능하면 아이들과 상호작용을 효과적으로 할 수 있는 방법을 찾는 게 더 좋을 것 같아요. 김 선생님, 너무 서둘지 않아도 될 것 같아요. 저도 늘 좋은 수업을 해야겠다고 생각하고 있지만, 하루아침에 될 거라고는 생각하지 않아요."

"예, 좋은 생각입니다. 저도 그렇게 해 볼게요."

■ 좋은 옥 만들기

옥은 인류 최초로 몸에 장식한 보석이라고 한다. 한낱 돌덩이에서 옥이 되기까지의 과정을 '절차탁마'라고 한다. 좋은 옥을 만드는 것이나, 좋은 수업을 하는 것이나 그 과정은 다를 것이 없다는 생각이다.

좋은 옥은 하루아침에 만들어지지 않는다[19]

절차탁마切磋琢磨 -『시경詩經』

로마가 하루아침에 이루어지지 않았듯이 좋은 옥도 하루아침에 만들어지는 것은 아닙니다. 옥의 원석을 갈고 다듬는 과정 속에 진정 최고의 옥을 만들어 낼 수 있는 것이죠. 성공한 사람들은 목표를 세우고 그 목표를 달성하기 위하여 무수한 노력을 합니다. 하루도 거르지 않고 꿈과 희망을 향하여 정진해야 비로소 성과를 올릴 수 있는 것이지요.

우리가 자주 쓰는 고사성어 중에 '절차탁마切磋琢磨'란 말이 있습니다. 초등학교 교장 선생님의 훈화 속에 자주 나왔던 절차탁마, 열심히 노력하고 목표를 향해 쉬지 않고 달려가야 한다는 의미로 기억

---

19)박재희(2011), 3분 古典, 작은씨앗, 174~175쪽.

되는 말입니다.

이 단어를 정확히 알려면 고대 중국의 옥을 가공하는 기술을 먼저 알아야 합니다. 옥의 원석을 구해서 원하는 모양으로 만드는 과정은 모두 네 가지가 있습니다.

첫 단계는 옥을 원석에서 분리하기 위하여 옥의 모양대로 자르는 것입니다. 이 공정을 자른다는 뜻의 '절切'이라고 합니다. 두 번째 공정은 썬다는 뜻의 '차磋'로 내가 원하는 모양으로 옥을 썰어 내는 과정입니다. 세 번째 공정은 '쫀다'는 뜻의 '탁琢'으로 도구로 옥을 모양대로 쪼는 과정이고, 네 번째 공정은 '간다'는 뜻의 '마磨'로 완성된 옥을 갈고 닦는 과정입니다.

절차탁마는 즉 자르고, 썰고, 쪼고, 갈아서 옥을 만드는 가공 공정을 말합니다. 좋은 옥은 하루아침에 만들어지지 않습니다. 모든 것이 절차가 있고 과정이 있어야 하는 겁니다. 이 절차를 무시하다가는 엉터리 옥이 나오게 됩니다. 묵묵히 목표를 향하여 한 걸음씩 내딛는 걸음 속에 최고를 완성될 수 있습니다.

切磋琢磨 절차탁마, 자르고 썰고 쪼고 갈아라!

-(중략)-

절차탁마切磋琢磨! 아름다운 인생을 만드는 비밀입니다.

인생을 절차탁마하고 있습니까?

좋은 수업을 만들어 가는 과정도 좋은 옥을 얻는 과정이 다르지 않다는 생각이다. 그저 매일 수업을 한다고 좋은 수업을 할 수 있는 것은 아니다. 일본의 한 학자는 좋은 수업을 하기 위한 조건을 다음과 같이 들었다. 〈우수한 교육기술, 방법 100가지 체득, 우수교사 수업 100회 이상 참관, 연구수업 100회 이상….〉

광주의 창의·인성 모델 학교인 경양초등학교를 방문하여 선생님들과 수업 이야기를 나눌 기회가 있었다. 공식적인 협의는 끝나고 나오는 길에 자유롭게 이야기를 주고받는 자리였다. 남자 선생님께서 이런 이야기를 하셨다.

"어느 날 쉬는 시간에 옆 반 선생님과 수업 이야기를 나누는 나를 발견하였다. 그 전에는 그런 일이 없었다."

그 자리에서 바로 참으로 좋은 수업친구 만들기를 하고 있다는 칭찬을 드리고, 다른 곳에 가서도 그 이야기를 하곤 했었다.

좋은 수업 기술을 익히고, 좋은 수업 많이 보고, 수업 많이 해보고, 수업친구 만들어 공유하다 보면 시나브로 좋은 수업은 내 그림자가 되지 않을까?

■ **가르치는 기쁨을 느끼는 선생님의 수업을 보고**[20]

"이 선생님, 어제 참관한 연구학교 수업공개 어땠어요?"

"예, 국어 수업을 참관했는데, 수업 하시는 선생님께서 참 많이 준비를 하신 것 같았어요."

"좋아하시는 국어 수업을 참관하셨네요. 어제 보신 것 중에서 우리가 평소 수업에 활용했으면 좋겠다고 생각한 것이 있으면 이야기해 주세요."

---

20) 대구교육과학연구원 교육연구사(김영호) 시절 부산 신남초등학교(교육과학기술부 지정 교육과정정책연구학교 운영보고회, 2009.10.29목) 지정 수업 반인 4-3, 김은령 선생님의 국어 수업을 참관한 후 적은 것을 신남초 연구부장께 이메일로 보낸 내용이다.

"예, 지금까지 참관한 연구학교 공개수업 중에서 가장 실속이 있는 수업이라고 생각을 했어요. 많은 자료를 활용하기보다는 학생들끼리 서로 배움을 주고받는 모습이 참 보기 좋았어요. 어제 휴대전화로 녹화한 것을 보고 자세히 기록을 하려고 생각 중입니다. 제 생각을 정리해서 함께 이야기 나누면 좋겠어요."

"아, 그래요. 수업 비평을 생각하고 있네요. 기대할게요."

다음은 김은령 선생님의 수업을 보고 쓴 것이다.

뿌리 깊은 나무와 샘이 깊은 물 -교수·학습안

차마고도를 오가기 위해 얼마나 많은 준비를 하였을까? 시인 서정주는 한 송이 국화꽃을 피우기 위해서 삼라만상이 힘을 모은다고 했다. 한 시간의 수업을 위해서 전부 교수·학습안을 작성하는 데 얼마나 많은 생각과 고민, 열정이 필요하겠는가?

바야흐로 고객 만족을 넘어서 감동의 시대이다. 다른 사람을 가르치기 전에 나 자신을 돌아보고, 내가 가르쳐야 하는 사람들을 이해해 보자. 초등교사의 전문성이 담당하는 교과를 평균 이상으로 가르치는 것이라면, 교수·학습안을 창의적이고 보편적으로 작성하는 것은 너무나도 당연한 준비가 아닐까?

교수·학습안은 대구에서 일반적으로 이용하고 있는 양식과는 조금 차이가 있다. 수학이나 과학 같은 학문에서야 정답이 있지만, 교수·학습안 양식 같은 것은 대체적인 합의만 있지 확정된 것은 없다. 그럴 수도 없으며, 그럴 필요는 더더욱 없을 것이다. 조상을 모시는 제사가 집집마다 다르듯, 교수·학습안의 양식도 필요에 따라서 얼마든지 창의성을 발휘할 수 있을 것이다. 교수·학습안을 작성하는 궁극적인 목적은 학생들을 잘 가르치기 위한 것으로 귀결되지 않는가?

신남초의 교수·학습안을 살펴보면 먼저(I) 수업 설계의 동기가 나온다. 수업자의 의도가 잘 드러나는 대목이다. 그다음(II)이 단원 안내이다. 일반적으로 것과 비슷하지만, 내용과 차시의 재구성에 의한 단원의 지도 계획이 눈에 들어온다. 다음 항목(III)이 실태 분석 및 지도 대책이다. 글의 종류별 선호도, 시 감상 표현의 흥미도, 시 감상 표현 방법 선호도 세 가지의 조사와 지도 대책이 구체적인 수치를 근거로 제시되어 있다. 다음 항목(IV)은 본시 수업의 주안점인데, 반응중심학습법을 적용한다는 것과 퀴즈 형식의 내용 파악법 활용 및 개별 시 공책 활용에 대한 내용이다. 마지막 항목(V)이 본시 교수·학습안이다. 1. 본시 학습의 전개 2. 판서 계획, 3. 평가 계획으로 구성되어 있다.

'1. 본시 학습의 전개'라고 되어 있다. 큰 항목이 '본시 교수·학습안'으로 되어 있고, 본문에도 '교수-학습활동'으로 되어 있다. 학습자 중심을 강조하기 위해서 '본시 교수·학습의 전개'가 아니라, '본시 학습의 전개'로 하였는지 어떤 의도인지 궁금하다. 그리고 큰 항목의 '본시·교수 학습안'과, 본문의 '교수-학습활동'에서 같은 의미로 사용했을 두 가지 기호(·, -)를 다르게 사용한 것은 무슨 이유인지도 궁금하다. 일반적으로 가장 적절한 게 ·기호라고 생각한다.

반응중심학습법은 학습단계, 학습내용 교수- 학습활동, 시량(분), 자료(■) 및 유의점(♠)으로 구성되어 있다. 학습단계는 모형의 단계이다. 학습내용은 반응의 형성(학습 흥미 유발, 학습 문제 접근, 학습 문제 확인, 학습 방법 찾기, 학습활동 안내), 반응의 명료화(시 듣기, 시의 내용 파악하기), 반응의 심화(생각과 느낌 나누기, 표현 방법 알기, 생각과 느낌 표현하기, 생각과 느낌 공유하기, 친구의 시 듣기, 생각과 느낌 표현하기, 생각과 느낌 공유하기), 반응의 일반화(학습 내용 정리, 차시 예고)로 되어 있다. 대구에서 주로 사용하고 있는 학습요항이라는 용어보다 학습 내용이라는 용어가 더 적절할 수도 있다는 생각이 든다.

교수·학습활동은 교사와 학생으로 구분하여 주로 발문과 대답의 형식으로 구성하였다. 개인적으로는 교사와 학생을 구분하는 것 보다 그냥 한 칸으로 해서 하는 형식을 더 좋아하지만, 깔끔하게 정리가 잘되어 있다. 교사의 발문은 T로 표기하고 학생의 답은 S로 처리하되, 학생 수에 따라 S1, S2로 처리했다. 끝말은 모두 '--다.', '--까?'로 처리되어 있다.

이런 생각도 해 본다. 반응의 명료화 단계에서 〈T. 친구들과 함께 시의 내용과 표현에 대해 묻고 답해 보는 퀴즈 시간을 갖도록 합시다. S. 친구들과 함께 질문하고 답하는 시간을 갖는다.〉로 되어 있다. 학생 활동에서 --시간을 갖는다. 다음에 박스 처리를 해서 실제 학생들이 질문하고 답하는 내용을 넣으면 더 좋지 않을까 하는 생각을 한다.

또 〈T./S.〉인데 〈S1/S2/S3〉로 하여 〈 . 〉을 찍지 않은 이유는 무엇일까도 궁금하다. 별 의미 없는 일이지만. 자료는 ■ 표시보다는 □를 사용하여 자료가 나오는 순서대로 ①,②,③,④, …로 나타내는 게 더 낫지 않을까 생각한다.

판서 계획은 보조 칠판까지 자세하게 안내가 되었다. 평가 계획은 평가 목표와 성취 기준 및 평가 기준, 평가 방법의 세 항목으로 구성하였다. 본시에 평가시기를 표시하는 것도 좋은 방법일 것 같다. 특히 성취 기준과 평가 기준의 〈중〉 수준을 같도록 정확한 기준(마지막 쪽 참조)이 설정된 것 같다. 세 가지 항목을 하나의 표로 나타낼 수 있다는 생각도 해 본다.

참고문헌도 밝혀 놓았다. 보통 교수·학습안에는 참고문헌을 잘 밝히지 않는데, 조금이라도 다른 사람의 생각을 가져왔다면 정확하게 밝히는 게 좋다는 생각을 한다. ■참고문헌■에 사용한 ■기호는 본시의 자료에도 사용한 것이다. 가능하면 구분이 될 수 있는 것으로 사용하는 게 좋을 것 같다.

※ 교수·학습안에 사용하는 기호는 공개 학반만이라도 통일하는 게 좋겠다. 공개 학반 나름대로 창의성의 발휘해서 기호를 정하는 것도 좋지만, 참관하는 제 3자의 입장에서는 통일이 되면 좋을 것 같다.

시작이 반인데, 그 시작 전은- 수업 시작 전

수업 시작이 2시부터이다. 지정 수업 반이 국어, 사회, 음악 각각 1개 반씩 3개 학반이다. 아예 국어 한 반만 참관하기로 하고 1시 50분에 교실에 들어갔다. 여기저기 교실을 기웃거리는 분들은 있어도 교실에 들어가기에는 좀 이른 시간이다. 수업 전에 학생들의 활동이 어떨지 하는 궁금증 때문에 일찍 들어갔다.

선생님과 아이들이 이야기를 주고받는다. 공개수업의 긴장감 때문인지 긴장을 풀자는 이야기를 자주 한다. 그리고 선생님이나 학생들이나 종결어미가 확실한 언어를 사용한다는 것을 알았다. 선생님은 항상 경어체를 사용하면서 "---다.", "---까?"이고, 학생들은 "---다."였다. 참으로 바른 언어 사용이다.

교육계획서를 보면 교내 장학이나 학부모 참관 수업 등 공개수업이 처음이 아니라 선생님이나 학생들이 크게 긴장을 한다는 느낌은 없었다. 대구교대대구부설초에 근무할 때 공개수업 시작 전에는 시를 외우게 하거나, 노래를 불러 긴장을 풀던 때가 떠올랐다.

상황과 맥락- 교실 환경: 생략

교사는 학생의 거울이다- 교사 활동

선생님은 매우 차분하다. 그러면서도 학생들과의 친밀감이 느껴진다. 차분한 가운데 용어 사용이 분명하다. 부산이나 경남 특유의 억양이 살아 있다. 그리 낯설지는 않다. 자료를 제시하거나 판서를 하는 것도 매끄럽다. 평소 학생들과 학습에 대한 여러 가지 약속이 잘 되어 있다는 느낌이 들었다.

시 '누나야'는 처음에는 선생님이 낭독을 하셨다. 참 좋은 방법이다. 앞에서도 언급했지만 가장 좋은 자료는 바로 선생님 자신이다.

학생들이 모둠 활동을 할 때 선생님이 돌아보시는(궤간 순시) 장면이 여러 번 있었다. 그냥 서서 학생들과 이야기를 나누시곤 했다. 선생님이 자세를 낮추어서(허리를 굽히는 것보다 쪼그리고 앉아서) 학생들과 눈높이를 맞추면 좋겠다는 생각이 들었다. 아마 치마를 입으셔서 그냥 서서 돌아보신 게 아닐까? 선생님은 가르치는 기쁨을 아시는 것 같다.

학생은 교사의 얼굴이다- 학생 활동

학생들은 매우 활발하다. 특히 처음 인사 구령을 한 여학생은 목소리도 우렁차고(?) 매우 활발했다. 발표도 대여섯 번 한 것 같다. 28명인데 안경을 쓴 학생이 13명이다. 샤프를 사용하는 학생은 열 명 정도이다. 대부분이 여학생이다. 내가 현장에서 아이들을 가르칠 때는 글씨체가 완전하게 자리 잡을 때까지 연필을 사용하기로 약속을 했었다. 개인적인 문제이긴 하지만, 교육적인 면에서 고려할 만하다.

왼손으로 글씨를 쓰는 학생은 두 명이다. 구태여 오른손으로 쓸 것을 강요할 필요가 없다는 생각이다. 앞에 앉은 학생 두 명 정도를 제외하면 모두가 정상(좀 호리호리하다는 느낌)이다. 경사가 45도는 되어 보이는 학교를 오르내려서 시나브로 체력 단련이 된 것도 한 이유가 아닐까? 학습 훈련이 잘되어서 발표도 손가락의 모양만 보아도 찬성, 보충, 반대 등 나타낸다는 것을 알 수 있었다. 학생들은 배움을 즐기고 있었다.

과유불급- 학습 자료: 생략

생각을 나누고 지혜를 모으며- 모둠 활동

학습 훈련이 잘되어 있다는 게 모둠 학습에서도 나타났다. 모둠을 만드는 것도 잘되었다. 특별히 시를 외우거나 노래를 하면서 모둠을 만들지는 않았다. 모둠별로 정해진 방법에 따라서 개별과 모둠학습이 함께 이루어졌다.

앞에 나가서 발표를 할 때도 마찬가지다. 항상 전체에 대한 예를 한 다음 시작했다. 국어 학습이라 구태여 그런 것은 필요 없다는 생각이 들 때도 있지만, 많은 사람에 대한 배려, 예의를 생각하면 충분히 의미 있는 일이다. 머리띠나 마이크 등 학습 자료를 사용하는 것도 익숙하다. 처음 보는 선생님들 앞에서 발표하는 것도 익숙하다. 그게 4학년 학생다움일 것이란 생각도 했다.

모둠 학습은 한 시간 수업에서 아주 중요한 학습조직이다. 개별학습과 전체학습에서 할 수 없는 협동심, 충분한 논의, 대화가 이루어진다. 방관자 없는 무임승차하지 않는 모둠활동은 학습의 꽃이다.

한 우물을 파면- 수업의 일관성

수업 참관을 하면 가장 중점을 두고 보는 것이 수업의 일관성이다. 너무 많은 자료, 보여주기 식의 수업을 볼 때는 참 대단한 수업이다, 라는 생각을 하다가, 막상 끝나고 나면 무슨 수업을 했는지 잘 모르는 경우가 있다. 국어 수업의 전개 과정이다.

학습목표: 시를 듣고 생각하거나 느낀 점을 내가 하고 싶은 방법으로 표현할 수 있다.

학습 흥미 유발: 영상 자료 보기

학습 문제 접근: 시를 낭송하거나 듣고 난 뒤에 어떻게 하면 좋을까요?

학습 문제 확인: 시를 듣고 생각하거나 느낀 점을 내가 하고 싶은 방법으로 표현해 봅시다.

활동 1. 시 속으로! 퀴즈 속으로!

활동 2. 생각과 느낌을 표현해요.

활동 3. 나만의 동시집에 표현해요.

학습 내용 정리: 이번 시간에 우리는 무엇을 공부했습니까?

성취 기준: 시를 듣고 생각하거나 느낀 점을 말하고 자신이 하고 싶은 방법으로 표현할 수 있다.

평가 기준: 시를 듣고 생각하거나 느낀 점을 말하고 자신이 하고 싶은 방법을 선택하여 표현할 수 있다. (중)

이 시간에는 시를 들었다. 그리고 생각이나 느낌을 말했다. 그리고 그 시를 자신이 하고 싶은 방법으로 표현했다. 학습 흥미 유발과 학습 문제 접근도 이런 관점에서 이루어졌다. 그러니 학습 문제도 학생들 입에서 자연스럽게 나왔다. 학습활동의 세 가지도 마찬가지다. 마지막의 평가도 성취 기준과 평가 기준의 〈중〉에 맞는 관점이다. 목표 중심의 일관성을 추구한 수업이다.

내 눈으로 수업 보기

좋은 수업을 하기 위해서는 좋은 수업을 많이 보는 것이 중요하다. 흔히 말하는 좋은 수업은 에듀넷이나 각 시도 정보 관련 기관에 탑재된 것이 많다. 수업을 막연하게 보기보다는 관점을 정하는 게 좋다. 수업을 보는 관점도 다양하다. 쉽게 접근하는 방법을 중심으로 '내 눈으로 수업 보기'를 실천해 보자. 다음은 '역사, 태현 행복수업 만들기' 시리즈[21]에서 수업 동영상을 보고 수업 관점에 따라 분석한 내용이다.

---

21) 역사, 태현 행복수업 만들기 17(2013.12.5.), 18(2013.12.11.), 19(2013.12.12.)에서 옮겨온 것으로 수업 비디오를 보고 몇 가지 관점을 정해서 각자의 생각을 정리한 다음 공유한 내용이다. 참여한 교사(강소림, 강호윤, 권세현, 김대영, 김태우, 김혜진, 도현애, 문경회, 박규석, 배지영, 서진섭, 성영지, 손수정, 손혜경, 신은주, 신해경, 심순자, 양수진, 이남주, 이영주, 이정미, 이호관, 전선희, 전성태, 전혜영, 정윤경, 정인애, 정하숙, 조훈성, 차선희, 최영애, 최윤재, 최정남)들의 내용이 뒤섞어 있어서 각각의 내용에 대한 작성자는 생략한다.

■ 역사, 태현 행복수업 만들기 17, (2013.12.5.목.)

태현 선생님들께, 먼저 고맙다는 말씀 드립니다. 방학 직전이라 매우 바쁜 중에서도 수업 동영상을 보시고 좋은 내용 주셨습니다. 그 좋은 내용들을 가감 없이 그대로 다시 공유합니다. 이런 과정도 수업협의입니다. 또한 수업 친구라고 해도 무리가 없을 것 같습니다.

우리 선생님들이 보신 수업 동영상은 2013.4.15.(월)에 공개한 것입니다. 많은 분들이 참관하셨습니다. 1학년이니 입학하고 한 달 보름이 된 시점입니다.

수업협의의 목적은 더 좋은 수업을 하자는 것입니다. 그것도 수업자뿐만 아니라 수업을 공유하는 모든 분들의 몫입니다. 다음 내용을 잘 공유하시고 직접 적용해 보시기 바랍니다.

수업 바로 보기(내 눈으로 수업 보기)

수업자	김혜진	소속	대구교육대학교대구부설초등학교
일시	2013.4.15.(월)	장소	1-2교실
과목	국어	단원 (차시)	2. 재미있는 낱자(10/11)
학습목표	▪ (지식 · 기능)같은 낱자가 들어간 낱말을 알고 찾을 수 있다. ▪ (태도)같은 낱자가 들어간 낱말을 찾으려는 태도를 지닌다.		
동영상 시청 및 소감작성	▪ 기간: 2013.12.3.(화)~4.(수) ▪ 대상: 대구태현초등학교 전 교사		

수업을 보고 좋았다고 생각하는 것(@)과 그 이유나 까닭(#)

@: 선생님의 여유 있는 모습과 교사- 학생의 자유롭고 허용적인 상호작용이 인상적이었다.

#: 학생들이 자신의 생각을 말하기 위해 기다리지 못하거나 주제와 벗어난 이야기를 하여도 '그만', '그건 상관없는 이야기잖아.' 등의 지적을 하지 않고 차분하게 인정하고 다음 상황으로 진행하는 모습이 인상 깊었다. 평소 학생들을 여유 있고 허용적으로 대해 왔던 것 같다.

@: 낱자의 정확한 순서를 정확히 알려준 것

#: 학생들이 낱자를 알고 있다고는 하나 막상 쓰기를 해보면 낱자를 쓰는 정확한 순서를 알면서도 자신이 편한 순서로 쓰거나 순서를 알지 못해 틀리게 쓰는 경우가 많다. 이런 낱자의 순서를 학생들 간에 가르치고 배우는 학습 형태로 진행하여 흥미가 있었다. 또한 쓰는 순서를 'ㄹ'의 경우 '꺾기 - 옆으로, 또 꺾기' 등으로 노래하듯이 말하게 하여 직접 순서대로 써 보고 싶은 마음이 생기게 한 점이 아주 좋았다.

@: 교실에서 낱자 찾기를 직접 해 본 것

#: 보통 '교실에서 낱자가 들어 있는 것을 찾아보자.'라고 하면 아이들이 여러 가지 물건을 이름을 말하고 끝냈다. 이 방법은 짧은 시간에 더 많은 낱자가 든 물건을 찾을 수 있고, 정리가 깔끔하게 되어 수업할 때 사용했었다. 하지만 이번 수업처럼 아이들이 직접 그 물건을 찾아가서 예쁜 막대로 가리키는 활동을 하면서 기다리는 학생들은 '친구들이 어떤 낱자가 든 낱말을 찾았나?'라는 호기심을 갖는 시간을 준 것 같고, 낱자를 찾는 학생의 입장에서는 약간은 지루할 수 있는 시간에 일어서서 교실을 직접 탐험해 보는 것이 재미있었을 것 같다.

@: 아이들과 선생님의 자연스러운 호흡이 좋았다.

#: 기교를 부린 수업이 아니라 아이들의 눈높이에 맞는 자연스러운 수업이라 교실에서 나도 적용해 볼 수 있을 것 같다.

@: 선생님의 어조와 태도

#: 한 번쯤 큰 소리로 '그만!'이나 직접적으로 '집중'을 지시하는 말을 할

뻔도 한데 한 번도 그런 적이 없었다. 아이들이 수업 초반에 '우주만큼 땅만큼'을 저마다 외치며 다소 길어질 때도 교사는 "고마워!"로 대답하는 여유가 좋았다.

@: 다양한 교구를 활용

#: 정말로 TV에 펜으로 낙서(?)를 하다니, 감히~ 생각의 전환이 부러움을 넘어 존경스러워진다. 그냥 버린 막대사탕 장식물도 지휘봉으로 깜짝 변신한 것도 새로웠다. 그리고 급식 먹는 장면, 학교 주변 사진 등도 아이들에게도 친숙한 장면이었던 거 같다.

@: 학생들의 자유로운 의사소통과 수업 분위기를 만드는 선생님의 일관적인 태도

#: 학생의 다소 시끄러운 대답이나 주제에 벗어나는 이야기에도 교사가 차분하고 여유 있는 모습을 내내 유지하는 것을 보고 학생들의 의사소통이 보다 자유롭게 이루어질 수 있었고, 그만큼 허용적인 분위기가 가능해졌다고 생각한다.

@: 재미있는 낱자 획순 공부법

#: 학생들이 낱자 획순을 잘 기억할 수 있도록 재미있는 말로 외우도록 (예- 옆으로, 옆으로, 꺾기: 티읕) 하며 동료 학생들이 스캐폴딩 하고 따라 하는 것이 인상적이었다. 고학년 학생들도 필순을 모르고 마음대로 글자를 쓰는 경우가 많은데, 이런 경우 오랫동안 자신이 쓰던 습관이 있어 글자를 바르게 쓰도록 하는 것이 상당히 어려워진다. 따라서 1학년 때부터 획순을 잘 기억할 수 있도록 재미있는 방법을 고안한 것이 학생에게 많은 도움이 되리라 생각한다.

@: 선생님의 작은 의자와 발표 받침대

#: 선생님이 평소 사용하신다는 의자가 나왔는데, 그 의자는 학생의 눈높이에 딱 맞는 의자였다. 그리고 학생들의 발표 받침대도 있었다. 학생

들이 이 발표 받침대를 이용하여 앞에 나와서 발표를 하면 좀 더 마음가짐을 바로 하여 발표할 수 있을 것이고, 보는 학생들도 더욱 집중하기 좋을 것 같다.

@: 낱자의 이름과 쓰는 방법을 확인하는 줄 발표.

#: 모든 학생들이 다 목걸이를 걸고 수업에 참여하는 모습에서 서로서로 함께 도와야 한다는 무언의 인성교육까지 의도된 것이 아닐까, 하는 생각과 친구들의 학습활동도 흥미와 함께 교육적 효과도 큰 것 같다.

@: 학년성에 맞는 교사의 발문과 학생들의 발표 내용을 듣는 교사의 태도

#: 때로는 같이 앉아서 눈을 마주치며 학생들의 발표 내용을 듣는 교사의 태도가 인상적이고, 서두르지 않고 여유 있는 교사의 태도가 학생들에게 안정감을 준다고 생각함.

@: 발표 시 학생들이 생각할 시간을 충분히 제공한 것이 좋았다.

#: 본인의 신규장학 비디오 촬영을 보았을 때 학생들이 생각할 시간을 주지 않고 급하게 수업을 진행하는 경향이 있었는데, 모든 학생들에게 생각할 시간을 준 것이 좋았다.

@: 목소리 톤의 변화가 다양해서 좋았다.

#: 수업을 집중시키는 방법이 목소리를 크게 하는 것만이 전부가 아님을 알 수 있었다. 오히려 작은 목소리로, 큰 목소리로 상황에 맞게 발문함으로써 학생들의 집중력을 더 높일 수 있었던 것 같다.

@: 학습자 특성 분석

#: 〈활동 1〉 1학년의 특성에 맞추어 낱자 적는 순서를 아이들이 같이 따라 해 볼 수 있도록 신나는 노래도 부르고 손가락으로 적어보고 익히도록 하여 몸으로 체득하게 함.

@: 수업 시작 전 발표 훈련

#: 본시 수업 안의 내용은 아니지만 동영상 처음 부분에 수업하신 선생님

의 발표 훈련법을 볼 수 있었습니다. 오늘 급식 메뉴같이 단순한 질문으로 학생들의 발표 불안을 덜어 주는 방법을, 내년 3월 초부터 발표 훈련법으로 활용하고 싶습니다.

@: 낱자의 이름과 쓰는 과정(순서)을 구술하며 낱자를 쓰는 것

#: 낱자의 이름을 발음하는 것과 획순에 맞게 낱자를 쓰는 것은 어른들도 틀리는 경우가 많은데, 이렇게 지도한다면 오류를 최소화하여 지도할 수 있을 것 같다.

@: 활동적이고 실제적인 문법 수업

#: 문법은 분석적으로 접근하여 지식에 대한 설명으로 끝나기 쉬운데 입말이나 노래를 통해 흥미롭고 반복적으로 지도가 이루어져 저절로 자동화가 이루어지도록 하였다.

@: 정리 단계에서 'ㅇㅇ의 수업 이야기'

#: 흔히 수업에서 보는 소감 발표와 아주 조금 다른 느낌이었다. 수업 시간 동안 있었던 수업과 관련된 소소한 이야기 같은 느낌? 1학년이라서 그랬을 수도 있고, 선생님께서 처음부터 의도하고 보통 소감 발표와는 다르게 훈련하셨을 수도 있겠다는 생각이 든다.

@: 정리 단계에서 아이들의 낱자 목걸이로 선생님이 하고 싶은 말 만들기

#: 마지막이라 이대로 끝날 줄 알았는데 차시 예고까지 '멋지게' 끝내셨다. 이 수업을 하기 위해 수업의 처음부터 끝까지 고민하신 흔적이 여실히 느껴진다.

@: 학습목표를 성취할 수 있도록 학습활동들이 일관되게 구성되어 있다

#: 학생들이 학습목표를 성취하는 것은 학습에서의 기본이라고 생각한다. 이를 위해 학습활동들이 한 가지의 목표를 가지고 일관되게 나열되어 있으며 교사는 학생들이 이를 성취할 수 있도록 학생들을 격려하였다.

@: 수업에 사용한 학습 자료의 양이 많지 않고 적절하였다.

#: 수업에 사용한 학습 자료를 살펴보면 1. 문제 확인 부분- (사진), 2. 문제해결방법 찾기- 낱자 목걸이, 사진, 그림책, 3. 일반화하기- 봉, 이었다. 크고 많은 자료보다 활동에 적절한 자료가 중요하다고 생각한다. 특히, 마지막 그림책 한 권으로 알아보기는 우리가 평소 수업에서 많이 활용하고 있는 방법이며 학생들과 상호작용하는 데도 부담이 없었던 것 같다.

@: 책상의 배치가 오늘의 학습활동과 잘 어울리는 배치였다.

#: 학생들이 함께 이야기하고 노래하며 낱자를 알아 가는 수업이었던 만큼 책상의 배치가 학생들로 하여금 학습활동에 모두 참여할 수 있도록 하기에 유용하였으며 또한 그러한 마음을 갖도록 하는 데 좋을 것 같다.

@: 활동 3에서 책에서 글자 찾기를 할 때 직접 펜으로 책에 글자를 찾아 표시하면서 활동한 점이 좋았다.

#: 책을 깨끗이 보는 것도 중요하지만 책은 학습을 위해 활용할 수 있는 하나의 자료이자 도구라고 생각한다. 책에서 직접 글자를 찾아 동그라미를 쳐보며 학습함으로써 학생들이 더 학습에 호기심을 가지고 인지할 수 있다면 그런 방법을 활용하는 것도 좋은 것 같다.

@: 낱자 쓰기 활동 순서를 초인지와 자동화 과정을 이용하여 계속적으로 익히고 있는 점이 바람직했다.

#: 1학년 담임을 할 때 낱자 쓰기 활동 시 학생들이 쓰는 순서를 틀리거나 'ㅎ'에서 한 획을 빼는 등 오류가 있어서 색연필 두 개로 쓰기, 말하면서 쓰기 등을 했는데, 같은 고민에서 출발한 내용을 이렇게 풀어낼 수도 있다는 점에서 많은 점을 배울 수 있었다.

@: 단순한 활동도 선생님이 많이 생각하고 고민하여 수업을 구성했다고 생각이 되었다.

#: '투명칠판쓰기 활동' 같은 경우 너무나 단순한 활동이지만, 학생들이 쓰면서 동시에 교사가 학생의 오류를 파악할 수 있어서 특히 저학년들이 새로운 개념이나 내용을 배울 때 확인하는 단계에서 사용할 수 있어서 좋았다.

@: 학습목표와 일관성 있게 학습활동을 구조화하였다.

#: 학습목표 설정을 명확하게 하였고, 그러다 보니, 학습활동의 구조화가 잘 이루어져서 학생들이 학습목표 달성을 쉽게 할 수 있도록 하였다.

수업을 보고 나라면 다르게 하겠다고 생각하는 것(@)과 그 이유나 까닭(#)

@: 마지막 교실 속의 낱자 찾기를 우리 교실 낱자 보물지도 만들기로 해 보겠다.

#: 사실 어떤 한 사람이 낱자를 찾는 동안 앉아 있는 다른 친구들은 조금 지루할 수도 있을 것 같다. 실제 어떤 친구가 진지하게 낱자를 찾고 있을 때 앉아 있던 한 아이가 지루했던지 몸을 꼬는 행동을 했다. 그래서 생각해 본 방법인데 교실에서 실제로 해보면 어떤 결과가 나올지는 모르겠지만, 모둠 친구들과 교실 속에 있는 낱자를 찾는 활동을 해 보면 재미있을 것 같다. 교실 속 사진에서 다양한 낱자가 들어 있는 낱말을 모둠 친구들과 직접 찾아가 보는 활동을 해 보면 재미있을 것 같다.

@: 정말 없었지만, 그래도 굳이 찾으라면, 수준별 학습은 다소 고려되지 않은 것 같다.

#: 혹시 낱글자도 모르는 학생이 그 반에 없어서 고려되지 않은 것 같은데, 우리 반의 누구를 생각해보면, 낱글자도 모르는 학생을 어떻게 지도해야 할지, 개별 활동을 할 때 부진학생을 지도하는 모습이 담겨야 하는 건 아닌지. 심각한 부진학생이 있는 반으로 마음이 무겁다.

@: 그림에서 같은 글자 찾기

#: 국어활동 18-19쪽의 학습문제는 「그림에서 같은 낱자가 들어간 낱말을 찾아봅시다.」와 「1. 'ㄱ'이 들어간 낱말과 그림을 찾아 ○표 해봅시다.」이므로 국활 18-19쪽에서는 제시된 낱말 '고양이'와 '구멍'에서 낱자 'ㄱ'을 찾고 그림에 ○표를 한 후 심화 단계로 'ㄱ'이 있는 낱말의 그림을 더 찾고 「3. 단원이 글자를 만들어요.(낱말 쓰기)」이므로 낱말을 적어 준 후 낱자 'ㄱ'을 찾도록 해야 된다고 생각함.

@: 수업 시간 중 사투리 사용

#: 다른 교과라면 사투리를 사용해도 무방하다고 생각하나, 국어 수업에서의 교사 발음은 명확해야 하고 '그~죠?' 등의 사투리는 지양하는 것이 바람직함. 교사의 부드러운 음성과 억양은 학생들과 친밀감을 공유할 수 있지만, 수업의 흐름상 중요한 부분에서는 강약을 조절하여 부드러움 속에서도 학생들의 주의를 집중시킬 필요가 있음.

■ 역사, 태현 행복수업 만들기 18, (2013.12.11.水)

대구들안길초 수석교사 최혜경 선생님의 수업 동영상을 보셨습니다. '명불허전名不虛傳'이라는 말이 생각됩니다. 최혜경 선생님은 대구를 대표하는 수석교사입니다. 전국적으로도 명성이 자자합니다. '대구교육상'을 수상하시기도 했습니다. 참으로 바람직한 일입니다.

다음은 선생님들이 주신 내용입니다. 좋았다고 생각하는 점만 모았습니다. 또 다른 동영상은 2014년 2월에 함께 공유하겠습니다. 선생님들의 노고에 감사를 드립니다.

수업자	최혜경	소속	대구들안길초등학교
일시	2013.10.30.(수)	장소	강당(5-1)
과목	수학	단원(차시)	비와 비율(1/7)
학습 목표			
동영상 시청 및 소감 작성			

수업자	최혜경	소속	대구들안길초등학교
일시	2013.10.30.(수)	장소	강당(5-1)
과목	수학	단원(차시)	비와 비율(1/7)
학습 목표	▪(지식·기능) 두 양의 크기를 비교하는 상황을 통해 비의 개념을 이해하고 관계를 비로 나타낼 수 있다. ▪(태도) 친구의 의견을 존중하여 배려하며 협동하여 문제를 해결한다.		
동영상 시청 및 소감 작성	▪기간: 2013.12.9.(월)~12.10.(화) ▪대상: 대구태현초등학교 전 교사		

수업을 보고 좋았다고 생각하는 것(@) 세 가지와 그 이유나 까닭(#)

@: 학생들이 비에 대한 개념을 다양하게 표현할 기회를 제공하고 정확하게 파악할 수 있도록 하는 계산된 교사의 질문

#: 학생들 스스로 비의 개념을 말할 수 있고 설명할 수 있도록 질문 후 충분히 기다려 주었다. 또한 잘못된 개념을 갖고 있는 학생에게 다른 학생들이 설명할 때 이해하지 못하는 부분에서 설명을 멈추게 하고 이해했는지 물어보고 다음 설명으로 진행하는 것을 볼 수 있었다. 교사가 사전에 학생들의 오개념이 어느 부분에서 주로 일어나고 있는지 충분히 알고 지도함 으로써 개념 지도를 쉽게 할 수 있었던 것 같다.

@: 이야기와 곁들인 검은 콩과 노란 콩의 계산된 비

#: 마치 영의정을 지낸 이항복 어린이가 된 것처럼 아이들이 콩의 비를 찾아보는 재미있는 수업이었다. 또한 작은 컵에서 검은 콩과 노란 콩의 비는 100:50으로 아이들은 쉽게 2:1의 비라고 생각하지 않는다. 하지만 큰 컵에서 자루로 확대하면서 2100:1050으로 "대략 얼마인가요?"라고 하니 학생들이 "2:1이요."라고 자연스럽게 말할 수 있도록 계산된

양을 준비한 교사의 노력이 빛난다.

@: 두 양을 비교해야 하는 상황 알아보기

#: 비와 비율은 지도하기에 어려운 내용임에도 불구하고 선생님께서 차분히 덧셈 관계가 아니라 곱셈 관계임을 아이들의 발표를 통해서 이끌어 내는 모습이 참 인상적이다.

@: 개념 적용하기

#: 스토리텔링을 적용하여 아이들의 흥미와 관심을 유발하여 학생들이 직접 구체물을 통하여 콩을 세어 보고 비교해 봄으로써 비를 이해하는 과정이 참 따라 하고 싶어지는 수업이다.

@: 교사의 여유 있는 태도, 말투

#: 연륜이 묻어나는 수업인 것 같다. 한 마디 한 마디 말씀도 많이 안 하셨는데도, 꼭 필요한 말, 핵심을 찌르는 말, 과연 경력과 연륜을 알 수 있는 듯했다. 그 속에서 아이들은 얼마나 편안할까 생각해 본다.

@: 침묵의 시간

#: 수업 순간순간 침묵이 흐르는 시간이 많았다. 아이들에게 생각할 시간을 많이 준 것인데, 단순이 멍하게 있는 게 아니라, 아이들 생각이 돌아가는 소리까지 들리는 듯 열심히 생각하는 게 보였다. 수학 수업답게 사고의 시간이 된 것 같았다.

@: 부진아도 이해시키는 수업

#: 지난번 수업 참관에서는 부진아 관리에 다소 생각하게끔 했는데, 오늘은 부진아를 수업에 동참시키고 이해시키기 위해 친구들과 이야기를 나누는 모습에 나도 닮아야겠다고 생각했다.

@: 수업 아이디어(이항복의 콩 한 말 세기) 초등수학 내용지도법 도서를 참고한 점

#: 이항복의 콩 한 말 세기의 이야기를 비와 관련지어 수업에 이용한 부

분이 좋았음. 학생들의 참여를 흥미 있는 이야기로 자연스럽게 유도하였음. 억지스러운 자료가 아니어서 공감이 되었고 다양한 시도를 함에 있어 참고도서가 많은 힘이 된다는 것을 깨달았음. 무조건 창의적이어야 하고 새로워야 한다는 압박감이 있었는데, 이미 출판된 좋은 자료를 사용하는 것도 수업에 많은 도움이 된다는 것을 생각하게 되었음.

@: 수업 활용 매체(시청각 매체를 사용하지 않고 진행하는 점)

#: 공개수업이라면 왠지 자극적이거나 흥미를 끌기 위해 화려한 영상이나 파워포인트가 필요하다고 생각했는데, 그렇지 않고도 학생들이 흥미롭게 수업에 참여할 수 있었음.

@: 학생들에게 이해와 동의를 구하고 진행되는 수업

#: 선생님께서 지난 강의 때 말씀하신 것처럼 학생들이 잘 이해되었는지 확인하시는 모습이 인상적이었다. 학생들도 솔직하게 모르면 모르겠다고 하니 다시 내용을 짚어 볼 수 있어, 학생들이 잘 이해하고 다음으로 넘어갈 수 있는 것 같다. 공개수업이라면 이렇게 학생들이 이해가 되는지 살펴보기보다는 준비한 활동을 무난하고 자연스럽게 하고 넘어가려는 경향이 많은데, 학생들의 이해에 초점을 맞추는 것이 진정 수업에서 교사가 추구해야 하는 태도라고 생각하였다.

@: 교사와 모든 학생들이 참여하는 수업

#: 이해가 잘 안 되는 친구에게 다른 친구들이 설명해주는 부분이 인상적이었음. 설명을 해 주는 친구도 머릿속의 개념을 좀 더 명확히 할 수 있고, 교사 입장에서도 학생의 눈높이에서 생각해 볼 수 있어서 좋았음.

@: 이야기 자료를 활용하여 문제 해결 방법 찾기

#: 개념 적용 단계에서 선생님께서 들려주신 이항복 이야기가 학생들에

게 많은 흥미를 불러일으킨 것 같고, 문제 해결 방법을 찾는 데 매우 적절한 자료였다고 생각함.

@: 구체물로 조작하면서 비의 개념 이해하기

#: 고학년 수업에 콩이라는 구체물을 가지고 활동하는 모습이 뜻밖이었지만, 비가 실생활에 활용되는 장면을 직접 경험해 봄으로써 보다 명확히 개념을 이해할 수 있었다고 생각함.

@: 학생들의 대답을 끝까지 기다려 주는 것.

#: 학생들이 발표하는 도중에도 생각하느라 멈칫하는 순간이 몇 번 있었는데, 그때마다 교사는 끝까지 생각을 정리할 수 있도록 기다려 주었다. 동영상을 참관하는 입장에서 내가 불안할 정도로 긴 시간이었는데, 결과적으로는 이 기다림을 통해 수업이 더 잘 이루어진 것 같다.

@: 작은 컵의 콩의 개수를 세어서 비율을 직접 알아보게 함.

#: 검은콩, 흰콩의 비율을 직접 알게 함. 궁금한 점은 그 검은콩과 흰콩의 비율이 어떻게 2:1로 맞춰지는지. 처음 넣을 때 2:1 비율로 넣었다고 해도 어느 모둠은 그 비율대로 컵에 안 들어갈 수도 있을 텐데…. 수업하시는 선생님께서 많은 시도를 해 보고 딱 맞게 컵에 넣는 건지.

@: 교사와 학생의 상호작용

#: 교사와 학생의 상호작용, 학생들끼리의 상호작용이 잘 이루어진 것 같다. 학생들이 잘 이해를 못 하는 부분에서 다시 한 번 더 학생들에게 도움을 청하고 서로 이해할 수 있도록 도와주는 것이 인상적이다. 교사가 학생들의 눈높이를 맞추어 키를 낮추기 등 아이들과 상호작용이 잘 이루어진 것 같다.

@: 교사의 이동

#: 교실이 아닌 넓은 강당에서 수업을 한다는 것도 힘든데 아이들이 집중하여 수업을 열심히 하는 모습을 보니 놀랍다. 아이들이 대답하고

질문하는 장소를 자유롭게 다니면서 아이들 가까이 다가가려는 모습
이 좋았다. 교사의 표정도 언제나 웃으면서 아이들이 부담감을 느끼지
않도록 하신다.

@: 책상 배치

#: ㄷ자 구조가 학생들이 선생님, 수업 상황에 대한 집중을 돕는 구조 같
습니다.

@: 항상 웃으시는 선생님의 태도, 수업의 조력자로서의 발문이 좋습니다.

#: 선생님께서 항상 웃으시며 말씀하시는 태도를 본받고 싶습니다. 또한
수업의 개념을 학생들이 스스로 파악할 수 있도록 돕는 발문들을 차
분하게 하시는 모습이 너무 좋습니다.

@: 학습자가 생각하는 수업

#: 학습자가 학습 문제를 생각하게 하는 교사의 발문과 교사는 진행이
많은 것을 생각하게 하는 수업이었다. 계속해서 학생의 생각을 유도하
고 자극하여 생각하게 하고 학습자의 반응을 이끌어 내는 수업이었
다. 계속해서 질문하고 생각하게 하는 수업이 감탄을 자아냈다.

■ 역사, 태현 행복수업 만들기 19 (2013.12.12.금.)

잘 아는 선배 교장 선생님으로부터 책을 한 권 선물 받았습니다.
장사오형과 한쿤이 지었고 김락준이 옮긴 『인생의 품격』이라는 책
입니다. '북경대 인문 수업에서 배우는 인생 수양법'이라는 부제도 붙
어 있습니다. 그중에 삶은 자아를 발견하는 과정이라는 말이 있었습
니다. 수업도 그러하다는 생각이 듭니다.

'수업 바로 보기' 공유합니다. 바쁘신 중에서 좋은 생각을 공유해
주서서 고맙습니다. 업무 포털과 에듀넷에 전국 초·중·고 선생님들

의 우수 수업 동영상이 많이 탑재되어 있습니다. 물론 편집된 것입니다. 최근 '수업 보기'의 흐름을 생각하면서 보시면 많은 도움이 될 것입니다. 간혹 보여주기 식의 수업도 있으리라 생각됩니다. 중·고등학교 수업도 옛 기억을 더듬어 가면서 보시면 어떠실지?

수업자	김혜진	소속	대구교육대학교대구부설초등학교
일시	2013.10.16.(수)	장소	1-2교실
과목	국어	단원(차시)	4. 뜻을 살려 읽어요(4/11)
학습목표	▪(지식·기능) 누가 무엇을 하였는지 찾으며 글을 읽을 수 있다. ▪(태도) 누가 무엇을 하였는지를 생각하며 글을 읽는 습관을 가진다.		

수업을 보고 좋았다고 생각하는 것(@) 세 가지 관점, 그 이유나 까닭(#)

@: 수업의 전체적인 흐름(느낌)

#: 누가 무엇을 하였는지 찾으며 글을 읽는 목표에 잘 맞도록 구성되어 있는 수업. 이번 수업에서는 학습하고자 하는 목표에 맞도록 수업이 잘된 것 같다. 학생들도 활동을 할 때 '누가 "무엇을" 하였는지 찾아보는 것에 초점을 잘 맞추어 학습하였다. 흥미롭고 학생들이 잘 집중할 수 있는 소재를 이용하여 끝까지 몰입하며 학습목표에 도달할 수 있었던 것 같다.

#: 특별한 날의 특별한 수업이라기보다는 평소 늘 하던 방식으로 아이들과 수업을 하시는 것 같다. 내용 파악에 있어서도 직관적인 내용과 정교한 내용 파악 등이 적절히 이루어진 것 같다.

#: 수업의 활동 구성을 전체적으로 보았을 때 활동이 점점 심화되어 가

는 것을 느꼈다. 학습목표를 단순화하여 제시하고 수업 소재를 실제적인 것에서부터 시작하여 일반화한 자료를 순차적으로 제시한 부분이 좋았다. 수업을 정리하는 부분에서 학습목표의 유의미성을 확인하여 전이가 자연스럽게 이루어지도록 하였다.

#: 조용하고 차분한 가운데 수업 목표를 위한 집중력이 유지되는 분위기가 좋았습니다. 선생님과 학생간의 래포가 긍정적으로 잘 형성되어 보였으며 선생님의 발문도 학생들의 눈높이에 맞는 내용이었고, 학생들의 발표에 다양한 반응을 차분하게 잘 해주시는 것이 인상적이었습니다.

#: 학생들의 활동이 다양하게 이루어지고 교사의 반응이 적극적이고 아동의 눈높이에 잘 맞추어져 있는 듯하며, 학생들의 발표에 일일이 악기로 산만하지 않고 집중할 수 있도록 한 점과 간이 의자로 1학년 학생들의 눈높이에 맞춰서 이야기하는 모습도 인상적임.

#: 애니메이션을 활용한 문제 확인 단계부터 일반화 단계인 생활 속 적용 다지기 순으로 수업이 매끄럽게 진행됨. 학생 스스로 학습 문제를 잘 찾았으며 친구가 한 일이 잘 드러난 일기장과 교재를 재구성한 그림책에서 누가 무엇을 하였는지 학생들이 쉽게 찾을 수 있도록 범위를 3등분해 주어 목표에 잘 도달하도록 자연스럽게 이끌어 감.

@: 교사와 학생의 상호작용

#: 선생님과 학생 간의 편안한 상호작용이 돋보임. 다정하고 허용적인 선생님의 태도로 학생들이 경직되지 않고 수업에 잘 빠져든 것 같다. 선생님께서 책을 읽어 주실 때 학생들이 쉽게 감탄하는 모습은 공개수업임에도 학생들이 얼마나 편안한 마음으로 수업을 하고 있는지 알수 있었다. 이렇게 편안한 분위기는 학생들이 다른 부담감 없이 학습에 몰입할 수 있도록 하는 데 도움이 될 것이다.

#: 학생들 한 명 한 명이 수업 목표에 도달할 수 있도록 짝활동, 전체활

동, 모둠활동 등 다양한 활동 방식을 도입하여 학생들이 경쟁과 협력을 도모한 수업을 통하여 자연스럽게 인성이 함양되었다.

#: 선생님께서는 항상 허용적이고 수용적인 자세로 학생들 개개인의 반응에 다 대답을 해주시고, 학생들이 자세가 조금씩 흐트러져도 절대 화내시거나 다그치는 것이 아니라 즐거운 분위기에서 아이들이 수업 활동을 하도록 이끌어 가셨다. 공개수업의 딱딱하고 짜여진 교사와 학생이 아니라 마치 우리 교실에서 볼 수 있는 수업 분위기와 다른 점이 있다면 선생님의 허용적인 자세였다. 발표하는 학생들이 시간이 많이 걸려도 선생님께서 느긋하게 기다려 주시고 학생의 입에서 발표가 나오도록 하는 것이 인상적이었다.

#: 물리적인 눈높이를 맞추어 수업하는 것이 좋았고, 학생들이 좋아할 만한 영상자료를 활용한 것도 좋았다. 그리고 수업 전체에서 다양한 어조를 활용함으로써 학생들을 잘 집중시켰던 것 같다. 금붕어 발표, 합창 발표 등 다양한 발표 방법을 활용한 것 마지막으로 미리 약속된 다양한 주의 집중 방법을 사용한 것도 좋았다. 우리 교실에서 이런 발표 방법, 집중 방법들을 활용해 보는 것도 좋을 것 같다.

#: 선생님이 작은 의자에 앉으셔서 수업을 진행하다 보니 학생들과 눈높이가 맞고 선생님과 눈을 마주치며 자유 발표, 금붕어 발표, 합창 발표 등의 상황에 적절한 발표 기법을 활용하시는 모습이 인상적이었습니다. 또한 학생들의 짝활동, 전체활동을 능숙히 조율하시는 모습이 좋았습니다.

#: 교사가 수업을 이끌지만, 수업의 주된 역할을 하는 사람이 아이라, 보조 역할을 하는 모습이었다. 적극적인 보조 역할(?)이 이 수업 시간 내내 교사의 모습이었던 것 같다.

#: 인성이나 자기 경험과 관련된 말하기 및 발표하는 학생에게 손짓을 하

는 등 학습자의 적극적인 참여를 유도하는 교사의 효과적 발문이 돋
보임.

@: 학생과 학생의 상호작용

#: 짝활동에서 학생 상호작용의 시범을 보여준 것. 짝활동을 어떻게 하면
되는지 친구의 시범을 보여주도록 한 것이(물론 학생이 시범을 보이면
서 많은 시간이 걸리기는 했지만) 학생들이 어떤 관점에서 짝활동을
하면 되는지 잘 보여 준 것 같아 좋았다. 그리고 여학생부터 먼저 하
라고 상세히 안내해 준 것도 학생들이 짝활동을 잘할 수 있도록 한
것 같다. 친구의 일기를 소재로 삼은 것. 친구의 일기를 소재로 삼아
아이들이 굉장히 즐거워하며 '누가 무엇을 하였는지' 찾기를 하였다.
찾아보기로 한 개수보다 더 많이 찾고 싶어 하는 학생들도 보여 매우
흥미로운 활동임을 알 수 있었다.

#: 학생들도 서로 서로 친근한 분위기 속에서 각자 짝활동 수업 시에도
학생들이 자유롭게 일기, 그림책에서 학습목표에 도달할 수 있도록 하
였다. 수업 목표는 일부 발표 잘하는 학생들이 수업을 이끌어 가는 것
이 아니라 수업을 받는 학생들 모두 수업 목표에 도달할 수 있도록 활
동을 계획하였다.

#: 자리 배치가 서로 보도록 디귿자로 되어 있어서 상호작용이 활발하게
일어났다. 짝활동을 할 때에도 학생들이 잘 참여하였고, 서로 발표하
는 내용을 듣는 모습도 자연스러웠다.

#: 자신들의 일기를 활용함으로써 관심도를 더 높인 것이 좋았다. 그리
고 일기 하나를 다 찾고 다음 것을 찾게 한 것도 괜찮았던 것 같다.
둘을 동시에 찾게 하는 것보다 한 명씩 찾게 함으로써 찾는 사람도,
자신의 일기를 보여준 사람도 둘 모두 더 많이 이야기할 수 있게 한
것 같았다. 그리고 잘 찾지 못하는 친구는 서로 가르쳐 주기도 하여

부진학생들에 대한 또래 집단 활용 방법도 좋았다. 마지막으로 분단 활동을 각기 다른 내용을 알려주고 연결시켜야 하나의 이야기가 되도록 구성함으로써 학생들이 서로 잘 듣도록, 다른 이야기에 흥미를 느끼도록 하였다. 이 수업처럼 앞으로는 학생들 간의 상호작용 기회를 많이 제공해 주는 것이 중요하겠다.

#: 짝활동, 모둠활동, 전체활동 등 학생과 학생의 상호작용을 많이 하도록 하였으며, 세 모둠으로 나누어 이야기의 내용을 나누어서 누가 무엇을 했는지 발표하고 질문하면서 궁금한 내용을 서로 묻고 답하는 활동이 새로웠음.

#: 선생님께서 하신 발문에 대해 학생들끼리 서로 소곤소곤 목소리 작게 (적절한 목소리 크기로) 이야기 나누고 발표하는 모습이 보기 좋았습니다. 특히 짝활동 때에도 서로 사이좋게 선생님이 제시한 활동을 순서를 잘 지키며 하는 모습이 보기 좋았습니다. 또한 짝끼리 그림일기에 대해 피드백을 해주는 모습이 인상적이었습니다.

#: 수업 초입부터 한 학생이 발표를 잘 못하자, 한 아이가 지적하고 바르게 잡아 주는 모습을 통해서 이 교실에서는 교사만 학생을 가르치는 것이 아니라 학생도 학생을 가르치는 곳이구나, 하고 느꼈다.

#: 짝활동을 통해 학생 간의 상호작용이 활발했던 점이 좋았다. 네 명의 구성원으로 된 모둠활동을 하면 활동에 적극적으로 참여하는 학생과 적극적이지 않은 학생이 나누어지는데, 짝활동의 경우 한 명은 듣기 활동을, 한 명은 말하기 활동을 하게 되어 학생 간의 활발한 상호작용을 돕고 이러한 듣기, 말하기 활동의 연습은 국어 교과의 목표에도 잘 어울리는 듯하다.

장학사라는 이름으로

내 수업 들여다보기

2010년 3월 1일자로 대구광역시교육연구원 교육연구사에서 대구광역시서부교육지원청 장학사로 전직을 하였다. 4월 20일에 서변초에 장학지도를 나갔다. 5월 7일에는 달서초에 장학지도를 갔었다. 5월 13일은 운암초이다. 5월 18일에는 북비산초 장학지도를 했다. 5월 28일에 관문초, 6월 1일에 대산초 장학지도를 나갔다. 나머지 학교는 2학기에 계획이 되었으나, 그해 2학기부터 컨설팅장학이 도입되면서 공식적인 장학지도는 1학기에 끝이 났다.

내가 국민학교 다닐 적에 장학지도 나온다면 청소부터 했던 기억이 아직도 생생하다. 84년 초임 발령을 받았던 매천국민학교도 마찬가지다. 장학사가 수업을 잠시 보고 지나가는 정도이니 크게 부담이 되지는 않았다.

1987년 매천초등학교에서 교사 생활 처음이자 마지막으로 1학년을 담임했었다. 당시 박성동 장학사님이 장학지도를 나오셨다. 미술 수업 시간이었는데, 카세트테이프가 들어가는 라디오 겸용 녹음기로 음악을 틀어 놓고 미술 수업을 했었다. 강평을 할 때, 미술을 하면서 음악을 틀어 놓고 하는 반이 있었다면서 칭찬을 하고, 다른 많은 이야기도 있었다.

하루 학교를 돌아본 장학사들이 전 선생님들과 함께 마무리하던 기억이 난다. 지금까지 여러 번 장학지도를 경험했지만, 장학사들이 수업을 하는 것은 보질 못했다. 특정 주제를 가지고 강의 형식으로 하거나, 지상 수업을 하거나 다른 교사의 비디오를 보면서 강평을 하는 정도였다.

2000년대 초, 장학사가 수업을 하는 게 처음 시도되었다. 시교육청 부근의 대구동일초등학교에서 장학사들이 공개수업을 하고, 언론에도 크게 보도되었다. 장학이라는 낱말에 충실하자면 장학사가 시범 수업을 하는 것도 좋은 방법이다. 지금은 담당 학교 장학사가 혼자 나가서 하는 장학이 담임 장학이다. 장학의 유형은 장학사의 시범 수업을 포함한 네 가지 방법이 있다.

장학사에게 잠시라도 수업을 보여야 하는 교사의 입장에서는 부담이 된다. 길어야 5분 정도의 수업을 보이는 것이지만, 정확하게 언제 들어올지도 모르는 일이며, 그 시간에 학생들 활동이 어찌 될지도 잘 모르는 일이기 때문이다.

여러 선생님들의 수업을 보고, 전체적으로 평을 하는 것도 좋은 점이 많다. 학년이나 과목이나 교사나 학생의 다름에 따라 수업이 얼마든지 다양하게 전개될 수 있다. 그런 다양성을 인정하면서도 전체를 아우를 수 있는 공통점도 얼마든지 찾을 수 있다.

많은 수업을 보았으면, 잘하고 못하고를 떠나서 장학사의 수업을 선생님들께 보여 주는 것도 좋다. 학생들과의 사전 교감이 전혀 없는 상태이라 어려운 수업이 되지만, 방법적인 면에서 함께 생각해 보는 시간을 공유한다고 생각하면 족하다. 그래서 나는 오후에 내가 직접 수업을 하고 선생님들과 함께 의견을 공유하는 시간으로 장학지도를 마무리하였다.

다음은 대구광역시서부교육청 장학사로 근무하던 2010. 5. 13.(목) 6교시 대구운암초등학교 5학년 7반(대구운암초등학교 장학지도 시범수업) 수업 녹화 비디오를 보고 쓴 글의 일부이다.

■ 제재글 정하기

처음 만나는 학생들과 함께 수업을 하면서 어떤 주제를 정하느냐하는 것도 중요한 문제다. 교과서를 가지고 할 수도 있고, 교과서 글과 유사한 글을 가지고 교수·학습안을 작성할 수도 있다. 또 3학년부터 6학년까지 학생들을 대상으로 한다면 글의 수준이 너무 쉬워도, 그렇다고 너무 어려워도 교수·학습안을 작성하기에는 적합하지가 않다.

수업의 주제는 이야기를 읽고, 이어질 내용을 말하는 것이다. 당연히 국어과 교육과정에 나오는 것이다. 이야기의 중간 부분에 들어갈 내용을 말하는 것도 있다. 이야기의 중간에 들어갈 내용을 말하는 것보다는 마지막에 이어지는 내용을 말하는 것이 창의성 신장이라는 면에서 볼 때 좋은 방법이다.

제재글은 '속옷 없는 행복'[22]이라는 글이다. 짧은 글이다. 너무 짧은 글이기 때문에 한 시간 수업을 하는 글로써 부족하다고 생각할

22) 정채봉·류시화 엮음(1997), 작은 이야기 1. 샘터, 139쪽.

수도 있다. 하지만 어떻게 활용하느냐에 따라서 다양하게 이용할 수 있는 글이다.

이 제재글을 처음 사용한 것은 1998년 5월 6일 당시 대구광역시초등학교 연구교사 국어과 공개수업을 할 때 사용했었다. 당시 주제가 '글을 읽고 요약하기'였다. 교과서의 글을 읽고 요약을 했다. 그리고 교과서 외의 글 세 가지를 가지고 학생들 수준에 맞는 글을 골라서 요약하는 것이었다. 즉 일반화 단계에서 가장 짧은 글로 이 '속옷 없는 행복'을 사용했다.

당시 한 학생이 "행복은 마음먹기 나름이다."라고 대답을 해서, 참관했던 많은 선생님들이 "와!" 감탄을 했었다. 물론 나도 잘했다고 칭찬을 했었다. 그런데 지금 생각하면 그때 그 학생의 말한 것은 요약한 것이 아니라 글의 주제를 발표한 것이다. 즉, 답이 아니라 한참 빗나간 오답이었던 것이다.

그 뒤에 교대부초에 근무하면서 이 글을 다양하게 수업에 적용하기도 했었다. 2005학년도 4월에 북부초등학교에서도 이 글로 수업을 하기도 했었다. 학생들의 창의성과 인성을 고려한 교수·학습안을 작성하고 수업을 하기에 참으로 좋은 글이라는 생각에는 아직도 변함이 없다.

■ 학생들과 가까워지기

학생들과 처음 만날 때의 인상(첫인상)이 아주 중요하다. 학생들의 입장에서도 어떤 사람인가가 매우 궁금하고 수업을 하는 나로서도 궁금하기는 학생들 못지않다. 사전에 담임선생님으로부터 학생의 좌석표와 모둠 구성표를 받았다.

수업 참관을 할 때 짧은 시간이었지만, 학생들을 파악할 시간이 있었다. 학생들은 전혀 수업하는 나를 파악할 길이 없다. 누군가 수업을 하는 것은 이야기를 하지만, 그 사람이 누구인지 이름이 무엇인지를 알지를 못한다. 특히 이름은 절대 가르쳐 주지 말라고 신신당부를 했다.

4교시에 5분 정도 수업 참관을 한 5학년 7반 학생들은 매우 활발한 것 같았다. 한 칸짜리 교실이 아니라 특별실을 한 교실이라 굉장히 길었다. 뒤에 수업 참관을 하기에는 좋은 환경이라고 생각했다. 선생님이나 아이들이나 표정이 매우 밝았다. 학생 수도 많지 않아서 골고루 발표도 시킬 수 있을 것 같았다.

점심시간과 5교시에 업무부장님들과 이야기를 나누고, 잠깐 수업 준비를 했다. 특별히 많은 자료가 있는 것은 아니다. 학습지를 확인하고, 교수·학습안을 확인한다. 백지에다가 수업의 흐름을 적어 본다. 여느 때와 다름없이 수업을 앞둔 시간은 긴장과 설렘이 상호작용을 한다.

5교시를 마치자 바로 5학년 7반 교실로 향했다. 교실 앞문으로 들어갈까 하다가 뒷문으로 들어갔다. 보통 교실의 배는 됨직한 교실이다. 담임선생님과 학생들은 손님맞이에 분주하다. 미리 부탁한 국어사전도 학교 도서관에서 가져와서 학생 모두가 같은 것을 책상에 두고 있다. 미리 부탁한 글도 작은 칠판에 잘 적혀 있었다.(학생들은 모르는 내용임) 선생님들도 들어오신다. 교장, 교감 선생님도 들어오셨다. 6교시 수업이 있는 분들은 참관이 어렵다.

학생들과 선생님들께 한 10분 정도 다른 것을 하고, 수업을 시작하겠다고 했다.

먼저 시작한 것이 왼손, 오른손을 이용한 집중법이다. -(중략)-

선생님들을 대상으로 강의를 하거나 처음 만나는 학생들과 수업을 할 때는 꼭 이 방법을 사용한다. 손뼉을 치고 소리를 지르는 것은 학생들이나 나나 긴장을 풀기에 아주 좋은 방법이다. 손뼉을 치는 것은 학생들이 나를 주목하지 않으면 칠 수가 없다.

소리를 지를 때도 마찬가지이다. 왼손 오른손을 번갈아 들면 집중의 효과는 더 높아진다. 손뼉을 치면 피돌기가 잘되니 머리도 맑아지고 기분도 좋아진다. 소리를 지르면 발표하기가 훨씬 수월하다. 손뼉을 치고 소리를 지르는 것은 상대를 환영한다는 뜻도 있다. 교육적 오락인 SPOT의 하나이다.

다음은 내 이름을 이용한 발표 연습이다.

"선생님 이름은--- (왼쪽 가슴의 주머니 위에 뒤집어 달아 놓은 명찰을 가리키며) 여기 있습니다. 선생님 이름을 맞히면 오늘 공부 시작하겠습니다."

학생들이 웃으면서 웅성거린다.

"자, 오늘 발표할 때는 손을 드세요. 손을 들면 선생님이 이름을 불러줄 테니까? 예, 하지 말고 손만 드세요. 자, 선생님 성이 무엇일까요?"

학생들이 손을 많이 든다. 교탁에 놓인 좌석표를 보면서 이름을 부르고, 학생들은 대답을 한다. 제일 먼저 나온 성이 '이'씨이다. 다음이 '최'씨이다.

"자, 손을 잘 드네요. 선생님은 손을 들지 않는 사람도 잘 시킵니다."

다시 처음과 같이 손을 들고 발표한다. 세 번째 나온 성이 '김'씨다. 정답이라고 하지 않고 계속 이어진다. '박', '엄', '강', '우', '조'씨가 나온다. 아이들이 손을 잘 든다. 추임새를 넣는다. -(중략)-

이름을 그냥 가르쳐 줄 수도 있지만, 학생들의 궁금증을 유발시키고 발표 연습을 할 수 있는 좋은 소재이다. 성을 말하는 데 크게 어려움을 느낄 학생은 그리 많지 않다. 특히 발표를 하는 데 어려움이 많은 학생들에게는 좋은 방법이다. 가운데 글자나 마지막 글자도 숫자나 동물을 연관시키면서 발표를 할 수 있다.

지금 생각하니 조금 아쉬운 생각이 든다. 학생들이 성을 말하였을 때, 유명 인물이나, 이야기에 나오는 인물의 이름을 이야기해 주었으면 좋았을 것이란 생각이 들었다. 예를 들어 '우'씨라고 했을 때는 우리나라의 유명한 과학자인 우장춘 박사와 같은 성입니다, 라고 했으면 좋았을 것이다. 알고 있는 학생들은 기억을 더듬을 수 있고, 모르는 학생은 새로운 인물을 알 수도 있는 기회이다. 이렇게 10여 분의 첫 만남을 마치고 수업을 시작하였다.

가르치는 이와 배우는 이의 상호작용

• 학습문제 파악하기

"자, 그러면 지금부터 국어 공부 시작하겠습니다."

칠판을 지우면서 뒤를 돌아보게 한다. 처음보다 더 많은 선생님들이 와 계셨다. 그 사이 나는 '목요일 오후'란 글을 쓴다.

"자, 앞으로 보세요. 오늘이 목요일, 여기 작은 칠판에 목요일 오후란 글이 있습니다. 여러분들의 담임선생님이 어제 오후에 적어 놓았습니다. 선생님도 어떤 글인지 모릅니다."

"오늘 할 일을 적어 놓은 것 같습니다."

"목요일 오후만 되면 우리의 표정이 어떻게 변하는지에 대한 내용일 것 같습니다."

"목요일 오후 12시에 저주가 걸리는 내용일 것 같습니다."

"목요일 오후에 친구와 싸우는 이야기일 것 같습니다."

"조용히 책 읽기란 내용이 있을 것 같습니다."

발표를 마칠 때마다 박수를 친다. 칠판을 꺼낸다. 일부러 앞의 화이트보드를 먼저 꺼낸다. 조용히 책읽기 등의 아침 생활에 대한 글들이 적혀 있다. 그다음 글을 꺼내니 담임선생님이 분필로 적은 '목요일 오후'[23]가 나왔다. 조용히 읽게 한다.

"자, 다 읽었으면 다음에 내용이 이어질지 생각해 보세요."

잠시 생각할 시간을 준다.

"그러면 옆의 친구하고 어떤 내용이 들어갈지 이야기해 보세요."

짝과 함께 이야기를 나누는 소리가 여기저기서 들린다. 어떤 내용인지 알 수가 없다.

"자, 그러면 어떤 내용이 이어질지 이야기해 봅시다."

"인상이 좋으시고 손뼉 치는 걸 가르쳐 주셨다."

"그분은 인자하시고 키도 크셨다."

---

23) 목요일이다. 어제 선생님께서 오늘 6교시에는 다른 선생님이 오셔서 국어 수업을 한다고 하셨다. 성함을 여쭈어도 모른다고 하셨다. 몹시 궁금했다. 5교시가 끝나자 교장, 교감 선생님들과 다른 반 선생님들이 뒷문으로 들어오셨다. 그리고 처음 보는 남자분이 우리 앞에 나오셨다….

"그분은 장학사 선생님이셨다. 우리를 노려보고 계셨다."

"그분의 얼굴은 갈색이셨다."

발표를 마치면 웃음과 박수가 동시에 나왔다. 나는 이리저리 다니면서 골고루 발표를 시켰다.

"자, 그러면 여러분들 반에 요 표시(세 잎 클로버) 다음에 무엇을 쓰도록 되어 있습니까?"

학생들이 이구동성으로 공부할 문제라고 답을 한다.

"이야기에 이어질 내용을 알아볼 것 같습니다."

"이야기의 뒷내용을 상상해서 어이질 내용을 말할 것 같습니다."

"낱말을 보고 무슨 내용인지 알아볼 것 같습니다."

아이들 박수 소리를 뒤로하고 공부할 문제를 적는다. '이야기를 읽고, 이어질 내용 말하기' 글씨가 썩 매끄럽지가 않다. 공부할 문제까지 단계가 끝이 났다. 교수·학습안대로라면 공부할 내용도 함께 찾아야 한다. 〈•이야기 읽기 •이어질 내용 쓰기 •이어질 내용 말하기〉는 바로 건너뛰었다.

학생들의 발표가 참 좋다. 처음 만나는 학생들이지만 수업 전에 가까워지기 활동이 서로 간의 벽을 많이 허문 것 같다. 또한 평소에 학습 약속이 잘되어 있다는 느낌이 들었다. '목요일 오후'란 도입글이 학생이 수준에 잘 맞은 것 같다. 어렵지 않게 자신의 경험같이 이야기를 했다. 동기유발이 잘되니 이어지는 공부할 문제를 찾는 것도 쉽게 나왔다.

그렇다고 공부할 문제를 찾는 데 너무 많은 시간을 할애하는 것도 문제다. 그것이 어렵다면 바로 공부할 문제를 적고 시작하는 것도 한 방법이다. 하지만 가능하다면 학생들에게 생각할 시간을 주고, 그들의 머리에서 문제를 찾아내는 것이 좋다.

학습도 훈련이다. 그저 공부할 문제는 교사가 일방적으로 제시하기보다는 스스로 찾아내는 게 좋다. 그것 또한 고기를 잡아 주는 게 아니라 고기를 잡는 방법을 가르치는 것이다. 그렇게 공부할 문제를 스스로 찾는 과정이 바로 수업의 시작이다. '시작이 반이다.' '천리 길도 한 걸음부터'란 말을 굳이 떠올리지 않더라도 시작의 5분은 40분한 시간 수업의 중요한 디딤돌이다.

낱말 보고 내용 상상하여 말하기

이번에는 '속옷 없는 행복'의 이야기를 가지고 학생들의 생각을 알아보는 과정이다. 이야기가 실린 학습지를 바로 학생들에게 주고 읽게 하거나, 전체적인 이야기를 들려주고 할 수도 있다. 교과서를 가지고 한다면 굳이 사전에 읽기 과제를 내지 않더라도 읽어 올 학생들이 있을 것이다. 하지만 교과서 글이 아니고, 책이 나온 지도 제법되었기 때문에 거의 읽은 학생들이 없는 글이다.

학습자 중심의 국어과 교육에서 과정을 중시하는 학습법을 강조하고 있다. 결과도 중요한 건 당연하겠지만, 그 결과에 어떻게 도달하느냐도 매우 중요한 과정이다. 과정 중심의 읽기에서 읽기 전 활동으로 제목이나 그림을 보고, 글의 내용을 예측하는 과정이 있다. 제목을 보고 예측하기 전에 이야기와 제목에 나오는 낱말을 보고 예측하는 것도 학생들의 창의력을 신장시킬 수 있는 좋은 방법이다.

"자, 그런데 어느 이야기 가지고 공부해 볼까요? 자, 이런 이야기가 있습니다. 이 야야기에 이런 사람이 나옵니다."

칠판 중간에 동그라미를 치고 '왕'이라는 낱말을 적는다. 역 마인드 맵이라고 생각해도 좋은 과정이다.

"자, 왕이 나옵니다. 왕을 가지고 이야기를 한 줄로 만들어 보세요. 한 문장으로…."

"예, 왕은 백성들을 다스리는 일을 가지고 있습니다."

다시 낱말을 하나 추가한다.

"예, 중병이라는 낱말도 나옵니다. 중병이 뭘까요? 국어사전을 찾아봅니다. 찾은 곳에 연필로 줄을 살짝만 그으세요."

학생들은 국어사전을 뒤적인다. 사전을 넘기는 소리가 여기저기서 들린다. 평소에 늘 국어사전을 활용한 것 같지는 않다.

"자, 같이 한번 읽어 보겠습니다. 중병!"

학생들이 함께 중병의 뜻을 읽는다. 학생 한 명을 따로 발표시킨다. 발표가 끝나고 박수가 터진다.

"왕도 있고 중병에도 걸렸습니다. 또 왕이 있으면 이런 사람도 있겠지요.(신하를 추가한다.) 또 이런 사람도 있습니다. 자, 부부는 무슨 뜻입니까? 쉽게 생각해서 여러분 집에 계시는 아버지와 어머니를 생각하면 됩니다. 하나만 더 추가합니다.(속옷을 추가한다.) 자, 이런 낱말들을 넣어서 이야기를 만들어 봅니다. 이야기를 만들어서 짝하고 이야기해 봅니다."

칠판에는 왕, 중병, 신하, 속옷이라는 낱말이 쓰여 있다. 여전히 오른손에 분필을 들고 양손을 가볍게 돌리면서 학생들에게 이야기한다. 나도 긴장은 완전히 풀린 것 같다.

학생들은 짝과 함께 이야기를 나눈다. 나는 중간 줄 제일 앞쪽의 학생들 앞에 쪼그리고 앉아서 이야기를 듣고 있다. 왼손으로 턱을 괴고 학생들과 눈높이를 같이 하고 있다. 비디오를 보니 뒤쪽의 학생들은 자기 생각 정리가 덜 되었는지, 아니면 이성인 짝과 이야기를 나누는 게 쑥스러운지 앞의 학생들과는 좀 다른 모습니다. 어느 정도 시간이 흘렀다.

"자, 이야기 굉장히 잘 꾸몄는데, 하은이가 발표 한번 해 봅니다."

"어떤 나라의 왕이 중병에 걸렸는데, 충성스러운 신하가 그 약을 찾기 위해 농사꾼 부부에게 갔습니다. 그러자 농사꾼 부부가 이 특이한 속옷을 입으면 중병이 낫는다고 하여 신하가 그 중병을 고쳤습니다."

나는 일어서서 가운에 두 번째 줄에 앉은 여학생을 시킨다. 발표하는 학생이 앞쪽을 보자, 왼손을 돌리면서 친구들을 보게 하였다. 하은이는 아무것도 보지 않고 막힘없이 이야기를 이어간다. 나나 학생들이나 발표하는 학생에게 시선이 고정되어 있다. 감탄과 함께 저절로 박수가 터져 나왔다.

"아, 새로운 이야기 하나를 만들었습니다. 다시 한 번 박수 부탁합니다."

다시 박수가 터진다.

"자, 이런 이야기입니다."라고 나는 이야기를 시작한다. -(중략)-

"이야기는 요기까지입니다."

학습지를 든다.

이 과정에서는 나와 학생들, 학생과 학생 간의 상호작용이 주로 이루어졌다. 생각할 시간을 주고 그 생각을 자유롭게 말하는 과정이다. 여기서 중요한 것은 생각할 시간이 필요하다는 것이다. 정답이 따로 있는 것이 아니라, 주어진 낱말을 잘 조합하여 말하는 것 자체가 정답이다.

말하기 전에 간단하게 기록을 하는 것도 한 방법일 수 있지만, 가능하면 기록하는 것은 생략하고 머릿속으로 정리한 것을 발표하도록 하는 게 더 효율적이라는 생각이 든다. 뭔가를 기록해야 한다는 부담은 자칫 자유로운 생각을 더디게 할 수도 있다. 또한 뒤에 기록하는 시간이 있으므로 기록하는 데 너무 많은 시간을 들일 필요는 없을 것 같다.

'속옷 없는 행복'이라는 학습지를 바로 학생들에게 주고 읽게 할 수도 있다. 그것보다는 이야기에 나오는 낱말을 가지고 이야기를 꾸며 봄으로써 다양한 생각을 할 수 있는 기회를 줄 수 있다. 교사와 학생의 문답으로 이어지는 과정은 긴장을 푸는 동시에 이야기의 전개 과정을 말하고 듣는 과정이 된다. 글을 먼저 읽기 전에 그 글을 예측해 보고, 문답 형식으로 들어보는 게 국어과에서 강조하는 총체적인 언어교육의 한 방법일 수도 있다.

글 읽고 의견 나누기, 결과 말하기

'속옷 없는 행복'이라는 학습지를 돌린다. 이번 시간에 사용하는 세 번째 자료이다. 첫 번째 자료가 소칠판에 쓴 '목요일 오후'이고, 두 번째 것이 국어사전이다. 1997년에 나온 이야기인데 아주 짧다. 처음 수업에 적용할 때는 원문 그대로 사용했다. 그러다가 조금 재구성을 해서 사용했다. 대화글을 넣으니 훨씬 실감이 난다.

학습지를 받은 학생들은 이름부터 쓰는 경우가 많다. 그래서 일부러 제일 끝부분에 이름을 쓰도록 해 놓았다.

"혹 잘 모르는 낱말은 국어사전에서 뜻을 찾아봅니다."

학습지를 돌리다가 교장 선생님과 말을 주고받았다. 사전을 찾으면서 글을 읽는 학생도 있다. 한 학생에게 다가가 앉아서 잠시 이야기를 나누었다.

"잘 모르는 낱말은 사전을 찾아 봐."

학생은 '처방'이라는 낱말을 찾는다. 썩 익숙하지는 않지만, 그리 오래지 않아 낱말을 찾았다. 살짝 줄을 친다.

임금의 생사 결정하기

교과부에서 창의·인성을 강조하고 있다. 잘 알고 있고, 모두가 인정하듯이 대구는 창의성 교육의 메카이다. 교과부는 창의성에다 인성을 살짝 더했다. 사실 절묘한 조합이다. 시범학교 및 교과연구회에서 창의·인성 관련 교수·학습안 모델을 작성하고 있다. 이제 창의성에다 인성까지 더하게 된 것이다.

사실 교과별 특성에 따라 너무 많은 것을 넣는 것은 교과의 본질을 흐리게 할 우려도 없는 것은 아니다. 하지만 조금만 생각해 보면 인성이 참으로 중요하다는 것을 실감하게 된다. 조금만 생각하면 수학이나 과학에서도 얼마든지 인성교육을 할 수 있다.

글을 읽고, 이어질 내용 쓰고 말하기: 생략

알게 된 사실이나 느낌 말하기

"눈을 감고 오늘 배운 것을 생각해 봅니다. 30초만 생각해 봅니다. 배운 것을 다 생각해 봅니다."

학생들은 눈을 감고 머릿속으로 정리하기에 바쁘다. 조용하다. 누군가 기침하는 소리가 들린다. 칠판을 지웠다. 그리고 돌아서서 말한다.

"자기가 생각한 것을 앉아서 다 말해 봅니다."

학생들이 잘 이해를 하지 못한 것 같다. 다시 채근한다.

"오늘 배운 것을 작은 것도 다 말해 봅니다. 누가 제일 오래 말하나 보겠습니다."

앞의 학생부터 시켜 본다.

"속옷 없는 이야기를 읽고, 이어질 내용을 상상하는 공부를 하였습니다."

"속옷 없는 이야기를 읽고, 임금님을 살리는 이야기를 알아보았습니다."

학생들이 공부할 문제를 이야기한다. 한 번에 정리가 되어서 좋긴 하지만, 작은 것도 생각할 필요가 있어서 약간 방향을 돌려서 이야기한다.

"공부할 문제 전체만 이야기하지 말고, 작은 것도 말해 봅니다."

다시 학생들을 시킨다.

"속옷 없는 행복을 읽고, 모둠별로 발표를 하였습니다."

"글을 읽고, 이어질 내용을 알아보았습니다."

"오른손을 들면 손뼉을 치고, 왼손을 들면 소리를 지르는 연습을 하였습니다."

아이들 발표도 마무리할 겸, 간단하게 정리를 한다.

"예, 오늘은 국어사전 찾기, 이야기 잇기 등의 공부를 하였습니다."

단위 시간에 형성평가의 의미는 매우 중요하다. 사실 단위시간에 학습목표에 100% 도달한다면 학습 부진이 생기지 않는다. 평가라고 해서 꼭 문제를 풀어야 하는 것은 아니다. 그것은 머릿속으로 정리 하고 말로 표현할 수도 있다.

모둠을 구성한 그대로 학습정리를 했는데, 처음 생각은 모둠원끼 리 돌아가면서 한 가지씩 말하기를 할 예정이었다. 무임승차를 없애 기 위해서 쥐고 있는 연필을 하나씩 놓으면서 말을 하고, 다음에는 자기 것을 가져가면서 말을 하는 등의 방법을 생각했었다. 학생들과 사전에 충분한 약속이 되어 있다면 사전 설명이 없이도 가능하지만, 그렇게까지 하기에는 시간이 너무 많이 걸릴 것 같았다. 다른 몇 가 지도 그런 아쉬움이 있다.

우리 교육청에서 강조하는 퇴근 전 자기 수업 10분 반성하기도 그 와 같은 맥락이라고 본다. 굳이 10분이 아니더라도 그날그날을 되돌아 보는 짧은 시간이 교사의 수업력을 신장시킨다고 감히 장담해 본다.

■ 학생들과 마무리하기

수업을 마쳤다. 처음 만나는 학생들과 한 시간을 하는 것이 쉽지 않다. 수업을 시작하기 전에 내 이름을 알아맞히는 놀이를 하면서 수업을 마치면 내 이름을 이야기해 주겠다고 했었다.

처음에도 놀이 형식으로 했으니, 마지막도 그렇게 하는 게 좋을 것 같았다. 먼저 제일 앞의 남학생을 앞으로 나오게 했다. 그러고는 명찰을 오른손바닥에 쥐고는 눈앞에서 한 번 획 스쳐 가게 했다.

"봤지?"

"못 봤는데요."

아이는 황당한 표정이고, 다른 아이들과 선생님들은 박장대소를 한다.

또 다른 학생 한 명을 불러냈다. 처음 학생과 마찬가지로 획 지나가게 하고는 능청을 떨었다.

"봤지?"

"못 봤는데요."

이런 과정으로 여섯 명을 불러냈다. 모두들 황당하다는 표정이다. 세 명씩 짝을 지어서 의논을 하게 했다. 그리고 세 명 중 한 명이 분필을 잡고 칠판에 이름을 썼다. '김팔호', '김구호' 원하는 답은 없다. 덩치가 제일 큰 남학생을 따로 불렀다.

"자, 다시 잘 봐라."

아이의 눈이 커지고 이번에는 알아내고야 말겠다는 표정이 역력했다. 아이의 눈앞에서 오른손바닥으로 가린 명찰을 천천히 위 아래로 보여주었다. 아이의 표정으로 봐서 제대로 본 것 같았다.

"큰 소리로 말해 봐라."

"김, 영, 호."

"예, 선생님 이름은 김영호입니다. 국어 수업 마칩니다."

수업 컨설팅과 수업발표대회

"자, 올해 우리 학년 공개수업은 누가 했으면 좋겠습니까?
올해 6학년 부장을 맡은 김업무 선생님이 먼저 말문을 열었다
"…"
모두가 묵묵부답이다. 학년의 다른 업무 분장이 끝나고 마지막에 남은
것이 학년 대표 수업공개이다. 결국 지난해 초임 발령을 받아 경력 2년인
나수업 선생님이 6학년 공개수업을 하기로 하였다.

교사는 어제도 수업을 하였고, 오늘도 수업을 하고 내일도 수업을
한다. 고학년 담임이면 1년에 1,000시간 정도의 수업을 한다. 누군가
어느 분야에 전문가가 되자면, 최소한 10,000시간은 투자를 해야 한
다고 한다. 교육 경력 10년 정도 되면, 10,000시간 정도의 수업을 할
것 같다. 그래서 교직은 전문직이고, 교사는 전문가이다.

수업에 왕도가 없다고들 한다. 하지만 잘하는 수업, 좋은 수업은
있지 않겠는가? 어떤 〈대회〉라도 긍정적인 면과 부정적인 면이 공존
한다. 대구는 초등교사의 좋은 수업 잣대인 〈초등교사 수업발표대회〉
가 있다. 처음 시작할 때와는 대회 운영 방법이 조금 달라지기는 했
지만, 초등 교사들의 수업력 신장에 큰 역할을 한 것은 분명하다. 수
업발표대회에서 교과별 1등급 입상자는 다음 해 수업연구교사로 임
명되어 공개수업을 통한 일반화에 이바지를 한다.

몇 년 전만 하더라도 교사들은 자신의 수업을 공개할 일이 그리
많지 않았다. 학부모 참관 공개수업(이것 역시 그리 오래되지 않았다),
학년 대표 수업(학년 대표만 한 시간 공개를 하고 나머지 학반은 1시간에

전부 공개하는 형태), 담임장학 시 장학사가 잠깐 교실을 둘러보는 것 등이 대부분이었다.

최근 교원능력개발 및 학부모 공개 등으로 1년에 서너 번은 의무적인 공개수업을 해야 한다. 그런 영향이었는지 2010년에는 수업발표대회 참가자가 1,000명이 넘어 2개 초등학교에서 1차 심사를 치르기도 했다. 2011년에도 조금 줄어들기는 했지만 거의 700여 명의 초등 교사가 수업발표대회에 참가를 했다. 그 뒤부터는 교육경력 4년 미만의 교사는 수업발표대회 참가를 제한하였다.

2010학년도 2학기부터 담임장학이 전면 폐지[24]되고, 컨설팅장학이 도입되었다. 여러 영역의 컨설팅장학이 있지만, 현장 선생님들이 가장 필요로 하는 게 수업 컨설팅이다. 따라서 수업을 컨설팅 할 수 있는 컨설턴트 수요가 늘어났다. 흔히 수업 잘하는 선생님이 각광받는 시대가 온 것이다. 교수·학습안 작성이나 수업에 검증을 받은 수업연구교사들이 대거 수업 컨설팅에 투입되었다. 컨설팅을 받는 선생님들의 입장에서는 교장, 교감 선생님이나 교육전문직보다는 동료 교사들에게 컨설팅을 받는 게 부담이 훨씬 적을 것이다. 학교에서 대부분 1:1 수업 컨설팅이 이루어졌다.

2011학년도 1학기에 대구광역시서부교육지원청 교육과정과 수업발표대회 연수는 수업을 주제로 정하고 시리즈로 운영하였다. 연수 시간은 원칙적으로 근무시간 이후로 잡았다. 희망하는 교사를 중심으로 교과별로 운영을 하였다. 이동 거리를 감안하여 2~3개교에서 분산 운영하였다. 예산이 책정되지 않은 연수는 강사들에게 무료 강의

---

24) 2014학년도부터 다시 담임장학을 실시한다고 한다. 이것저것 걱정되는 게 많다.

를 부탁하였다. 모두들 흔쾌히 승낙하고 좋은 컨설팅을 하였다. 모든 자료는 교육지원청 홈페이지에 탑재하여 공유하고 있다.

수업력! 교사의 생명입니다.(2011. 3.30.(수) 교육과정 컨설팅)
수업력! 교사 전문성의 으뜸입니다.(2011.4.15.(금) 수업 컨설팅)
수업력! 교사의 자존심입니다.(2011.6.17.(금) 수업 컨설팅)

2011.4.15.(금) 17:00~18:30까지 대산초와 함지초에서 수업 컨설팅을 하였다. 교수·학습 방법 개선에 관심이 많은 연수를 300여 분이 희망을 하셨다. 수업에 대한 관심이 많은 선생님들과 수업발표대회에 나가는 선생님들이었다. 강사는 국어, 사회, 수학, 과학은 각 두 분이고 나머지 교과는 한 분, 총 열여덟 분이었다. 강사는 전원 해당 교과의 수업발표대회 1등급 입상자로 수업연구교사 경력을 가진 수업의 달인들로 구성되었다.

다음은 경북일보에 실린 내용이다.(2011.4.18.경북일보)

지난 15일 오후 5시 대구함지초등학교 6학년 교실. 20여 명의 교사들이 강사(김혜진 병곡초 교사)의 강의를 '재미있게' 듣고 있다.
2009년 대구시교육청의 수업발표대회에서 1등급을 받은 김 교사는 참석 교사들에게 학생들이 재미있게 듣도록 하는 수업의 요령과 수업발표대회에 대한 설명을 했다. 특강 후에는 분임별로 나뉘어 토론이 이어졌다. 자신 수업 방식에 대한 시행착오, 이와 반대의 성공 사례 등을 소개하면서 교사들은 예정된 1시간 30분의 연수 시간을 훌쩍 넘겼다.

특강을 한 김 교사는 "연수에 참가한 교사들의 열정적인 태도에 감명을 받았다. 올해는 뭔가 이뤄질 것 같다."며 뜨거운 연수 분위기를 설명했다.

이날 서부교육지원청은 대산초와 함지초 두 곳에서 '수업력 높이기' 연수를 했다. 초등학교 13개 전 교과와 초등 특수 교육에 대한 연수를 받기 위해 '희망하는' 300여 명의 교사들이 모였다.

연수는 교사들의 수업 결손이 없도록 오후 5시부터 1시간 30분 동안 열렸다. 참석 교사들은 '수업의 달인'들로 구성된 강사들의 특강을 들으며 연신 고개를 끄덕였다. 특히, 이들 강사 18명은 모두 무료로 원고를 작성하고 강의를 진행한 것이 알려지면서 참석 교사들에게 이들의 강의가 더욱 의미 있게 다가왔다.

연수에 참가한 박대성(구암초) 교사는 "지난해에도 이 연수에 참가해 많은 것을 배워 수업발표대회 2등급에 입상을 했다. 올해는 반드시 1등급에 입상하겠다."며 의지를 보였다.

서부교육지원청은 이날 강의 자료를 홈페이지에 올려 누구나 참고할 수 있도록 하고 있다.

박순해 교육장은 "무료로 강의를 자원한 강사, 그 강의를 듣기 위해 달려 온 교사 모두에게서 이전에 보지 못했던 열기가 느껴진다. 이 같은 교사들의 자발적 연수는 연중 계속된다. 올해 수업발표대회에서의 좋은 성적과 함께 서부 관내 학생들의 학력 향상이 기대된다."고 말했다.

수업 컨설팅을 마치면 강의 평가 형식으로 간단하게 소감을 받았다. 희망하는 컨설턴트와 컨설턴티의 소감을 받아서 정리하고 교육지원청 홈페이지에 공유하였다. 다음은 2011학년도 1학기 수업 컨설팅을 마치고 소감을 모은 것의 일부이다.

구멍 난 그물 꿰매기[25]

대구서평초등학교 교사 이교혁*

두 차례 참여한 수업 컨설팅은 그 어느 때보다도 나에게 의미 있는 시간이었다. 지원청에서 학교 선생님들에게 자율적인 자기 장학의 기회를 마련해 주기 위해서 애쓴 모습이 고스란히 드러나는 컨설팅이었다. 컨설팅에 참여하는 여러 선생님들뿐만 아니라 컨설턴트 선생님 역시 열정적으로 컨설팅을 해 주셨고, 이번 수업 컨설팅을 통해서 가장 감명을 받은 부분은 테마가 있는 컨설팅을 계획하고 추진하시는 담당 장학사님의 모습이다.

자율적인 참여로 수업력 향상을 이끌어 내기 위한 담당 장학사님의 노력은 이제껏 내가 본 어떤 선생님의 모습보다도 진지하였고, 열정적이었다. 그런 모습이 깊이 새겨졌기에 더욱 진지한 모습으로 컨설팅에 참여하였다. -(중략)-

물고기를 잡는 방법을 배웠으면 구멍 난 그물을 꿰매야 한다. 가장 먼저 실천하고자 한 것이 바로 수업에 대한 계획을 세우는 것이었다. 공식적인 교내외 수업공개 때처럼 일일이 반듯한 지도안을 작성하지는 못하더라도 적어도 한 차시에 대해서 한 쪽 분량의 흐름을 적어 보면서 활동 순서를 머릿속으로 기억하고 수업 목표에 알맞은 활동 내용을 찾아보는 것이었다. 활동에 대한 아이디어를 자꾸 생각해 내려고 노

---

25) 2011.7. 대구광역시서부교육지원청, 수업 컨설팅 후기, 교사는 수업으로 말한다. 5~7쪽.

력하니 그에 따라 목표 달성에 알맞은 수업 활동 자료들을 떠올려 활용할 수 있게 되었다.

*이교혁: 현 대구강북초등학교 교사

나도 저런 강의 할 수 있을까[26)]

대구산격초등학교 교사 이상우*

수업 컨설팅 당일, 강의를 하는 교실에 1시간 일찍 도착하여 강의를 위한 세팅을 하고 시연을 해 보았습니다. 어떤 일이든지 처음은 힘든 것 같습니다. 대구서부교육지원청 관내에서 수업발표대회 미술과를 신청하신 분은 몇 분 되지 않으셨습니다. 어떤 분들이 오실지 참 궁금했습니다. 아마도 수업발표대회와 연관이 많은 수업 컨설팅이니 나이가 어리고 경력이 적은 분들이 오지 않으실까 생각되었습니다.

하지만 그것은 저의 오산이었습니다. 제일 먼저 도착하신 분은 경력이 20년이 훌쩍 넘은 선생님이셨습니다. 또 한번 제가 놀란 것은 그 선생님이 수업발표대회에 참여조차 하지 않으셨다는 것입니다. 단지 미술에 관심이 많고 아이들에게 열정적인 수업을 하고 싶다는 일념으로 이 컨설팅에 참여하셨다는 말씀을 하셨습니다.

시간이 지나 몇 분의 선생님들을 더 모시고 강의를 시작하게 되었습니다. 저를 믿고 이 자리에 참석해 주신 선생님들께 작은 도움이라도 되

---

26) 2011.7. 대구광역시서부교육지원청, 수업 컨설팅 후기, 교사는 수업으로 말한다, 18~19쪽.

고자 하는 마음에서 저의 미흡한 경험과 노하우를 알려드렸습니다. 제가 보기에는 초라하고 보잘것없는 자료 제시와 강의임에도 불구하고 선생님들은 연신 감탄사를 터트리며 하나라도 더 얻어 가려고 하시는 모습에 또 한번 숙연해지는 마음을 느꼈습니다.

*이상우: 현 대구교육대학교대구부설초등학교 교사, 2010. 제25회 수업발표대회 미술과 1등급

수업, 매일 하면서도 그 정체를 잘 모르는 게 수업이다. 대구광역시교육청에서는 주최한 수업발표대회는 2013년에 제28회의 초등교사 수업발표대회를 가졌다. 많은 수업연구교사가 배출되어 좋은 수업의 일반화에 이바지하였다. 수업발표대회에 참가해서 1등급을 하고 수업연구교사가 되는 것도 좋겠지만, 그런 과정을 통해서 좋은 수업을 찾아가는 게 중요하다.

구분	제28회(2013학년도) 대회- 변경
추천	교육 경력이 4년 이하인 교사는 본 대회 참가 제한
1차 심사	교수 · 학습안 작성(100분)
2차 심사	해당 교과 현장수업 녹화 영상(40분) 심사
3차 심사	현장수업 심사(40분)

*제28회(2013학년도) 대회 - 변경[27]

수업발표대회도 시대상을 반영한다면 형식이나 심사 관점도 달라질 것이다. 그래도 변하지 않는 것은 수업, 그 자체이다. 교사의 가르

27) 제28회 초등교사 수업발표대회 개최 계획 안내(대구광역시교육청 교육과정운영과-5036,2013.3.14.)

침 중심이 아닌 학생의 배움 중심이 시대상이다. 하지만 그런 시대상을 반영하는 수업을 운영하는 것은 언제나 선생님 자신이라는 것이다. 선생님의 생각이고 철학이다. 수업은 머리로 하는 게 아니고 가슴으로 한다고 한다. 2014년에 실시하는 제29회 수업발표대회는 시대상을 반영한 심사 관점을 제시하고 있다.

구분	제28회(2013년) 대회	제29회(2014년) 대회
심사 주안점	- 교사 교수력 비중 큼 - 교사-학생 상호작용 중심 - 단위 교과 중심 수업	- 학생 참여 중심, 협력학습 중심 수업 평가 - 교사-학생, 학생-학생 상호작용 중시 - 학습자 실태 반영한 교육과정 재구성 권장 (교과 간, 교과 내 통합)

* 제29회(2014년) 대회[28]

2010.3.1.~2011.8.31.까지 대구광역시서부교육지원청 장학사로 근무를 하면서 관내 초등학교 55개교를 전부 방문하였다. 특히 기억에 남는 것은 수업과 관련한 방문이었다. 1차 심사를 통과하고 2차 심사를 준비하는 선생님들을 만나서 수업에 대한 이야기를 나누는 게 좋았다. 교실에서 함께 된장찌개를 먹으면서 짧아지는 가을밤을 아쉬워하기도 했다. 어떤 학교에서는 남아서 수업 준비하는 선생님들 야식비를 조금 드리고 오는 기쁨도 있었다. 늦은 밤 교문을 나서면서 불 켜진 교실에서 수업에 대한 열정을 불태우던 선생님들의 진지함을 잊을 수가 없다.

---

28) 제28회 초등교사 수업발표대회 심사 결과 및 시상식 알림(대구광역시교육청 교육과정운영과-22969,2013.11.26.)

2011.9.1.~2013.8.31.까지 대구광역시교육청 장학사로 근무를 하면서 초등학교 3개교에서 수업 컨설팅을 하고 시범수업도 하였다. 2013.8.23. 대구매곡초등학교에서 시범수업을 하고, 선생님들과 수업에 대한 의견을 공유할 수 있는 시간을 가졌다. 수업 동영상을 촬영하고, 사진을 아주 많이 찍어서 보내왔다. 평소 이미지와는 다르게 웃는 장면이 많아서 졸업앨범이나 명함 등에 유용하게 사용을 하고 있다.

또, 수업발표대회 국어과 최종 심사와 수업우수교사 대외 공개 지도를 맡기도 했다. 수업발표대회 심사는 교장 선생님 두 분과 함께 한 팀이 되어서 심사를 하였다. 수업을 하거나 컨설팅을 하는 것과는 또 다른 일이었다. 몇 년 동안이나 절차탁마의 과정을 거친 선생님들이 피해를 보지 않도록 객관성과 공정성을 유지하기 위해 함께 애쓰신 교장 선생님들이 참 고마웠다.

그리고 수업발표대회에서 1등급에 입상을 하여 다음 해에 대외공개를 하는 선생님들과 함께하는 시간이었다. 제2장에서 밝힌 강용운 선생님 같은 경우였다. 수업자의 입장을 최대한 존중하면서도 시대의 흐름을 반영하기를 원했다. 수업협의도 일방적인 지도(?) 말씀이 아니라 협의 과정에서 함께 의견을 공유하는 것으로 대신했다. 또한, 반드시 서너 쪽의 유인물을 만들어 가서 협의회 참관 선생님들과 공유를 했다.

품앗이장학

　농경사회의 공동체를 유지 및 발전시킨 대표적인 것이 두레와 품앗이다. 장학에도 도입이 되어 두레장학 및 품앗이장학이 있다. 2011년 1학기 마무리를 앞둔 7월에 대구광역시서부교육지원청 관내 초등학교를 대상으로 하여 품앗이장학 수요를 조사하였다. 마침 서로 이웃한 세 학교가 신청을 하였다. 추가로 세부적인 컨설팅 영역을 정하고, 세 학교에서 컨설턴트 및 컨설턴티를 모집하여 운영을 하였다. 실기를 중심으로 하는 음악과 체육 영역은 이틀에 걸쳐 실시를 하였다. 첫날 실시 이후에 보도 자료를 보고 라디오 리포터에게서 연락이 왔다. 다음은 라디오에 방송된 내용이다.

■ 방송채널: KBS 제 1라디오, 라디오 전국 일주!
■ 방송시간: 2011. 7. 8.(금) (14:30~15:50)
■ 본 내용 방송 시간: 3시 15분경
■ 방송 내용

이지연 이규봉 아나운서	대구로 가 볼까요? 왜 농촌에서 농번기가 되면 서로서로 일손 돕는 품앗이를 하시잖아요? 대구에서는 선생님들의 품앗이가 한창이라고 하네요. 교사들이 직접 농촌 거들기에 나선 건가 생각하실 수도 있는데 그건 아니구요. '교육품앗이' 입니다.

이지혜 리포터		안녕하세요? 대구입니다. 같은 동네 사람들이 일손이 필요할 때 일을 도와주고 그 품 삯을 다시 일손으로 갚는 품앗이, 다들 잘 알고 계시죠? 대구 서부교육지원청에서는 품앗이를 이용한 이색 컨설팅에 나섰 습니다. 학교와 교사들 간 장점을 서로 전수해 주는 품앗이장 학을 실시해서 눈길을 끌고 있습니다. 우선은 대구의 동평, 학정, 강북초등학교 세 곳에서 먼저 품 앗이장학을 시작했구요. 이번 주 화, 목요일 두 차례에 걸쳐 수업을 한 결과 교사들의 큰 호응을 얻고 있습니다. 각 과목별로 교수·학습방법 개선부터 시작해서 장단장구와 시조창을 배워 보는 시간, 프리테니스 강사에게 체계적인 교 육을 받고 시를 감상하거나 음악줄넘기 수업을 보다 흥미롭 게 할 수 있는 노하우를 전수받게 됩니다. 어제 품앗이장학 수업이 한창인 대구동평초등학교를 찾아가 보았습니다.
시조창	**교사1**	(시조창) 태산이~ 올해부터 5, 6학년 새로운 교육과정이 들어오는데 6학년 2학 기 때 새롭게 도입되는 부분이라고 들어서 미리 배워 보고자 품앗이장학을 듣고 있습니다.
	이지혜 리포터	우리 아이들한테 잘 가르쳐 주실 수 있을 것 같으세요?
	교사1	가능할 것 같습니다.
	교사2	제가 먼저 이것에 대해 잘 알고 있어야 아이들에게 전달해 줄 수 있잖아요. 그래서 전문으로 하시는 선생님께 배워서 이 부 분을 제대로 아이들에게 전수해 주고 싶고요.
	교사3	시조창을 같이 불러 보면 수업 분위기도 차분해지고 좋을 것 같습니다.
영어	**교사4**	(영어 수업 방법) 선생님들 영어 수업을 하시다 보면 지겨워 보이고 뭘 해야 될 지 몰라 하는 표정으로 앉아 있는 아이들, 그럴 때 선생님들 께서는 어떤 방법을 쓰시는지요?
	교사5	원인을 먼저 파악해야 해요. 얘가 몰라서 참여 안 하는지 재 미가 없어서 참여를 안 하는지. 원어민 선생님께서 수업을 이 끌어 가실 때는 제가 보조로 가르쳐 주거나 재미가 없을 때에 는 준비한 보다 흥미로운 게임을 진행한다거나 활동 형태를 바꾼다거나 이렇게 하는 편이에요.

이지혜 리포터		초등학교 교사의 경우 아이들에게 여러 가지를 지도하다 보니까 다양한 영역을 습득해야만 하는데요. 교육과정에 새로운 영역이 추가되면서 염려하던 교사들도 수업이 진행될수록 그 얼굴에 자신감을 드러냈습니다. 이렇게 교사들이 머리를 맞대고 서로의 학습지도법을 나누고 내가 갖지 못한 전문적 지식을 컨설턴트 교사에게 배움으로써 부족한 부분들을 채워 가고 있습니다. 교사들의 얘기 들어보시죠.
프리 테니스	교사6	(프리테니스) 한 시간 가량 쳤는데요. 숨도 차고 땀도 많이 나고 웃으면서 경기를 하다 보니까 스트레스도 해소되고 너무 좋습니다.
	교사7	품앗이장학을 하니까 선생님끼리도 서로 친해지고 다른 학년 선생님들과도 교류할 수 있고 참 좋아요.
	프리 테니스 강사	계속해서 새로운 종목이 생성되면서 선생님께서 접해 보지 못하고 들어오는 경우가 많습니다. 배우셔서 학생들에게 지도를 잘하실 수 있으면 좋겠습니다.
종합 소감 종합	교사8	한자리에 모여서 서로 이야기를 나눈다는 것 그 자체만으로도 아주 좋은 기회인 것 같습니다.
	교사9	선생님들께서 열심히 노력하는 부분들이 학생들의 교육에 이바지했으면 하는 바람을 가지고 있죠.
	교사 10	품앗이장학은 부담스러운 자리가 아닙니다. 우리 교사들끼리 모여서 가진 재능이 많지 않지만 서로 편하게 주고받을 수 있어서 매력적이라고 생각합니다.
이지혜 리포터		품앗이장학은 학교 수업이 끝나고 오후 4시부터 6시까지 이뤄집니다. 참가는 자유이고요. 품앗이장학 참여를 희망하는 교사들이 모여서 우수 사례나 교육 정보를 공유하고 보다 질 높은 교육을 하는 데 그 의미가 있습니다.

이지혜 리포터	아이들 지도하랴 수업 준비하랴 교사들이 함께 모이기 쉽지 않은데 이렇게 함께 모인다는 것만으로 많은 도움이 될 것 같지요? 품앗이장학의 추진 과정에서 학교 수업과 교육과정 등 영역별 컨설턴트 스무 명을 추천받아서 컨설팅이 가능한 날을 정하고 다음으로 세 학교 교사들의 희망을 받았는데요. 여섯 개의 품앗이장학에 무려 99명이 신청을 했다고 하네요. 이번 품앗이장학과 관련한 자세한 내용, 대구서부교육지원청 김영호 장학사의 말입니다.
김영호 장학사	이웃 학교 간 장학요원 공유 및 지원으로 학교 교육력을 제고하고 우수 사례 및 교육 정보 공유를 통한 질 높은 교육 활동을 전개하는 데 그 목적이 있습니다. 희망하시는 분들을 대상으로 퇴근 시간 이후까지 이어지기 때문에 교육의 효과도 높아질 것이라고 생각합니다. 처음 실시하는 것이라서 너무 폭을 넓히기보다는 세 학교를 대상으로 해서 효과를 검증한 다음 점차 희망하시는 분들이 참여할 수 있는 방안을 강구해 보겠습니다. 음악이나 미술이나 체육 같은 경우는 교과 전담 선생님이 계시지만 대부분의 초등학교 선생님들은 전 교과 수업을 다 담당하고 있습니다. 그래서 특정 영역의 모든 기능을 다 익히기는 사실 어렵습니다. 이런 기회를 통해서 평소 익히지 못했던 교수학습방법의 노하우라든가 실기 능력을 익혀서 수업에 적용할 수 있을 것으로 생각됩니다.
이지혜 리포터	대구지역 교사들의 이 같은 노력을 통해서 아이들에게 보다 전문적이고 질 높은 교육이 이루어졌으면 좋겠고요. 교사들도 품앗이장학과 같은 활동을 통해 새로운 것에 도전하고 스스로를 발전시키고 또 힘을 얻길 기대합니다.
이지연 이규봉 아나운서	예, 우리 선생님들 참 바쁘시네요. 이게 우리 학생들에게 어떻게 하면 잘 가르칠 수 있을까 하는 고민에서 시작된 게 아닐까 싶은데요. 아이들이 이 마음을 조금이라도 알아줄까요?

2011. 품앗이장학 실시 현황
대구광역시서부교육지원청

연번	컨설턴트 소속 (장소)	성명	컨설팅내용	컨설팅일시	희망자	비고
1	동평초	표○○	프리테니스 (기타과제)	7.5.(화) 16:00~18:00	22	7.7.(목) 16:00~18:00
2		김○○	음악과 교수 학습방법 개선		3	
3		여○○	장단장구 및 시조창		7	7.7.(목) 16:00~18:00
4	학정초	이○○	국어과 교수 학습방법 개선		5	
5	동평초	김○○	영어과 교수 학습방법 개선	7.7.(목) 16:00~18:00	6	
6	강북초	이○○	미술 영재교육		5	
7	학정초	김○○	시감상수업		3	
8	동평초	김○○	수학과 교수 학습방법 개선	7.12.(화) 16:00~18:00	6	
9		최○○	수학과 교수 학습방법 개선		5	
10		김○○	과학발명품 제작 및 준비		3	
11		이○○	국어과 교수 학습방법 개선		6	
12	강북초	이○○	음악줄넘기		9	
13		박○○	영재교육	7.14.(목) 16:00~18:00	3	

연번	컨설턴트 소속(장소)	컨설턴트 성명	컨설팅내용	컨설팅일시	희망자	비고
14	강북초	손○○	음악줄넘기		5	
15	학정초	김○○	책 쓰기		2	
16		김○○	그림책을 이용한 수업		9	
계		16			99	

장학자료

학년 말이면 교육청에서 많은 장학자료가 발간되어 학교에 보급이 된다. 자세히 보면 참 유익한 자료가 많다. 하지만 학교 현장에 오면 그렇지 않다. 예전과 달리 장학자료가 보관 및 열람이 잘되지가 않는다. 그 이유는 여러 가지가 있다. 장학자료가 너무 많은 것도 큰 이유 중의 하나이다. 또, 선생님들에게 정말 필요한 자료인가의 문제이기도 하다. 가끔은 정말 좋은 장학자료라면 출판을 해서 판매를 하는 게 어떨까 하는 생각이 들기도 한다.

2010학년도 대구광역시서부교육지원청에서 교육과정과 수업 관련 장학자료를 발간했다. 이전에는 학교에서 우수 사례를 모아서 차례 대로 엮어서 발간을 했었다. 그해 교육과정이나 수업 관련해서 연수 (컨설팅)를 한 것이 많아서 수업 관련 장학자료를 발간하기로 계획을 세웠다. 마침 그해 관내 초등학교에 수업연구교사도 많았고, 수업발표대회에서도 아주 좋은 성적을 거두어서 원고를 작성할 인적 자원은 풍부했다.

먼저 영역을 정했다. 최신 수업 이론을 적용하고 수업에 대한 생각을 공유할 수 있는 방안을 생각했다. 수업비평(수업연구교사) 5명, 수업연구교사 활동기(2010. 수업연구교사) 12명, 수업발표대회 도전기(2010. 수업발표대회 1등급 입상자) 16명, 수업 종합 1명이다.

영역별로 해당 교과 최고의 선생님들께 원고 청탁을 했다. 수업 종합은 내가 그동안 모아 놓은 원고를 정리해서 30쪽으로 작성을 했다. 원고 작성자 중에 편집위원도 정했다. 편집위원들과 협의를 하여 제목은 '수업! 너를 만나면'으로 정했다.

여러 번의 조탁을 거쳐서 2011년 2월에 관내초등학교에 2부씩, 대구시내초등학교에 1부씩 배부를 하였다. 자화자찬(?)으로 최고의 장학자료가 탄생한 것이다. 파일은 당연히 대구광역시서부교육지원청 홈페이지[29]에 탑재되어 아직도 많은 선생님들이 활용을 하고 있다.

2011년 2월, 봄방학 기간에 관내 초등학교 교장 선생님으로부터 전화를 받았다. 2010년 장학지도를 나가서 내가 직접 시범수업을 하고 함께 의견을 나눈 학교의 교장 선생님이다. 수업에 대한 열정이 대단하신 분이다. 교장으로 재직하는 학교에서 많은 선생님들이 교실수업 개선에 노력하고 수업발표대회에도 많이 참가하여 좋은 결과를 거두기도 했다.

"교장 선생님, 잘 지내시지요? 방학 중에 어쩐 일로 전화를 주셨습

---

29) http://www.dgsbe.go.kr/사이버장학/교수학습지원과/67번 및73번/수업! 너를 만나면

니까?"

"김 장학사님, 정말 좋은 장학자료를 만드셨습니다. 오늘 학교에서 우연히 '수업! 너를 만나면'이란 장학자료를 보았습니다. 서너 시간 동안 230쪽 모두를 읽었습니다."

"교장 선생님, 그렇게 말씀해 주시니 고맙습니다. 선생님들께 조금이라도 도움이 되었으면 하는 바람으로 만들었습니다."

"야, 정말 좋은 자료입니다. 선생님들이 수업발표대회 참가 여부를 떠나서 수업에 대해 생각해 볼 수 있는 자료인 것 같습니다. 진즉에 이런 자료를 만들었어야 하는 건데. 개학하면 우리 학교 선생님들 모두가 읽도록 해야겠어요."

"예, 교장 선생님 고맙습니다. 앞으로도 좋은 자료 만들도록 노력하겠습니다. 많이 도와주십시오."

기분이 좋았다. 자화자찬으로 최고의 장학자료라고 한 것에 대한 근거가 조금은 생기게 된 것 같았다. 지금도 수업에 관련된 책을 많이 사서 읽고 있다. 그런 책을 읽다가도 '수업! 너를 만나면'이라는 최고의 장학자료를 읽어본다. 선생님들의 생각이 가슴으로 들어오는 것을 느낄 수 있다. 수업에 관련된 강의를 갈 때도 가지고 가서 소개를 한다.

최고의 장학자료 '수업! 너를 만나면'에 실린 몇 가지 생각을 공유한다.

교사는 좋은 수업으로 말한다.[30]

국어 수업이 좋았다. 더 좋은 길이 있을까 싶어 아무도 가지 않은 낯선 길을 찾아다닌 지 8년이 되었다. 길 위에서 보다 나은 수업 방법을 생각해 낼 때마다 마음속으로 환호했고 아이들과 함께 실현해 나갔다. 좋은 국어 수업을 위해 가는 길에 고민과 수고로움도 있었지만, 아이들이 국어 수업을 즐거워하고 생각을 키워 가는 모습에 행복감이 더 컸다. -(중략)-

'공개'를 '공유'로 바꾸어 생각해 보았다. 그 순간 이제까지 경험한 '공개수업'의 갖가지 맥락들이 다른 짜임새로 다른 짜임새로 새롭게 맞물려진다. 거부감이나 불안감이 사라지고 부자연스러움이 자연스러움으로 바뀐다. 행사적 절차로 여겨지던 것이 일상생활로 녹아든다. 수업자와 참관자 사이의 벽이 허물어진다. 오직 '좋은 수업'을 위해 터놓고 소통하는 동행자가 될 뿐이다. -(하략)-

*김혜진: 현 대구교육대학교대구부설초등학교 교사, 2009.제24회 수업발표대회 국어과 1등급

친구 따라 강남 갔더니[31]

대구강북초등학교 교사 이원경*

아주 친한 선배가 즐거운 생활과에서 1등급을 받았다. 항상 옆에서 같

---

30) 2010 서부교육지원청 장학자료 교수학습3, 수업 너를 만나면, 1~2쪽.
31) 2010 서부교육지원청 장학자료 교수학습3, 수업 너를 만나면, 131~133쪽.

248　수업? 너를 기다리는 동안

이 고민하고 함께 수업하던 친구 같은 선배가 수업연구교사가 되니 '친구 따라 강남 간다'는 말이 떠올랐다. -(중략)-

우선 교육과정을 읽었다. 이해가 되지 않지만 그냥 읽고 또 읽었다. 그리고 기존 연구교사들의 보고서와 지도안을 읽고 또 읽었다. 역시 어려웠다. 교육대학원의 논문을 찾아 또 읽고 읽었다. '국어과가 이렇게 어려운 과목이었던가?'라는 탄식이 저절로 나왔다.

3월이 되면서 일단 국어과 지도안을 샅샅이 읽었다. 읽어도 머리에 들어오지 않을 땐 공책에 정리하고 예쁘게 꾸미면서 매일 공부란 것을 하였다. 그 덕분에 두 예쁜 딸들도 엄마 옆에 앉아 공부한다고 책도 보고 그림도 보고 자연스럽게 공부하는 집안 분위기가 되었다. (하략)

*이원경: 현 대구매천초등학교 교사, 2010. 제25회 수업발표대회 국어과 1등급

'수업우수교사의 길'을 가기 위한 큰 목표를 향해32)

대구달산초등학교 교사 윤은섭*

"한 시간의 수업은 어떻게 진행하는 것이 가장 좋을까?" 이와 같은 의문은 교사라면 누구나 한번쯤 가져 보았을 것이고 학교교육의 핵심 활동이 '교수·학습 지도'에 있다고 볼 때, 교사의 길을 걷는 모든 이의 연구 과제라고 생각된다.

도덕과에서 좋은 수업이란? 2007 개정 교육과정의 본질에서 추구하는 의도를 살려 도덕과 교육과정의 목표를 충실히 구현하는 방향의 수업이 좋은 수업이 아닐까 생각된다. 마치 환자의 병세에 따라 의사의 처

---

32) 2010 서부교육지원청 장학자료 교수학습3, 수업 너를 만나면, 143쪽.

방이 다르듯이, 지금까지의 단편적인 방법에서 벗어나 학생들의 지적, 도덕적 발달 수준에 부합되는 다양한 지도 방법을 학년별로 고려하고, 같은 학년에서도 목표와 내용에 따라 특색 있는 지도 방법을 구사해야 한다고 생각된다. -(하략)-

*윤은섭 : 현 대구교육대학교대구부설초등학교 교사, 2010. 제25회 수업발표대회 도덕과 1등급

디지털호를 타고 수업의 바다로 나가자[33]

대구운암초등학교 교사 양현욱*

처음 수업 발표를 시작해야겠다고 생각하는 사람들은 누구나가 그렇겠지만 어디서 무엇부터 시작해야 할지, 그리고 누구에게 도움을 요청해야 할지 모두들 막막한 동굴을 걷는 기분이 들 것이다. 나 또한 그러한 문제에 대해 예외가 아니었다. 그때 어렴풋이 몇 년 전 1급 정교사 연수를 들을 때 강사 선생님이 말한 이야기 하나가 떠올랐다. "수업을 하려면 먼저 교육과정을 분석하고 지도서를 꼼꼼히 살펴보세요!"

그렇다. 모든 일에는 기초가 튼튼해야 하는데, 사회과의 큰 틀과 교육과정을 이해하지 않고 단지 한 차시의 수업에 몰두하는 모습은 마치 숲을 보지 않고 나무만 옮겨다니 이기보는 것과 같은 이치라는 생각이 들었다. 그리하여 우선 교육과정 해설서를 펴 들었다. 처음에는 잘 보이지 않던 내용들이 집중력을 발휘하여 분석한 결과 6학년에서 요구하는 학습목표가 무엇인지 파악되기 시작하였다. -(하략)-

*양현욱 : 현 대구교육대학교대구부설초등학교 교사, 2010. 제25회 수업발표대회 사회과 1등급

---

33) 2010 서부교육지원청 장학자료 교수학습3, 수업 너를 만나면, 146~147쪽.

배우며 실천하며 구슬을 꿰자[34)]

대구인지초등학교 교사 김철완[*]

두 번째 참가하는 수업발표대회는 '1차 심사'를 무사히 통과하였다. 한 번의 실패를 경험했기에 기쁨은 두 배였다. 2차 현장 수업 심사에 대한 준비와 관련해서는 평소 관심 있는 수업과 연계한 연구 주제와 제재를 선택하고 적용 가능한 수업 모형을 중심으로 교수·학습안을 작성하였다. 하지만, 준비 과정에서 선배 연구교사와 전문가의 지도 조언을 많이 듣지 못해 조금은 미흡한 수업을 하였다. 스스로도 과정과 결과에 많은 실망을 했지만, 실패는 아니었다.

학생들의 특성과 효과적인 수업에 대해 조금씩 알게 되었다. 특히, 철저하게 준비하지 못한 자신을 반성하는 계기가 되었다. 결국 나는 배움을 통해 수업을 만나고 있었다.

이제는 더 이상 수업발표대회가 힘든 숙제가 아니었다. 내가 필요할 때 손을 내밀면 도와줄 선배도 만나고 후배도 있었다. 그 무엇보다도 즐겁게 활동하는 학생들이 나에게는 든든한 힘이 되었다. -(하략)-

*김철완 : 현 대구교육대학교대구부설초등학교 교사, 2010. 제25회 수업발표대회 체육과 1등급

---

34) 2010 서부교육지원청 장학자료 교수학습3, 수업 너를 만나면, 183쪽.

교감이라는 이름으로

역사, 태현 행복수업 만들기

2013년 9월 1일자로 대구광역시교육청 장학사에서 대구태현초등학교 교감으로 전직을 하였다. 어느 조직이나 처음에서 서먹하고 낯설다. 직원 협의회는 월 1회이다. 일주일이 되어도 얼굴 한 번 마주치지 않는 직원들도 많다. 생각을 공유할 수 있는 방법이 필요했다. 그렇다고 일주일에 한 번 협의회를 하는 것도 어렵다.

결국 수업에 대한 글을 선생님들께 드리기로 했다. 사전에 교장 선생님의 허락을 받았다. 선생님들께만 드리는 게 아니고 메신저와 연결이 되어 있는 모든 분들께 드리고 있다. 수업에 관련된 이론이나 책 소개, 전에 써 두었던 것들을 정리해서 드리고 있다. 또 창의·인성 모델학교 성과 점검을 하고 좋은 사례들도 함께 징다를 메시 메시지로 보낸다.

선생님이 변해야 수업이 변한다. 수업이 변해야 학생들이 행복하다. 수업이 변해야 학교가 변한다. 무엇이나 하루아침에 변하기는 어렵다. 용두사미로 끝나는 교육 정책도 많다. 학교의 시작도 수업이고 끝도 수업이라는 생각이다. 근본이 튼튼해야 오래가는 법이다. 제목은 제법 거창하다. 「역사, 태현 행복수업 만들기」이다.

혼자 가면 길이 되고 함께 가면 역사가 된다고 했다. 빨리 가려면 혼자서 가고 멀리 가려면 함께 가라고도 했다. 가장 기본인 수업이 학교의 역사와 전통이 되기를 소망한다. 그런 소망을 담아 소박하게 태현 교육공동체가 함께하는 작은 걸음을 옮겼다.

겨울방학을 하기 전에 총 20가지 생각을 태현교육가족과 나누었다. '태현, 행복수업 만들기' 시리즈는 뒤에 소개하는 수업일기 공유하기(교감 일기), 수업서적 공유하기, 우수 교사 수업 참관하기, 교내 수업장학하기, 보결 수업하기, 우수 강사 초청 연수하기, 수업 동영상 시청 및 생각 공유하기, 우수 학교 사례 안내하기 등과 밀접한 관련이 있다. 인쇄소에 맡겨서 제본을 했다. 필요한 내용을 찾기도 좋고 개인적인 역사가 될 것이란 생각도 들었다.

지금까지의 목록은 다음과 같다.

수업일기 공유하기(교감 일기): 제4장 참조

수업서적 공유하기

선생님들과 수업에 대한 생각을 공유하기 좋은 방법 중의 하나가 수업 관련 책을 공유하는 것이다. 9월 초에 인터넷 서점에서 책을 18권 구입했다. 학교 예산이 아니고 개인적으로 산 것이다. 청주교대 교수 이혁규의 『수업』 6권, 『손우정 교수의 배움의 공동체』, 배영고 교사 김태현의 『교사, 수업에서 나를 만나다』 여섯 권이다. 학년별로 위의 책을 한 권씩, 총 세 권을 드려서 돌려 읽게 했다.

다음은 2013년 9월 6일(금) 교장 선생님과 주고받은 메시지 내용이다.

예, 교장 선생님. 고맙습니다.

부드럽지만 가끔은 강하게도 하겠습니다.

어젯밤에 수업 관련 책 세 종류 각 여섯 권씩 인터넷 주문했습니다.(요건 제가 개인적으로 구입했습니다. 대출하는 개념으로 하고 다 읽으신 다음에는 돌려받으면 됩니다. 교장 선생님은 모른 척하시면 좋겠습니다.)

월요일에 도착하면 학년별로 세 권(종류별 한 권씩)을 드려서 돌려 읽도록 하겠습니다. 책을 읽어보시면 선생님들 생각도 좀 달라질 거란 생각도 합니다. 결국은 선생님들 마음입니다.

오늘 사서 선생님 만나서 알아보니, 도서 구입비가 400만 원 정도 있다고 합니다. 2학기 도서 구매할 때, 제가 구입한 책과 그 외 수업에 관련되는 책 구입도 하면 좋을 것 같습니다. 고향에 돌아온 기분이라 참 좋습니다.

오늘 서부교감단 연수회 가서 많이 배우고 오겠습니다.

주말 잘 쉬십시오.

교감 김영호 드림

《〈조성희 님이 보낸 글 〉》

감사합니다. 태현 교정에서 한 주를 보내셨습니다. 어떠하셨는지요. 태현 학교가 좋다는 말씀에 행복합니다. 좋은 자료에 감사드리고 성급하지 않게 천천히 가랑비에 옷 젖듯이 '태현, 행복수업 만들기'를 해 봅시다. 힘닿는 대로 지원하겠습니다. 선생님들이 행복하고 열정을 가지고 태현교육을 하도록 하는 것이 작은 소망입니다. 태현에 오신 것을 감사드리고 마음껏 소신을 펼치시길요.

주말 잘 보내십시오. 한 주 수고하셨습니다.

우수 교사 수업 참관하기

유명한 작가에게 글을 잘 쓰는 방법을 물으니 대답이 이랬다고 한
다. "많이 읽고, 많이 생각하고 많이 쓴다." 평범하지만 진리라는 생
각이 든다. 그러면 수업을 잘하는 방법은 무엇일까? 좋은 수업 많이
보는 것, 수업에 대해서 많이 생각해 보는 것, 수업 많이 해 보는 것
일 것이다. 특별한 비법이 있다고는 생각하지 않는다. 결국은 수업하
는 선생님의 마음이다.

2학기에도 수업우수교사나 수석교사의 수업공개가 많았다. 하나
하나 소개를 해 드리고 참관을 권장했다. 이웃 학교 태전초의 공개
에는 여러 선생님들과 함께 참관을 했다. 2013.10.30.(수) 와룡초의
강용운 선생님 수업에는 선생님 다섯 분과 함께 수업을 참관하고 협
의회에도 참석을 했다. 시교육청에 근무할 때 국어과 강용운 선생님
과 대외 공개수업에 대해서 여러 번 이야기를 나눌 기회가 있었다.

수업 참관과 수업협의회를 마치고 다시 별도의 시간을 가졌다. 수
업자 강용운 선생님과 신규교사 수업 멘토로 오신 교대부초의 김혜
진 선생님, 경진초의 김영례 선생님과 우리 학교 선생님들의 만남이
었다. 자연스럽게 수업에 대한 이야기가 오갔다. 피사 두 편을 새참
으로 먹으면서 즐거운 수업 이야기꽃을 피웠다.

다음은 강용운 선생님 수업을 참관한 다음 날 우리 학교 선생님의
메신저에 대한 답이다.

고맙습니다. 함께 해 봅시다.

지금 이번 주 토요일 27년 만에 하는 수업 계획하고 있습니다. 비디오도 찍습니다. 올해 7.22.(월)~8.2.(금) 11박 12일 일본 연수 같이 다녀오신 초·중·고 선생님들께도 초청장 보냈습니다. 몇 분은 오실 것 같습니다.

수업은 참 어렵습니다. 어제 강 선생님도 수업 마치고 그런 문자를 보내왔습니다. 어렵다고 생각하시는 분들이 수업에 대한 고민, 열정이 있는 분이라는 생각입니다. 저도 그렇습니다.

내년 3월경 수업에 대한 책을 하나 출판할 예정입니다. 요즘은 자비출판이 많아서 원고만 좋으면 출판하기는 쉽습니다. 많이 부족하지만 선생님들께 조금이라도 도움이 된다면 좋겠다는 생각입니다. '수업? 너를 만나면'으로 가제를 정해 두었습니다.

원고는 기존에 쓴 것도 많지만, 전부 새로 손을 볼 예정입니다. 제목에 물음표를 단 것은 그만큼 어렵다는 생각에서입니다. 계속 책을 낸다면 물음표 대신에 〈 , . ! 〉 차례가 될 것이란 생각도 합니다.

다음은 2013.9.25.(수) 선생님들께 수석교사 및 수업우수교사 수업 참관을 안내해 드린 내용이다.

좋은 아침입니다.

가을비가 오셨다 가신 흔적도 남기지 않은 9월 25일 수요일입니다. 아침 날씨 봐서는 종일 흐릴 것 같습니다. 이럴 때일수록 선생님의 밝은 얼굴, 따뜻한 말 한 마디가 학생들을 행복하게 해 줄 것이라 생각합니다.

오늘 여러 곳에서 공개수업이 있습니다. 수석교사와 수업우수교사의 공개수업입니다. 학교 자체 공개도 있고, 대외 공개도 있습니다.

오늘 공개하시는 분들 많이 준비하셨으리라 생각합니다. 그분들도 평소와는 조금 다른 수업을 하실 것이란 생각도 듭니다. 참관하는 분들이 있으니, 조금은 보여주기 위한 수업을 할 수도 있다는 생각이 듭니다. 저도 아이들을 가르칠 때는 늘 그랬던 기억이 납니다.

공개수업의 사회나 패널 또는 도움 말씀을 드릴 때 늘 이런 부탁을 드렸습니다. 수업하신 분이나 협의회 참석하신 분들 모두께 해당하는 것입니다. 이런 수업 필요하다. 그러나 평소에 이런 수업해서는 안 된다. 수업자에게 알아보면 공개하는 한 시간 40분을 위해서 최소한 100배 이상의 시간을 투자했다고 합니다. 당연히 그랬으리라 생각합니다.

초등학교 선생님은 거의 모두 과목을 가르치십니다. 우리가 수석교사나 수업우수교사(수업연구교사)의 공개수업처럼 할 수 없습니다. 그렇게 해서도 안 됩니다. 하지만 그런 공개의 전후 과정을 통해서 시나브로 얻는 게 있다는 생각을 합니다. 또 이런 말을 덧붙이곤 했습니다. 공개수업을 평소 수업처럼 해라. 평소 수업을 공개수업처럼 해라.

오늘 오후에 시간 되시는 분들 모두 수업 참관 가시면 됩니다. 정회원 되시는 선생님들은 여비 지급되는 출장 다시기 바랍니다. 그렇지 않은 분들은 여비 지급하지 않음 출장 다시고 참관하시기 바랍니다. 앞으로도 마찬가지입니다.

수업을 보시면서 관점 하나씩 생각해서 보시면 좋겠다는 생각입니다. 선생님과 아이들의 상호작용(호흡)은 어떤가? 아이들끼리의 상호작용, 즉 배움은 어떻게 일어나는가? 내가 이 수업을 한다면 어떻게 할 것인가? 저런 자료가 반드시 필요한가? 자료는 너무 많지 않은가? 너무 선생님이 부각되는 수업은 아닌가? 진정 우리가 추구해야 할 수업은 무엇일까? 등입니다. 저는 개인적으로 공개보다는 공유라는 말이 좋습니다. 바쁜 마음에 두서없이 막 적었습니다.

다음은 오늘(2013.9.25.수) 공개수업입니다.

수석교사 화동초 김명숙 수학

수업우수교사 서재초 백정옥 국어

수업우수교사 왕선초 이재우 사회

수업우수교사 달산초 이선경 수학

공개 시간은 14:20~15:00입니다. 비회원이라도 협의회 참석하시면 됩니다.

교내 수업장학하기

1학기에 교원능력개발평가와 학년별 수업공개 끝이 났다. 2학기에는 임상장학과 복직교사 수업이 있었다. 가능하면 사전에 협의를 충분히 하기로 했다. 사후약방문식의 협의는 별 도움이 되지 않는다는 생각이다. 먼저 선생님들께 책부터 읽게 했다. 그런 다음 수업에 대한 선생님의 생각을 정리해서 교수·학습안을 작성하게 했다. 다음은 2013.9.13.(금) 사전 협의 내용이다.

"더우시지요. 시원한 것 한 잔씩 하시고 하세요. 오늘은 제가 이런저런 이야기를 하려는 것이 아니고 선생님들 이야기를 들어보려고 모셨습니다."

4시에 2학기 복직 및 신규 임상장학 대상 선생님들과 협의회를 가졌다. 회의실에서 하려고 하다가 두 분 선생님이 참석을 못 해서 교무실에 했다. 교무부장님이 좋은 아이스커피를 타 주셨다. 1학기 전교어린이회 임원 및 어머니들과 동천 지구대를 다녀오느라 5분 정도 늦게 시작을 했다. 지난번 학년부장님 편으로 보내 드린 책 세 권을 가지고 오시라 했다.

"2학기에 수업하시는 것으로 알고 있습니다. 부담 갖지 마시고 하세요. 교수·학습안 작성하시기 전에 책 세 권 다 읽어보세요. 책 부족하면 제 책상 위에 다른 책 더 있습니다."

나는 말하지 않고 듣는다고 해 놓고 사설이 길어진다.

"그러면 한 분씩 돌아가면서 이야기를 하겠습니다. 수업을 하면서 이렇게 하니 수업이 참 잘되는 경우를 이야기해 보세요. 김대영 선생님부터 먼저 해 보시지요."

"저는 수업을 할 때 사례를 우리 반에서 가져오니 잘되는 것 같습니다. 학생들도 좋아하고 집중도 잘하는 것 같습니다."

지난번 학생문화센터에서 나눈 이야기와 중복이 되는 부분도 있었지만, 차분하게 잘 말씀을 해 주셨다.

"예, 맞습니다. 좋은 말씀 해 주셨습니다. 방금 말씀하신 게 바로 교재의 재구성이라고도 할 수 있겠지요. 교과서에 있는 자료는 우리 반 실정과 잘 맞지 않는 것도 많습니다. 나름은 양수진 선생님께서 말씀해 주시지요."

"예, 저는 공부하면서 놀이학습 형태로 하니 아이들도 좋아하고 목표에도 잘 도달하는 것 같습니다."

신발장 정리가 가장 잘되고 있는 2학년 2반 양수진 선생님께서 차분하게 말씀을 해 주셨다.

"예, 좋습니다. 저학년의 특성에 맞게 잘하시는 것 같습니다. 고학년이면 방법을 달리 해야겠지만, 저학년은 통합교과인 만큼 좋은 방법인 것 같습니다. 한 가지 유의할 점은 놀이를 통한 학습이 되어야지, 놀이로만 끝이 나서는 안 되겠습니다. 다음은 특수반을 맡고 계시는 이영주 선생님입니다."

"예, 저는 학생 1명을 대상으로 수업을 하고 있는데, 학생 스스로 하도록 해 주니 좋은 것 같습니다. 예를 들어서 채점이라든지 다른 것도 마찬가지입니다."

"예, 특수반은 특수한 경우가 많을 것 같습니다. 특수한 상황에 맞게 잘 운영하고 계시는 것 같습니다. 다음은 복직하신 4학년 2반 심경희 선생님께서 말씀해 주시지요."

"저는 수업을 시작할 때 준비가 되어 있을 때 잘되는 것 같습니다. 교사인 저도 그렇고 특히 학생들도 그렇습니다. 헐레벌떡 뛰어 들어와서 숨을 가쁘게 쉬면서 시작하는 수업은 잘되지 않습니다."

"예, 그렇지요. 시작이 참 중요합니다. 축구에서도 시작하고 5분, 끝나기 전 5분이 중요하다고 하지 않습니까? 수업에서 시작 5분은 흔히 말하는 동기유발과 학습문제 확인 시간입니다. 시작이 참 중요하지요. 수업에 관한 책 중에 『수업 시작 5분을 잡아라』라는 책도 있습니다."

잠시 침묵이 흐른다. 퇴근 시간이 다 되었다. 말을 이었다.

"지금까지는 수업이 잘되는 경우를 이야기했습니다. 수업이 잘될 때도 있지만, 그렇지 않을 때도 있지요. 그런 경우를 한 가지씩만 말씀하세요. 먼저 심경희 선생님부터 하겠습니다."

방금 이야기한 순서의 반대로 시작했다. 누구도 긴장한 표정은 없다. 커피의 얼음은 그대로다. 물기를 먹은 종이컵은 물렁하다.

"저는 과학 시간을 예로 들면 설명만 하는 수업이 어렵습니다. 직접 보거나 실험을 하면 좋은데, 그렇지 않고 이론으로만 할 때 저도 힘들고 아이들도 어려워하는 것 같습니다."

바로 특수반 이영주 선생님께 넘겼다.

"저는 교사의 수업 준비가 필요하다고 생각합니다. 전날 '이 정도면 되겠지' 하는 생각이 들었는데, 실제 수업에서는 그렇지 않은 경우가 있습니다. 그때는 저 자신이 부끄러웠습니다."

아, 솔직한 표현이다. 자기 스스로 잘못을 드러내는 게 쉽지는 않다. 얼마나 진솔한 표현인가?

"예, 선생님께서 아주 솔직히 자기 고백을 해 주셨습니다. 쉽지 않은 일인데, 아주 좋습니다. 양수진 선생님 이어 주시지요."

"저학년이라 아이들이 모르는 것을 물으면 설명하다가 질문을 받고 또 설명이 이어지고 하는 게 어렵습니다. 알고 있는 학생은 지겨워하는 것 같고, 저는 자꾸 말이 많아집니다."

다시 말을 받았다.

"예, 그러시지요. 그런 경우가 많을 거라 생각합니다. 그때는 선생님께서 다 해결하려고 하지 마시고 아이들에게 맡겨 보세요. 저학년이니 짝활동을 하면 좋겠습니다. 짝끼리 문제에 대해서 이야기해 보게 하세요. 알고 있는 아이도 있고, 모르는 아이도 있을 겁니다. 그런 활동을 하면서 서로에게 배움이 일어납니다. 모든 것을 선생님이 다 해결하기보다는 학생들에게 주도권을 넘겨주세요. 그게 배움의 공동체에서 이야기하는 학생들의 배움입니다."

잠시 배움의 공동체 이야기가 나왔다. 고장 나지 않은 벽시계는 4시 30분이 넘었다. 마저 이야기를 마쳐야 했다. 김대영 선생님이 말을 이었다.

"저는 작년에 영어 교과를 하고 올해 담임을 처음 맡았습니다. 교과서 내용을 다 가르쳐야 한다는 압박감이 있습니다. 그러다 보면 정작 중요한 것을 놓치는 경우가 있는 것 같습니다."

지난 수요일 학생문화센터에서 나누었던 이야기가 다시 나왔다. 참 솔직하게 말해주어서 고마웠다. 김대영 선생님의 고민에 부연 설명을 했다.

"그렇지요. 교과서 내용 다 가르치지 않아도 됩니다. 교과서는 교과서를 집필하는 사람들이 교육과정에 근거해서 좋은 자료를 엮은 것입니다. 교과서에 제시된 활동 다 하지 않아도 됩니다. 먼저 교육과정을 정확하게 알아야 합니다. 그리고 단원별 목표를 달성하기 위해서 교과서 내용을 하거나, 더 좋은 자료를 활용하면 됩니다. 교육과정 재구성입니다."

9월의 가을바람이 창을 타고 넘어온다. 잠시 열기를 식혀 준다. 남은 커피를 마저 마시고 마무리를 했다.

"오늘 좋은 말씀 해 주셨습니다. 선생님들이 평소에 동 학년 선생님이나 다른 학년 선생님들과 이런 이야기를 많이 나누었으면 좋겠습니다. 오늘 이런 이야기가 바로 수업친구입니다. 교수·학습안 작성하시기 전에 책 세 권 다 읽으시고 관점을 정하시기 바랍니다. 수업하기 전에 충분한 협의를 하겠습니다. 수업 마치고 이렇고 저렇고 하는 게 중요한 게 아니라 수업 전 충분한 협의가 중요하겠지요. 내 수업, 언제나 누구에게나 보여줄 수 있게 하시기 바랍니다."

책 세 권을 들고 일어서는 선생님의 발걸음이 무거워 보이지만은 않아 보였다.

다음은 2013.10.8.(화) 수업장학 및 수업협의 내용이다.

1교시에는 특수반 이영주 선생님의 신규교사 임상장학이 있었다. 경력이 3년이다. 특수반 수업을 참관할 기회는 거의 없었다. 학생은 한 명이다. 1 대 1 수업이다. 간혹 목이 말라 할 때 특수실무원 선생님이 물을 가져다 주셨다. 안내문이나 설명문의 특징을 공부했다. 칠판에 핵심 글자를 쓰기도 했다. 한 번에 한 것도 있고, 두어 번의 수정으로 정답을 쓰기도 했다. 학생은 한 명이지만, 일반 학급의 수업보다 더 힘들 것 같았다. 선생님도 차분하게 잘 진행하고 마무리를 하셨다.

수업을 마치고 교장 선생님께서 학생을 안아 주셨다. 나는 아이의 눈높이에 맞도록 쪼그리고 앉아서 대화를 나누었다.

"교감 선생님 이름이 뭐시?"

아이가 나를 잘 모른다. 나도 그렇다. 이름표를 손에 들고 눈앞에 가져다 대고 물었다.

"교감 선생님 이름이 뭐지?"

"김영호요."

"그 위의 것은 뭐지?"

"태현초등학교, 대구태현초등학교 교감."

"그래, 잘했다. 교감 선생님이 한 번 들어줄까?"

양팔을 아이의 겨드랑이에 끼고, 천정을 향해 들었다. 아이가 위로 손을 들면 손바닥이 천정에 닿을 것 같았다. 아이가 조금 놀라는 표정을 짓는다. 교장 선생님께서 낯이 익으면 착 붙는다고 한다. 직접 얼굴을 대한 것은 처음이니 살짝 놀랄 수도 있다는 생각이 들었다.

3시부터 학습도움실에서 수업협의를 했다. 임상장학 네 분과 복직교사 수업공개 두 분, 모두 여섯 분이다. 연구부장이 사회를 하고 교장, 교감까지 모두 아홉 명이다. 미리 피자를 하나 시켜 두었다. 내가 이야기하기보다는 선생님들의 이야기를 많이 들어볼 생각이다. 협의 과정을 휴대전화로 녹음했다.

협의 과정은 다음과 같다. 먼저 같은 날 수업을 한 선생님들끼리 짝을 지어서 자기의 수업을 이야기한다. 짝은 들은 이야기를 발표한다. 필요할 경우 수업 당사자가 보충을 한다. 양수진 선생님과 김혜진 선생님이 짝이 되었다. 복직교사인 손혜경 선생님과 심해경 선생님이 짝이 되었다. 김대영 선생님은 이영주 선생님과 짝이다.

김혜진: 양수진 선생님은 2학년 2학기 곱셈구구단원을 했습니다. 수업하기 좋은 차시를 정해서 한 것이 아니라 주 안의 진도 그 차시를 했다고 합니다. 즉 실제 진도입니다. 준비도 많이 했는데 만족스럽지 못하다고 합니다. 소재도 나쁘지 않았고 준비도 많이 했는데, 학생들의 반응이 생각대로 되지 않았다고 합니다. 학생들이 평소에 잘하는 것도 잘되지 않았다고 합니다. 학생들이 압박감을 느낀 것 같다고 합니다. 선

생님도 긴장하고 실수를 했다고 합니다. 학생 반응이 잘못된 것도 바로 고치지 못했다고 합니다. 후회가 되기도 하지만 준비도 많이 했고 수학 수업을 어떻게 하면 좋을지 하는 방법을 알 수 있는 기회였다고 합니다.

김혜진 선생님이 양수진 선생님과 나눈 이야기를 했다. 양수진 선생님이 몇 가지 보충을 했다.

양수진: 2학년에서 우리 반은 흔히 괜찮은 반이라고 합니다. 체육도 제일 잘하는 반입니다. 수업에 대한 고민도 많이 하고 연습도 많이 했습니다. 그런데 제가 정신이 좀 없었던 것 같습니다. 학생이 4×7=21이라고 칠판에 썼는데, "야! 맞다." 하고 넘어갔습니다. 뒤에 학생이 이야기를 해서 수정을 했습니다. 옆 반 선생님께서 많은 도움을 주셨습니다. 좋은 아이디어도 많이 주셨습니다. 옆 반 선생님의 생각에 제 생각을 넣으니 학습량이 좀 많아진 것 같습니다. 학습지를 만들 때도 학생들의 눈높이를 생각해서 만들었습니다.

양수진 선생님이 자신의 수업에 내린 보충 설명을 했다. 이어서 김혜진 선생님의 수업에 대해서 들은 내용을 조목조목 설명해 나갔다.

양수진: 김혜진 선생님은 흥선대원군의 정책에 대한 수업을 했다고 하십니다. 흥선대원군의 개혁정책과 쇄국정책, 나아가서는 평가까지 하는 것입니다. 특히 그 시대 사람들의 입장을 이

해하고자 했다고 합니다. 세 가지 활동을 했는데, 추리 활동, 찬반 토론 활동, 정리 활동입니다. 이 세 가지 활동을 통해서 추론 능력, 역사적 상상력, 토론 능력을 신장시키는 데 주안점을 두었다고 합니다. 평소에는 학생들이 잘했는데, 그 날은 학생들이 좀 경직되었다고 합니다. 시간도 좀 부족했고, 정리도 다 하지 못했다고 합니다. 끝나고 정리하지 못한 부분은 보충을 했다고 합니다. 수업의 흐름은 인성들머리부터 일관성 있게 했다고 합니다. 개인적으로 임상장학이 끝이 나서 기분이 좋았다고 합니다. 저도 좀 부럽습니다.

임상장학은 경력 4년 미만 선생님이 대상이다. 오늘 협의회에 참석한 네 분이다. 교장 선생님께서 이제 수업 더 이상 하지 않아도 된다고 생각하느냐고 물으시니 그렇지는 않다고 한다. 임상장학 수업이 끝난 게 너무 좋다고 했다. 모두들 웃음꽃이 피었다. 사실 교장, 교감만 지켜보는 수업이 부담이 될 수밖에 없다. 교사라면 누구라도 그 어색함을 잘 알 것이다. 김혜진 선생님은 자신의 수업에 대하여 양수진 선생님이 잘 설명을 해 주셔서 더 보충할 것이 없다고 했다.

김대영: 이영주 선생님은 안내문과 설명문의 특징을 알고 만들어 보는 과정이었다고 합니다. 학생이 힘들어 해서 중간에 특수실무원 선생님이 물을 가져다주기도 했다고 합니다. 학생이 칠판에 나와서 적는 활동을 좋아한다고 합니다. 좀 더 깊은 연구로 수업을 더 잘해 보고 싶다고 합니다.

특수반은 병원에 한 명이 있기 때문에 한 명으로 수업을 했다. 반 소속은 3학년 4반 김대영 선생님이다. 협의하는 분들끼리 학생에 대한 정보를 공유하고 있어서 깊이 있는 이야기를 나눈 것 같다.

이영주: 김대영 선생님은 원의 중심과 반지름을 알아보는 수업이었다고 합니다. 동기유발 자료로 체육 시간의 원형 피구를 끌어왔다고 합니다. 학생들의 통의를 통해서 원을 그리는 방법을 이끌어 내는 것입니다. 그런데 학원에서 선수학습이 되어 있어서 다양한 방법이나 창의적인 기획을 했으나 생각대로 되지 않았다고 합니다. 수업 시간도 부족해서 정리 단계에서 영상 자료를 보지 못했다고 합니다. 공개수업의 한계가 있어서 아쉬움이 남는다고 합니다.

김대영 선생님이 이영주 선생님의 설명에 보충을 했다.

김대영: 얼어 있었습니다. 최근에 토의나 친구 의견을 이야기하는 훈련을 많이 했는데, 공개수업에서는 학생들이 얼어 있었습니다. 저는 학생들이 정답을 만하는 질문만 생각해 놓았는데, 학생들이 오답을 이야기하니 어떤 말을 해야 할지 잘 몰랐습니다. 학생들이 선수학습이 된 상태라 도구를 사용해야 하나 컴퍼스 사용법을 먼저 생각하는 것 같습니다. 닫힌 사고를 어떻게 확장시킬지 고민해야 할 것 같습니다. 그리고 공개수업이 아니라면 학생들이 사고하는 시간을 더

많이 주어야 할 것 같습니다.

김대영 선생님이 약간은 답답한 심정을 토로하듯이 자신의 수업에 대한 보충을 했다. 연구부장님이 재치 있게 복직교사 두 분에게 발언 기회를 넘겼다.

심경희: 4학년과 달리 1학년이라 아직 담임과 잘 적응이 되지 않았다고 생각합니다. 차시 통합 내용입니다. 반 학생들의 학용품 사용 실태를 알아보고, 잘 사용하겠다는 다짐을 하는 내용입니다. 수업은 그런대로 잘 이루어졌다고 합니다. 그런데 1학년이면 몰라도 무작정 손을 드는데, 이번 수업에서는 그렇지 못했다고 합니다. 아이들이 많이 얼었다는 느낌이 들었다고 합니다. 원하는 만큼 수업이 잘되지는 않았지만 대체로 만족한다고 합니다.

1학년 손혜경 선생님과 4학년 심경희 선생님은 9월 1일자로 복직을 했다. 그 전 담임과 여러 가지 약속이 되어 있는 상태에서 채 한 달도 되지 않는 기간에 공개수업을 준비한다는 게 힘든 것은 당연할 것이다. 손혜경 선생님이 좀 더 보충을 했다.

손혜경: 썩 만족스럽지는 못하지만, 그렇다고 더 잘할 자신은 없습니다. 그날은 이상하게 아이들이 손을 잘 들지 않았어요. 수업이 끝나고 교장, 교감 선생님이 나가시고 저희 반 학부

모들이 "우리 아이 원래 이래요?" 하고 묻기도 했습니다. 전체적으로 분위기가 좀 그랬던 것 같습니다. 한 시간 수업을 마치고 하루에 한 가지라도 준비한 수업을 해야겠다는 생각을 했습니다. 함께 협의하면서 선생님들이 수업에 대한 고민하는 모습이 보기가 좋았습니다.

자신의 수업에 대한 보충을 마치고, 4학년 심경희 선생님과 나눈 이야기를 이었다.

손혜경: 심경희 선생님의 수업은 '소개하는 말을 듣고 반응하기'라는 학습목표라고 합니다. 선생님과의 호흡은 평소보다 잘 이루어지지 않았다고 합니다. 동기유발 자료로 '무릎팍도사'의 이야기를 끌어 왔다고 합니다. 아이디어는 좋았는데 아이들의 반응은 별로였다고 합니다.

심경희: 동기유발 자료로 한비야의 이야기를 끌어 왔는데, 어른들은 공감을 하나 아이들은 의도와는 다른 반응이었습니다. 차라리 교과서의 피노키오를 합격 하는 생각도 들었습니다. 4학년의 수준에 맞는 것이 필요할 것 같습니다. 만족하지는 않지만, 그래도 후회는 없습니다.

잠시 피자를 먹는 시간이다. 시작 전에 도착한 것이라 40여 분이 지나서 조금 식었을 것 같다. 피자는 여덟 쪽이다. 간식을 먹지 않는 나는 커피를 마시고, 다른 분들은 피자 한 쪽과 콜라를 드시면서 잠시 휴식을 가졌다. 연구부장이 나에게 기회를 넘겼다.

김영호: 먼저 글 하나 읽어 드리겠습니다. 대구광역시서부교육지원청에서 장학사로 근무할 때 만든 장학자료인 '수업! 너를 만나면'에 실린 글입니다. 수업비평, 연구교사 활동기, 연구교사 도전기로 되어 있습니다. '국어 수업이 좋았다. 더 좋은 길이 있을까 싶어 아무도 가지 않은 낯선 길을 찾아다닌 지 8년이 되었다.' 지금은 교대부초에 근무하는 김혜진 선생님의 글입니다.

8년 동안 계속 수업발표대회에 참가한 것은 아닙니다. 중간에 건강이 좋지 못해 조금 쉬기도 했다고 합니다. 실력이 좋거나 운이 좋아서 한 번에 연구교사가 되기도 합니다. 그런데 오래 하신 분들이 수업도 잘하고 강의도 잘합니다. 개인적인 준비가 그 기간만큼 더 많이 되었으리란 생각입니다.

오늘 모두가 교장, 교감 선생님이 수업 참관을 하니 아이들이 얼었다고 하는데, 앞으로는 얼지 않도록 하겠습니다. 평소와는 환경이 다르니 그렇겠지요.(이때 연구부장이 그러면 자주 들어가시면 되겠네요, 라고 한다. 아주 적절한 순간에 최적의 멘트를 해 주었다. 바로 말을 받았다.) 바로 그겁니다. 본인이 이야기하는 것보다 제3자가 이야기를 해 주니 참 좋습니다.

참관수업을 하든, 공개수업을 하든, 매일 수업을 합니다. 어제도, 오늘도, 그리고 내일도 수업을 합니다. 평소, 언제, 누가 들어오더라도 자신 있는 수업을 할 수 있어야 합니다. 그러자면 평소 수업을 잘하기 위한 준비가 필요하겠지요. 무엇보다도 마음 준비라고 생각합니다. 교실 문을 열고 수업를 하는 것과 문을 닫고 수업하는 것은 다릅니다. 앞뒤 문을 열고 수업을 해 보세요. 평소 들리지 않던 소음, 지나가는 사람 등 눈과 귀에 거슬리는 것이 있습니다. 하지만 곧 익숙해집니다.

내가 지금 수업을 잘하고 못하는 것을 떠나서 '나는 수업을 잘할 수 있다'라는 생각이 중요합니다. 하루 몇 시간 하는 수업 중에서 한 시간 수업 망쳤다고 해서 내 인생이 어떻게 되는 것은 아닙니다. 하지만 한 시간 수업을 어떻게 하면 더 잘할 수 있을까, 라는 고민을 하는 것 자체가 수업을 향상시키는 것입니다.

교장, 교감을 하거나 교육전문직이 되는 것도 최소한 20년은 수업을 해야 합니다. 무엇을 하더라도 수업을 잘하고, 잘 볼 줄 알아야 합니다. 선생님들은 하루 일과 중 수업을 제일 많이 하십니다. 내가 많이 하고 있는 것을 잘하는 것이 중요합니다. 수업하는 내가 즐겁고 아이들도 행복한 그런 수업이면 좋지 않겠습니까?

자꾸 중복되지만 기본은 선생님의 생각입니다. 당장 문만 열어도 반은 성공하는 것입니다. 공개수업과 평소의 수업이 큰 차이가 없도록 하는 게 중요합니다. 선생님의 노력에 따라서 나도 모르는 사이에 수업력은 향상될 수 있습니다. 수업발표대회가 있습니다. 흔히 이런 말을 많이 합니다. 우리 학교는 학구가 그래서 안 돼, 우리 반은 발표력이 부족해서 안 돼 등 학교와 학생 탓을 많이 하는 것을 볼 수 있습니다. 학교 탓, 학생 탓, 할 필요 없습니다. 어쩌면 어려운 환경에서 그런 대회를 준비하면서 이루어가는 게 더 보람이 있을 수도 있습니다. 물론 기초와 기본을 다지는 게 쉬운 일은 아니겠지요. 세세한 내용은 그때그때 아니면 일주일에 한 번씩 쿨메신저로 안내해 드리겠습니다. 그리고 여섯 분 수업, 모두 녹음했습니다. 파일로 드리겠습니다. 노고 많으셨습니다.

중복되는 말이 많다. 결론은 교사의 마음가짐이다. 내가 장학사로 근무하였던 서부교육지원청에서 만든 수업발표 관련 파일도 모두 공유하기로 했다. 교장 선생님이 마무리를 하셨다. 학생 개개인의 기록, 수업자의 마음가짐 등을 구체적인 예를 들어서 설명을 하셨다.

보결 수업하기

6학년은 주제탐구형체험학습(수학여행)을 가기 전에 안전교육을 1시간 했다. 그리고 1학년 한 번, 3학년 한 번 및 4학년 네 번 보결 수업을 했다. 갑자기 생기는 보결 수업은 교과 전담 교사의 시간과 중복될 때가 많다. 그래서 출장이 없으면 교감을 제일 먼저 보결 수업에 배당을 하라고 부탁을 드렸다. 아이들을 만나는 것은 즐거운 일이다. 1학년 보결 수업을 마친 다음 날 이런 이야기를 들었다.

"교감 선생님, 저 충격받았어요."

"왜 그러세요?"

"우리 반 아이들에게 교감 선생님 수업이 어떠냐고 물으니, '선생님하고는 차원이 다른 수업이었어요.'라고 대답을 해요."

12월 2주에 하루 날을 정해서 1학년 반별로 한 시간씩 수업을 하기로 했다. 담임선생님들은 뒤에서 참관을 하시기로 약속을 했다. 다음은 2013.10.30.(수)에 1학년 2반 보결 수업을 한 내용이다.

2교시에 1학년 2반 보결 수업을 했다. 1987학년도 대구매천초등학교에서 1학년 담임을 한 번 한 것이 유일한 경험이다. 뒷문으로 들어가니 아이들이 좋아했다.

담임선생님께서 할 내용을 칠판에 적어 놓으셨다. 도화지 한 면에는 어제 학예회에서 기억에 남는 것을 그리고, 뒷면에는 부모님께 감사의 편지를 쓰고 발표를 하는 것이었다.

아이들과 5분 정도 상호 교감을 했다. 먼저 박수를 치고 환호성을 지르는 연습을 했다. 그리고 내 이야기가 맞으면 고개를 끄덕이고, 틀리면 좌우로 흔들기로 했다.

"우리 학교 교감 선생님은 여자입니다."

아이들이 모두 고개를 좌우로 흔든다. 말을 하는 아이들도 있다. 고개만 끄덕이거나 좌우로 흔들도록 이야기를 했다.

"우리 학교 교감 선생님은 남자입니다."

아이들이 모두 고개를 끄덕인다. 이어서 "우리 학교 나이는 백 살입니다. 우리 학교 나이는 세 살입니다."를 이어서 했다.

"우리 학교 교감 선생님 이름은 김영구입니다."

아이들은 고개를 흔든다. 몇 명은 "교감 선생님 이름 알고 있어요." 라고 소리를 지른다.

"그러면 우리 학교 교감 선생님 성함이 무엇인지 다 같이 발표해 봅니다."

"김영호입니다."

아이들의 소리가 우렁차다. 이 반만큼은 내 이름을 모르는 아이가 없는 것 같다.

"자, 이번에는 아주 어려운 문제를 내겠습니다. 우리 친구들이 잘할 수 있을지 모르겠네요."

아이들의 눈동자가 커진다. 귀를 쫑긋 세우는 아이들도 있다.

"우리 학교 교감 선생님은 잘생겼습니다."

대부분의 아이들은 고개를 끄덕이고, 두세 명은 고개를 좌우로 흔든다. 아이들 판단을 존중해 준다.

"우리 학교 교감 선생님은 멋지십니다."

역시 대부분의 아이들은 고개를 끄덕이지만, 조금 전 질문에 고개를 좌우로 흔들었던 아이들은 그대로 표시를 한다. 역시 상관할 바 아니다. 그게 아이들 눈이고 판단이 아니겠는가? 간혹 반대로 표시를 할 수 있다는 생각을 했다.

"어제 학예회는 재미있었습니다."

"나는 어제 학예회에서 앞에 나와 발표를 했습니다."

"어제 학예회에서 기억에 남는 것이 있습니다."

연이은 문제에 아이들은 고개를 끄덕이는 것으로 반응을 했다. 동기유발은 충분히 된 것 같았다.

도화지를 나누었다. 절반으로 잘라서 했으면 좋겠다는 생각이 들었다. 일일이 한 장씩 나누어 주었다. 한 아이가 말을 붙인다.

"교감 선생님, 앞에서 네 장씩 나누어 주시면 되는데요."

"그래, 교감 선생님은 직접 한 명 한 명에게 나누어 주고 싶은데, 싫어요?"

그렇게 해도 시간이 많이 걸리지는 않는다. 마지막 분단을 나누어 주니 아이 두 명이 "고맙습니다."라고 인사를 한다.

"자, 도화지에 그림을 그립니다. 오늘은 연필로 그림을 그리고 색칠은 하지 않습니다. 그리고 뒷면에는 부모님께 감사의 편지를 씁니다. 한 줄만 써도 됩니다. 자기가 쓸 수 있는 만큼 쓰면 됩니다."

색칠을 하지 말라는 이야기에 아이들은 의아해 한다. 오늘은 굳이 색칠을 하지 않아도 될 것 같다. 연필이 부러진 아이들에게 연필을 깎아서 주었다. 모든 반의 칠판에 붙은 '태현 예술제'라는 글자를 그림 속에 넣는 아이들이 많았다.

왼손잡이 아이가 누 녕 있다. 능숙하게 그림을 그리고 글씨를 쓴다. 간혹 자세가 삐뚤어지기도 한다. 그럴 때마다 "자세 바로 하세요. 허리 펴세요. 발바닥은 교실 바닥에 붙이세요."라고 약간 큰 소리를 내기도 했다.

10여 분을 남기고 발표를 했다. 먼저 짝에게 발표하기를 했다. 그리고 반 아이 모두가 한꺼번에 발표를 하는 것을 세 번 했다. 그리고 발표할 사람을 찾으면 손을 드는 아이들이 많다. 먼저, 제일 뒤쪽에 앉은 여학생 두 명을 시켰다. 발표가 끝나면 어떤 내용인지, 누가 나오는지를 아이들에게 물었다. 그리고 다 같이 박수로 격려를 했다. 그렇게 여섯 명이 발표를 하고, 일곱 번째 아이가 발표를 하려고 일어섰는데 마침종이 울렸다. 그 아이도 발표를 끝내고 교무실로 돌아왔다. 복도를 걸어오는데 아이 두 명이 따라오면서 묻는다.

"교감 선생님, 어디 가세요?"

"응, 교무실에 가."

"교감 선생님, 다음에도 우리 반에 오세요."

우수 강사 초청 연수하기

11월 12일에 교대부초 김혜진 선생님의 국어과 연수, 11월 19일에 들안길초 최혜경 수석교사님의 수학과 연수가 있었다. 두 분 모두 해당 교과에서 수업 및 강의를 잘하시는 것으로 명성이 자자한 분들이다. 최혜경 선생님의 연수는 전라남도 창의·인성 모델학교 성과 점검 출장 때문에 함께하지 못했다. 선생님들의 반응이 아주 좋았다.

※ 자세한 내용은 제4장 교감일기 참조

수업 동영상 시청 및 생각 공유하기

우수수업교사나 수석교사의 수업을 직접 참관하면 좋다. 하지만 양 교의 사정상 공개일이더라도 일정을 맞추기가 쉽지 않다. 11월에 강의를 해 주신 교대부초의 김혜진 선생님과 들안길초 최혜경 수석교사님의 교수·학습안과 수업 동영상을 받았다.

다음은 수업 동영상 시청 및 후기 기록에 대하여 선생님들께 안내해 드린 내용이다. 모두 3회에 걸쳐서 다음과 같이 실시하였다.

(2013.12.2.20:40)

선생님들께 안내 드립니다.

수업 바로 보기, -역사, 태현 행복수업 만들기 15, (2013.11.29.금)-에서 안내해 드린 내용입니다.

11월에 좋은 연수를 해 주신 두 분 강사님의 교수학습안과 동영상을 받았습니다. 당초 계획은 수요일에 어느 교실에서 모여서 함께 동영상을 보고, 참관록(붙임 3)을 작성할 예정이었습니다. 하지만 출장과 교내 행사 등의 사정으로 집합연수를 하지 않습니다.

붙임 1. 교수학습안 - 교대부초 교사 김혜진(2013.4.15.)

　　　2. 수업 동영상 - 교대부초 교사 김혜진(2013.4.15.)

　　　3. 수업 바로 보기(내 눈으로 수업 보기)

붙임 1, 2를 잘 보시고, 붙임 3에 선생님들의 참관 내용을 적으셔서 보내 수시면 됩니다.

1. 기한: 2013.12.4.(수) 16:30까지

2. 내용: 붙임 3파일(파일명은 학년-반(교과전담명)이름

* 예시 1-1.○○○, 음악교과-○○○ 등으로)

선생님들의 참관록을 모두 합하고 간단한 설명을 붙여서 이번 주 목요일이나 금요일에 다시 드리겠습니다. 다음 주에는 들안길초 최혜

경 수석교사의 교수학습안과 동영상으로 안내 드리겠습니다.

교사는 수업으로 말한다. 부탁드립니다.

교감 김영호 드림

※수업 보기의 자세한 내용은 제5장 '내 눈으로 수업 보기' 참조

우수 학교 사례 안내하기

11월에 전라남도교육청 소속 초등학교 여러 곳을 방문할 기회가 있었다. 창의·인성 모델학교 성과 점검이 주목적이었다. 광주금부초 등학교 천성만 교장 선생님이 팀장, 조선대학교 교수님과 필자가 팀 원이었다. 천성만 교장 선생님은 교육 이론에 밝고, 교육철학이 뚜렷한 분이라서 많은 도움을 받았다.

개인적으로는 교육청에서 창의·인성 모델학교 업무를 담당하기도 해서 다른 연구학교보다 더 애착이 있었다. 이전의 많은 연구학교들이 창의·인성 모델학교같이 운영되었다면, 하는 아쉬움을 가지기도 했었다.

다른 학교를 방문하고 오면 간단하게 생각을 정리해서 선생님들과 공유를 했다. 교감일기나 '태현, 행복수업 만들기'에도 포함된 내용이다. 다음은 전라남도 완도군 노화초등학교의 우수 사례이다.[35]

노화초등학교의 특화 프로그램은 모두 두 가지입니다. '생각이 통通통한 스마트수업'과 '체험 생生생 사철 꽃 피는 우리 학교'입니다.

---

35) 역사, 태현 행복수업 만들기 13.(2013.11.22.)의 일부이다.

'생각이 통通통한 스마트수업'은 삼성전자에서 1억 원의 교육 기부로 2011년에 전국 최초 스마트스쿨을 구축했다고 합니다. 1억 원의 기부 이면에서 상업적인 요소가 많다고 합니다. 점차 초등학교 교육 환경이 스마트로 바뀔 것에 대비한 기업 이윤 추구를 위한 감각과 장기적인 포석입니다.

노화초등학교에서는 실제 다양한 형태로 수업이 진행되고 있으며, 두 분 선생님이 이 분야의 강사로 맹활약 중이라고 들었습니다. 어떤 수업이건 간에 본질은 바로 수업 그 자체입니다. 스마트 수업은 초창기에는 기기 활용 수업에 중점을 두었다면, 지금은 스마트 기기가 주가 되는 수업이 아니라고 합니다. 수업의 일부분으로 스마트 수업을 하는 것이지요. 수업의 핵심의 상호작용과 학생 스스로의 배움입니다.

'체험 生生생 사철 꽃 피는 우리 학교'는 말 그대로 사철 꽃이 피는 학교입니다. 대구보다 위도상 상당히 아래쪽이니 식물 분포도 많이 다릅니다. 연중 꽃이 피고 지고, 그 꽃을 활용한 다양한 행사와 수업이 이루어진다고 합니다. 모든 것은 교육과정과 연관이 되어 있습니다.

또 하나 주목할 것은 '우리 고장 3읍 9면 탐방 활동'입니다. 완도군에 소속된 섬만 200개가 넘는다고 합니다. 1학년부터 6학년까지 완도군의 대표적인 섬을 탐방하는 프로그램입니다. 창의적 체험활동이자 교과 관련 활동입니다. 학생들은 6년 동안 노화초등학교를 다니는 동안 그 지역에 대한 상세한 내용을 알게 되는 셈입니다. 내가 나고 자란 고장에 대한 애착, 애향심이 저절로 길러질 것이란 생각입니다.

노화도에는 항구가 두 군데 있다고 합니다. 체험학습을 가는 날이면 학교에서 모이는 것이 아니고 항구에서 모인다고 합니다. 학교 전화가 있다고 합니다. 몇 시 몇 분에 어느 항구에 모이세요, 라고 메시지를 보낸다고 합니다. 돌아올 때도 마찬가지입니다. 도착하고 5분 내로 전원 하교가 된다고 합니다.

멋

좋은 수업을 하는 날은 참으로 멋진 날이다. 지금 내가 가르치고 있는 학생들과 10년이나 20년 뒤에 다시 만나서 수업을 할 수 있을까? 만약 그때 수업을 한다면 어떤 수업을 할까? 27년 만의 수업 이야기, 최근의 수업 보기 운동, 좋은 수업의 의미, 수업, 너를 기다리는 동안, 수업의 선생님의 口라는 주제로 수업을 생각해 보자. 좋은 수업을 하는 멋진 선생님, 나는 멋진 선생님일까?

좋은 수업을 하는 날

1986학년도 대구매천초등학교 6학년이었습니다.

대구매천초등학교를 졸업한 지 27년이 흘렀습니다.

선생님이나 학생들이나 반백이 되었습니다.

그리운 얼굴 다시 봅니다. 그때 다 못한 이야기 함께 풀어 봅니다. 오늘,
살아 온 이야기, 살아 갈 이야기로 '살아가면서'를 엮어 봅니다.

친구와 이야기 나누어 봅니다. 친구 이야기도 듣고, 내 이야기도 해 줍니
다. 선생님 이야기도 들어 봅니다. 우리들 이야기를 보시고 듣는 분들의
이야기도 들어봅니다.

받아쓰기도 해 봅니다. 선생님께서 얼마나 어려운 문제를 낼지는 모르겠
지만, 서로 의논해서 정답을 찾아갑니다. 구구단도 외워 보고 덧셈, 뺄셈,
곱셈 등도 해 봅니다. 이것도 혼자 하지 않습니다. 친구들과 의논해서 풀
어 봅니다.

내가 좋아하는 음식, 잘 만드는 음식도 함께 나누어 봅니다.

내가 좋아하는 운동도 알아봅니다.

내가 좋아하는 노래를 친구들 앞에서 불러 봅니다.

(2013.11.2.(토) 27년 만의 수업, 학습지 1쪽 안내글)

선생님들의 제일 소망은 수업을 잘하는 것이다. 어쩌다 하는 공개 수업이 아니다. 늘 하는 일상 수업을 멋지게 하고 싶다. 흔히 말하는 좋은 수업을 하고 싶다. 좋은 수업을 해야겠다는 생각만으로도 이미 반은 성공한 것이다. 생각을 실천하는 게 문제이다.

손에 잡힐 것 같으면서도 쉽게 잡히지 않는 것이 수업이다. 모든 수업을 다 잘할 수도 없다. 일주일에 한 번이라도 좋은 수업을 해 보자. 하루에 한 시간이라도 좋은 수업을 해 보자. 그런 마음과 실천이 동행하면 좋은 수업은 시나브로 선생님들의 그림자가 되어 있지 않겠는가?

'시월의 어느 멋진 날에'라는 노래가 있다.

눈을 뜨기 힘든 가을 보다 높은 저 하늘이 기분 좋아
휴일 아침이면 나를 깨운 전화 오늘은 어디서 무얼 할까
창밖에 앉은 바람 한 점에도 사랑은 가득한걸
널 만난 세상 더는 소원 없어 바람은 죄가 될 테니까

가끔 두려워져 지난 밤 꿈처럼 사라질까 기도해
매일 너를 보고 너의 손을 잡고 내 곁에 있는 너를 확인해 창밖에 앉은
바람 한 점에도 사랑은 가득한걸
널 만난 세상 더는 소원 없어 바람은 죄가 될 테니까

살아가는 이유 꿈을 꾸는 이유 모두가 너라는걸
네가 있는 세상 살아가는 동안 더 좋은 것은 없을 거야

시월(11)의 어느 멋진 날에 그 길을 나는 만들고 싶다

(외국 곡/한혜경 작사)

"엄마, 학교 다녀왔습니다."

"응, 그래, 진영아, 오늘 학교생활 어땠어?"

"오늘 수업이 아주 재미있었어요."

"그랬구나. 수업이 얼마나 재미있었길래 그러니?"

"우리 선생님 오늘 국어 수업을 했는데 텔레비전을 한 번도 보지 않았지만 너무너무 재미있었어요. 친구들도 다 재미있다고 그랬어요. 우리 선생님, 완전히 수업짱이에요."

"그랬구나. 진영이 이야기를 들으니 엄마도 기분이 좋구나."

모든 수업, 모든 선생님이 이랬으면 참 좋겠다.

좋은 수업을 하는 날은 참으로 멋진 날이다.

27년 만의 수업

2013년 11월 2일 토요일, 대구태현초등학교 교무실 및 4학년 4반 교실에서 27년 만에 수업을 했다. 1986학년도 대구매천초등학교 6학년 1반 열 명과 6학년 3반 두 명이 참석을 했다.(한 명은 불참, 한 명은 참석 후 나감, 한 명은 늦어서 2차 합류)

수업 하루 전날인 금요일에 수업에 활용할 학습지를 만들었다. 멘토께 자문을 구해서 두 군데를 수정했다. 8시 30분경에 퇴근을 했다. 구미에서 오랜만에 신당초의 김신표 선생님을 만났다. 국악교육에 대한 열정과 실력은 대구에서 으뜸이다. 이런저런 이야기를 나누다 보니 수업일이 되었다.

학교에 출근하면서 문구점에 들렀다. 연필 여섯 개 묶음 스무 개를 샀다. 지우개도 스무 개를 샀다. 오늘 사용하고 남는 것은 선물로 줄 것이다.

2시경에 학교에 도착했다. 입간판용으로 인쇄한 것을 교문, 현관, 교무실 앞, 4학년 4반 교실 앞 및 칠판에 붙였다. 책상에 각각의 이름을 붙이고 컴퓨터도 점검을 했다. 준비를 마치고 학교 근처 반점에 가서 저녁을 예약했다.

가슴 설레는 일이다. 당초 예정보다 늦게 6시에 시작을 했다. 다음은 27년 만의 수업에 활용한 자료와 학생들의 답변 내용이다.

27년 만의 수업- 살아가면서

2013.11.2.(토)   이름:

받아쓰기를 해 봅니다. 친구들과 의논해서 씁니다. 또박또박 정성들여
씁니다.

①

②

③

④

※ 받아쓰기 문제는 매천초등학교 교가이고, 2~3명이 의논해서 정답을 썼다.
희망 학생이 칠판에 정답을 적고 함께 채점을 했다.

◈ 다음 문제를 잘 읽고 풀어 봅니다. 식을 세우고 답을 구해 봅니다. 역
시 친구들과 의논해서 풀어 봅니다.

① <u>1986</u>학년도 대구매천초등학교(당시는 대구매천국민학교) <u>6</u>학년
은 <u>5</u>반까지 있었습니다. 학생 수는 <u>254</u>명이었습니다.

② <u>2013</u>학년도 대구매천초등학교 <u>6</u>학년은 <u>4</u>반까지 있습니다. 학생
수는 <u>87</u>명입니다.

· ①과 ②에 나오는 아라비아 숫자(밑줄)를 각각 다 곱하시오.

① 식: 답:

② 식: 답:

·① - ② 결과를 식과 답으로 나타내시오.

　식:　　　　　　　　　　　답:

※ 수학 문제는 생각보다 어려워했다. 계산기가 보급되어 굳이 셈을 하지 않아도 되어서 그럴까? 이 문제도 2~3명이 의논해서 정답을 썼다. 희망 학생이 칠판에 나와서 문제를 풀고, 각자 채점을 했다.

◆이번 문제는 생각나는 것을 솔직하게 씁니다. 친구들과 의논하지 않고 혼자 해결합니다. 그리고 친구들과 함께 나누어 보겠습니다.

　① 내가 제일 좋아하는 음식은 무엇입니까? 그리고 내가 잘 만들 수 있는 음식은 무엇입니까?

　　좋아하는 음식:

　　잘 만드는 음식:

　② 내가 좋아하고 즐겨 하는 운동은 무엇입니까?

　　좋아하고 즐겨 하는 운동:

　③ 최근에 읽은 책은 무엇입니까?

　　책 제목:

　　대강의 내용:

※ ①~③까지는 간단하게 기록을 하고 돌아가면서 발표를 했다. 아이들이나 어른들이나 책을 많이 읽어야겠다는 생각이 들었다.

　④ 내가 즐겨 부르는 노래는 무엇입니까?

　　노래 제목:

　　가사 일부분 쓰기(처음부터~)

친구들 앞에서 노래를 불러 봅시다.

※ 모두들 노래를 불렀다. 일부분만 부르기도 하고 전곡을 다 부르기도 했다. 나는 반주 없이 '시월의 어느 멋진 날에' 를 불렀다.

◆이번 문제는 세상살이에 대한 문제입니다. 앞의 문제와 같이 혼자서 해결합니다. 생각나는 것 솔직하게 씁니다. 그리고 친구들과 함께 나누어 보겠습니다.

① 6학년 때 장래 희망은 무엇이었습니까?

　장래 희망:

② 지금은 어떤 일을 하고 있습니까?

　지금 하는 일:

③ 지금 하고 있는 일에 대해서 어떤 생각을 하고 있습니까?

S1: 그동안 15년 넘도록 했던 직업을 바꾼 지가 이제 겨우 넉 달째이다. 아직은 기대 반 두려움 반이다.

S2: 내 인생의 값진 승부수가 될 것 같다.

S3: 가족을 부양하고 나의 성장, 삶의 의미를 찾을 수 있도록 최선을 다하고 있습니다. 육체적 피로, 정신적인 스트레스, 스스로에 대한 자책감을 극복하고자 합니다.

S4: 앞으로는 컴퓨터뿐만 아니라 다른 IT 쪽과 접목시켜 오프라인보다는 온라인 쪽으로 신경을 더 쓸 예정입니다.

S5: 시대의 흐름 속에 경쟁 자체가 힘들어지고 있습니다.

S6: 15년을 하고 있어 조금은 지친다는 느낌이 듭니다.

S7: 험한 일이지만 누군가는 꼭 해야 하고, 누군가에는 꼭 필요한 부분을 살피는 일이라 보람 또한 큰 일이라 생각합니다.

S8: 희망이 보일 듯 말 듯 해서 항상 고민이 됩니다.

S9: 같은 일을 하더라도 저의 도움으로 점점, 조금 더 나은 사업가가 되었으면….

S10: 정규직 공무원이 되었으면 좋겠습니다.

④ 앞으로 어떤 일을 하면서 어떻게 살고 싶습니까?

S1: 새롭게 시작한 일을 열심히 하면서 십 년 뒤에는 사회에 봉사하면서 살고 싶습니다.

S2: 사람들을 건강하게 하며 교육재단을 설립해 후원하고 싶다.

S3: 현재 다니고 있는 회사에서 최고의 자리에 오르고 싶습니다. 그리고 좋은 친구 두 명을 사귀고 싶습니다. 한 달에 책 네 권을 읽고, 마라톤 풀코스를 1년에 두 번 달리고 싶습니다. 저희 아이들(주원, 지원, 상원)이 훌륭한 사람(자기의 목표 의식을 가지고 사회에 공헌하는)으로 자라 주었으면 합니다. 마지막으로 집사람과 여행을 한 달에 1회 다니고 싶습니다.

S4: 지금 하고 있는 일을 언제까지 할지는 모르지만 계속 다른 것을 찾아보고 나이가 들어도 할 수 있는 일에 대한 자격증을 획득하고 습득할 예정입니다.

S5: 일괄적, 직선적(생산, 유통, 판매까지 직영), 도시의 끝자락에 정육점 그리고 비닐하우스 식당 뒤쪽에 조립식 집, 텃밭 이렇게 같이 이루어지는 일을 할 계획임. 목장은 허가 문제로 시골로 들어감.

S6: 작은 가게를 하나 운영하면서 고등학생인 아들과 가족들 아프지 않고 건강하게 살고 싶습니다.

S7: 지금과 같은 일을 하면서 살고 싶습니다. 아직은 그릇이 적어 보람보다는 실망과 절망이 더 크지만 10년이 지나고 또 20년이 지났을 때는 더 넓어진 마음으로 이해와 포용이 더 커진 한 사람의 복지사가 되고 싶습니다.

S8: 현재 하는 일을 좀 더 견문을 넓혀서 나만의 물건을 만들고 싶습니다.

S9: 프랜차이즈업을 하면서 다 같이 잘 먹고 잘 살기를 바랍니다.

　　　도움이 되는 사람.

S10: 봉사하면서 살고 싶습니다.

※ 위에 쓴 글을 돌아가면서 발표를 하였다.

◆오늘 오랜만에 모여서 친구들과 수업을 해 보았습니다. 소감이나 느낀 점은 무엇입니까?

S1: 일찍 못 와서 못내 아쉽네요.

S2: 감회가 새롭고 잘 살아야겠다는 생각이 듭니다.

S3: 저에게 김영호 선생님은 삶의 등대를 볼 수 있게 해 주셨던 분입니다. 소심하고 내성적인 제가 육상을 하고 육상대회에 학교 대표로 출전하게 해 주었습니다. 그때 저에게 생긴 자신감과 체력은 40대에 접어든 제가 열심히 살아가는 원동력이 되고 있습니다. 저의 Dream list에서 마라톤, CEO는 그때 만든 자신감이 큰 힘이 되고 있습니다. 저에게 무한한 가능성을 심어주신 선생님께 머리 숙여 감사를 드립니다.

S4: 나이 먹고 보통 스승님을 대면하면 식당이나 술집에서 하는데 학교 교실에서 하니 새롭습니다. 그때는 빨리 어른이 되고 싶었지만 지금은 어릴 적이 그립습니다. 친구들도 학교에서 만나니 새롭습니다. 친구들이 좀 더 많이 왔으면 좋았을 것 같습니다.

S5: 쑥스럽고 어색하였습니다. 조금씩 시간이 감에 어색감과 쑥스러움이 없어지고 마음은 아름다움으로 가득 채워지고 있습니다. 연필을 들고 지금 이 순간을 적는다는 것이 마음을 착하게 합니다. 선생님과 친구들과 함께할 수 있어서 입가에 미소가 지어집니다. 감사합니다, 선생님.

S6: 27년 전 수업과는 다르지만 친구들, 만남 자체가 좋았습니다.

S7: 초등학교 때가 기억이 나지는 않지만 어린 시절의 친구들을 만나고, 27년이 지난 지금, 다시금 초등학교의 추억을 만들 수 있어서 행복합니다.

S8: 철없던 그 시절로 돌아가 함께 시간을 나눌 수 있게 해준 친구들이 무척 고맙고 자리 마련해 주신 선생님께 감사를 드립니다.

S9: 옛 기억이 뭉클

S10: 27년 만의 수업, 좋은 추억, 선생님 감사합니다.

※ 위에 적은 내용을 돌아가면서 발표를 하였다.

다음은 27년 만의 수업 장면이다.

받아쓰기- 정답쓰기

살아가면서- 인생코칭

수학 4칙 연산- 협력학습

모두 마치고- 또 다른 내일을 기약하며

잘 아는 후배 선생님이 사진과 동영상을 찍었다. 서울에서 오는 제자들은 중간에 들어오기도 했다. 예정된 시간보다 40여 분 길어졌다. 수업을 마치고 자장면과 탕수육을 먹었다. 음식이 도착한 지 30여 분이 지나서 먹는 저녁이지만, 어느 고급 요리 못지않은 맛이었다. 2차는 제자들끼리 하게 하고 교실을 정리하고 다시 구미로 향했다. 참 기분 좋고 멋진 토요일 퇴근길이었다.

촬영한 동영상에 음악을 넣고 CD를 만들어서 우편으로 발송했다. 27년 만의 수업을 하면서 이런 생각을 했다. 그때도 좀 더 좋은 수업을 했으면 참 좋았을 텐데 아쉽다. 하지만 지금 이런 수업을 할 수 있다는 게 참 멋진 일이라는 생각도 들었다. 어느 시 제목처럼 '지금 알고 있는 것을 그때도 알았더라면' 인생의 재미가 반감될 것이란 생각도 들었다.

최근 수업 보기 운동을 생각하면서

최근 수업에 관한 책이 많이 발간되고 있다. 대학교수나 교육학자의 수업 보기나 교수·학습 모형 등의 전문적인 내용을 담은 책들도 많다. 더불어 학교 현장에서 학생들을 직접 가르치는 선생님들의 경험담을 쓴 책들도 다양하게 출판되고 있다. 참 좋은 일이다. 그만큼 수업에 대한 관심과 고민이 많다는 반증이기도 하다.

한편으로는 이런 생각이 든다. 현재 이루어지고 있는 수업 보기 운동의 궁극적인 지향점은 무엇인가? 물론 수업 개선이다. 좋은 수업을 위한 여러 가지 방법 중의 하나이다. 이런 생각을 하면서도 언제까지나 학교 현장이 학자들의 이론 적용장이 되어야 하는가 하는 문제이다. 물론 학교 현장에 적용되는 많은 이론들은 충분한 검증 과정을 거친 것일 수도 있다. 하지만 그렇지 않은 것도 많은 것이 사실이다.

궁극적으로 현장에서 직접 수업을 담당하는 선생님들이 수업에 관한 책을 발간하여 공유하는 것이다. 그것은 수업에 대한 철학일 수도 있다. 또한 특정 학년이나 특정 과목에 대한 지도 방법일 수도 있다. 또한 생각을 공유하는 선생님들끼리 함께 책을 내는 것도 좋은 방법이다. 수업의 전문가는 현장의 선생님들이다.

고유한 수업

'고유한'이란 '본래부터 가지고 있어 특유한'이란 뜻이다. 선생님들은 학생들을 어떻게 이해하고 있는가? 학생들에게 어떤 수업을 하고 있는가? 선생님들의 학교는 또 어떤가? 선생님들은 학생들을 고유한 존재로 보는가? 선생님은 고유한 수업을 하는가? 선생님의 학교는 고유한 학교인가?

> 학생들은 모두 고유한 존재이다. 그런 고유한 존재로서의 학생을 이해하고, 그 학생에게 적합한 교육의 방향과 방안을 낸다는 것은 학생에게 고유한 수업과 학교를 모색한다는 것을 뜻한다. 그 안에서 학생들은 각자 개성과 특성에 따라서 스스로를 깨닫고 성장하게 된다. 그럴 때 학교는 아류 학교가 아닌 고유한 학교로서 자리 잡게 된다. 그것은 우리나라 국가대표 펜싱 팀이 갔던 일이며, 과거에 세종대왕이 걸었던 일이다.[36)]

창의·인성 모델학교 평가를 같이 다녔던 광주의 교장 선생님이 하신 말씀이 생생하다. "지금은 남 따라 하던 시대는 지났다. 내 방식대로 하는 게 필요한 시대다." 이 말도 위의 내용과 일맥상통하는 점이 있다. '모방은 창조의 어머니'라고 한다. 처음에는 어느 정도 따라 하는 것이 필요하다. 하지만 언제까지나 따라 할 수만은 없다. 결국 따라 하는 것은 고유한 것이 아닌 아류일 뿐이다. 학교와 선생님들의 수업이 그럴 것이다.

---

36) 서근원 편저(2013), 나를 비운 그 자리에 아이들을. 교육과학사, 37쪽.

나만의 고유한 수업은 어떻게 이루어지는가? 십 년이면 강산이 변하다고 하지만, 일상적인 수업을 계속한다고 내 수업이 나만의 고유한 수업이 되겠는가? 일상의 수업에서 절차탁마가 필요하지 않을까? 그런 과정들을 기록으로 남기면 더 좋지 않을까? 나만의 교단일기, 수업일기 또는 나만의 역사를 만들어 가는 것이 고유한 수업으로 들어가는 길이 아닐까?

배움이 있는 수업

고백하자면 나는 오랫동안 '몇 쪽이고 교수·학습 모형'에 충실한 수업을 하였다. 내가 가지고 있는 많은(?) 지식을 '어떻게 하면 학생들에게 고스란히 전달할 수 있을까'에만 골몰한 수업이었다. 학생 배움 중심이 아닌 교사의 일방적인 지식전달 식의 수업, 그런 수업이었다.

배움을 중심으로 하는 수업은 아이들 한 명 한 명이 관계를 엮어 가며 서로 탐구하고 교류하면서 서로 배우는 관계를 구축하는 일에서부터 출발해야 할 것이다. 저자는 이것을 '활동적이고 협동적이고 반성적인 배움'이라고 부르고 있는데 이는 사물이나 교재와 대화하고 친구나 교사와 대화하고 자기 자신과 대화하는 배움을 수업의 중심에 놓는 일이다. 구체적으로는 작업이 있는 배움, 집단 활동이 있는 배움, 그리고 자신의 이해방식을 작품으로 표현하고 친구와 공유하고 서로 음미하는 활동이 있는 배움을 지도하고 조직하는 일이다. 개個에서 출발하여 친구와의 협동

을 거쳐 다시 개個로 돌아오는 배움이라고 말해도 좋을 것이다.[37]

수업은 관계라는 말이 생각난다. 선생님과 학생, 학생과 학생의 관계이다. 일방적으로 주거나 받는 관계가 아닌, 서로 배움을 주고받는 그런 관계일 것이다. 오늘도 우리는 많은 사람들과 관계를 맺는다. 많은 학생들과 관계를 맺는다. 나는 어제 학생들과 어떤 관계를 맺었는가? 오늘은 어떤 관계를 맺고 있는가? 내일은 또 어떤 관계를 맺을 것인가? 지금 내 수업은 어떤 수업인가, 라는 물음에 대한 답이 바로, 배움이 있는 수업의 출발점이 될 것이다.

수업을 보는 관점

수업은 관계라고 했다. 그러면 수업을 보는 관점은 무엇인가? 관점은 사물이나 현상을 관찰할 때, 그 사람이 보고 생각하는 태도나 방향 또는 처지를 말한다. 수업 비평의 선구자인 이혁규 교수는 수업을 보는 관점을 다음과 같이 제시하고 있다. 수업은 과학인가, 예술인가.

> 다시 우리의 수업 관행으로 돌아와 보자. 우리가 수업을 어떻게 바라보느냐에 따라서 수업을 하는 방식도, 수업을 관찰하는 방식도 영향을 받는다. 수업은 과학인가, 예술인가? 이에 대해 필자는 양자택일을 강요하고 싶지는 않다. 일면 수업은 과학이다. 수업의 과학성 측면은 전문직이 갖추어야 할 공유된 지식의 토대이다. 그러나 수업의 과학성은 교사의 교

---

37) 사토마나부지음 손우정 옮김(2013), 수업이 바뀌면 학교가 바뀐다. 에듀니티, 37쪽.

수 활동의 매우 적은 부분만을 설명해 줄 뿐이다. 거대한 몸체를 수면 하에 숨긴 빙산의 일각이라고 해야 할까. 교직에 입문하는 교사들을 위해 우리는 이 빙산의 일각을 가르쳐 주어야 한다. 시행착오와 방황을 줄이기 위해서, 그러나 그 일각에 매몰되어서는 곤란하다. 알려진 지혜에 머무는 유아기의 체험에 머무는 퇴행에 불과하다.[38]

우리 선생님은 수업을 어떻게 보는가? 과학으로 보는가? 아니면 예술로 보는가? 아니면 또 다른 관점으로 보는가? 그 관점에 따라 수업은 달라질 것이다. 내가 어떤 관점을 가졌는지 생각하기 전에 지금의 내 수업이 어떤지를 먼저 생각할 필요가 있을 것이다. 그러면 나는 수업을 어떻게 보고 있는지 알 수 있지 않을까?

---

38) 이혁규(2013), 누구나 경험하지만 누구도 잘 모르는 수업, 교육공동체벗, 225쪽.

좋은 수업은 어떤 수업일까?

공식적으로 1984년 3월 2일부터 시작한 수업은 2008년 2월 28일 끝이 났다. 2008년 1월 전문직 시험에 합격하고 그해 3월 1일터 대구광역시교육청 수습 전문직 파견을 나가면서 학생들을 가르쳐 볼 기회가 사라졌다. 장학지도를 나가서 시범수업을 하고, 수업 컨설팅을 하면서 시범 수업을 하기도 했다.

교감으로 전직하고는 가끔 보결 수업을 하기도 한다. 그러나 이런 것들은 정기적인 것이 아니고, 일회성이기 때문에 특별한 의미를 주기는 어렵다. 좋은 수업에 대한 관점은 나 자신의 수업에 대한 주관적인 평가와 더불어 이런 방향으로 나아갔으면 좋겠다는 바람도 포함하여 열아홉 가지로 정리해 본다.[39]

시와 노래

80년대 말부터 시를 가르쳤다. 가끔은 내가 쓴 시조를 하기도 했지만, 대부분 기존 작가들이 쓴 것이다. 때로는 책으로 묶어서 체계적으로 시 공부를 하기도 하고, 일주일에 한두 편씩 칠판이나 학습

---

39) 2010 서부교육지원청 장학자료 교수학습 3, 수업 너를 만나면, 208~212쪽.(김영호)의 내용에다가 최근의 생각을 더한 것이다.

지로 인쇄해서 외우기도 했다. 또한 노래를 즐겨 부르게 했다. 동요도 있지만, 가곡, 대중가요가 대부분이다.

아침에 시를 외우고, 노래를 부르고, 수업 시간이나, 점심시간, 하교 직전에도 마찬가지였다. 현장학습을 가는 버스 안에서나, 현장학습지에서도 학교와 마찬가지였다. 평소에 완전히 익힌 노래나 시를 수업 시간에 활용했다. 특정한 연만 외울 수도 전체를 외울 수도 있다. 또한 노랫말을 가지고 재구성해서 시 바꾸어 쓰기도 한다.

모둠 학습

어느 수업 시간이고 모둠 학습을 했다. 모둠 구성은 전문가 학습을 위한 기본학습 훈련뿐만 아니라 생활지도와 학생들의 도우미 역할까지 고려한다. 몸이 불편한 학생이 있는 모둠은 그런 것을 이해하는 마음가짐과 도와줄 힘까지 고려한다. 그래서 모둠 구성은 일 년에 두 번 정도로 그친다.

아이들의 반발(?)이 있기는 하지만, 대신 토요일이나 수요일 등 특정한 요일을 정해서 앉고 싶은 자리에 앉도록 배려한다. 이때는 소외되는 아이들이 없도록 그 전날 미리 모든 책상은 한 개씩 배치하여 두 개가 붙는 일이 없도록 한다. 미리 자리를 맡아 놓는 사전 자리 예약은 통하지 않는다. 오는 차례에 따라 앉고 싶은 자리에 앉는다. 대체로 앞에만 앉던 아이들은 뒤쪽을, 뒤에만 앉던 키 큰 학생들은 앞쪽을 선호한다.

목표일관

모든 수업은 목표 중심으로 이루어진다. 학습주제, 학습목표, 흔히 말하는 동기유발, 학습문제. 학습내용, 평가 등은 목표에 근거한 활동이다. 학습자 중심을 잘못 이해하여 활동에 너무 치우쳐 정작 목표에서 벗어나는 경우를 볼 수 있다. 이런 것은 공개수업에서 흔히 발생하는 문제점이다.

2009 개정 교육과정으로 보면 성취기준 중심이다. 각 교과별로 학년군별로 성취기준이 있다. 그 성취기준을 중심으로 각 단원별로 다시 성취기준이 있다. 차시별로는 학습목표가 있다. 교육과정은 면밀하게 분석하고 학생의 특성을 고려한 목표 중심의 수업을 하자.

과유불급

학습의 양은 최소로 한다. 공개수업의 함정 중 첫째가 자료가 많은 화려한 수업, 둘째가 학습 양이다. 이것저것 양만 늘이다 보면, 정작 필요한 활동도 소홀해지기 쉽다. 인정이 넘치는 거야 좋은 일이지만, 과다한 학습 양은 마무리가 흐지부지해지는 지름길이다. 학습양이 많으면 제대로 된 활동을 하기가 어렵다.

최근에는 40분 한 시간에 활동은 세 가지가 들어가는 것이 대부분이다. 이런 획일적인 것을 과감히 탈피해야 하지 않을까? 활동이 두 가지면 무슨 문제라도 생기는 것일까? 기계적인 이분법에서 벗어나 과목이나 학년의 특성을 고려한 적절한 학습 양으로 넘치기보다는 조금 부족하다 싶은 수업을 해 보자.

눈을 맞춰

아이들이나 어른이나 대화를 할 때는 눈을 맞추는 게 중요하다. 칠판에 판서를 하면서, 흔히 말하는 궤간 순시를 하면서 이야기하는 것은 그렇게 바람직하지 않다. 또한 모둠 학습 지도나 실제 참여 활동을 할 때는 무릎을 굽히고 학생들과 같은 높이에서 이야기를 해 보자. 이런저런 이유로 여선생님들이 수업을 할 때 는 치마보다는 바지가 낫다는 생각이다.

눈높이는 신체적인 눈높이뿐만 아니라 학년별 특성에 따른 교사의 언어, 행동도 포함된다. 초등학교 고학년이나 저학년만 오래 하다 보면 학년이 바뀌면 교사가 학생들에게 적용하는 게 힘든 경우를 종종 본다. 눈높이를 맞추는 것은 동등한 배움의 시작이다.

수수소박

연구학교 공개수업이나 수업우수교사의 공개수업을 보면 너무 화려하다는 생각이 들 때가 종종 있다. 40분 공개 내내 화려한 자료와 매끄러운 학생 발표, 기계적인 진행 등을 보면 '참 잘하는구나' 하는 생각이 들기도 한다. 하지만 마치고 돌아가는 길에 곰곰 생각해 보면 방금 전에 본 수업이 가슴에 들어오지 않는다.

너무 화려한 것이 좋지만은 않다. 흔히 말하는 외화내빈에 빠지기 쉽다. 수수하되 핵심이 빠지지 않고, 소박하되 열정이 묻어나야 한다. 한 시간의 수업을 위한 경제성도 고려하지 않을 수 없다. 아무리 좋은 수업이라도 일반화될 수 없는 것이라면 누구를 위한 수업일까?

물 흐르듯

물 흐르듯 자연스러운 게 좋다. 뭔가 어색한 억지 춘향격 수업은 준비가 덜 된 것이거나, 급조된 형태이거나 보여주기 위해 연출한 것일 확률이 높다. '구렁이 담 넘어 가듯이'라는 말 그대로(숨은 뜻이 아니고)가 좋다, 그렇게 하자면 평소 하는 대로 하는 것이다. 교사와 학생의 사전 준비(평소 그대로의 모습)의 중요성이 더해진다.

물 흐르는 듯한 수업을 하자면 선생님과 학생 간의 신뢰가 중요하다. 학생과 학생 간의 신뢰도 중요하다. 학생들은 선생님이 우리를 위해 참 열심히 하시는구나, 하는 생각이 들면 최선을 다한다. 학습자료의 많고 적음이 문제가 아니다. 물 흐르듯 하는 수업은 학생과 선생님의 '신뢰의 강'의 다름 아니다.

상호작용

학생과 교사의 상호작용, 학생과 학생들과의 상호작용은 필수적이다. 교수에 치우친, 학습에 치우친 것보다는 교수와 학습이 적절히 조화를 이루는 게 무엇보다 중요하다. 학생들끼리의 믿음이 필요하다. 우리 선생님은 우리를 위해서 무척 열심히 하신다는 학생들의 믿음이 있다면, 설령 조금 부족한 수업일지라도 괄목상대, 일취월장할 일만 있을 것이다.

최근 배움 중심의 수업이 강조되고 있다. 배움의 중심은 학생이다. 언제까지 고기를 잡아 주어야만 하는가? 고기 잡는 법을 가르쳤다면 고기를 잡을 때까지 기다려 주자. 상호작용의 시작과 마지막은 상대방의 말을 귀담아 들어주고 기다려 주는 것이다.

유비무환

교사의 준비다. 교수·학습안을 작성할 때 모든 상황을 고려해야 한다. 녹음기가 고장 났을 때는 어떻게 할 것인가? 학교 전체 전원이 나가서 모든 기자재를 사용할 수 없을 때는 어떻게 할 것인가? 앞에서 예를 든 것은 극단적인 예지만, 이런 것까지 생각한다면 수업하는 과정에서 허둥대는 일 없고, 끝난 뒤 후회할 일 그리 많지 않으리.

자주 자료 없는 수업을 하자. 가장 좋은 자료는 선생님 자신이 아닌가? 칠판과 분필만 있는 수업도 하자. 상호작용만 활발하다면 굳이 무슨 자료가 더 필요하겠는가? 모든 기자재를 사용할 수 없는 상황에서 수업 진행을 위해 교사의 노래가 꼭 필요하다면 나는 어떤 노래를 부를 수 있는가?

국어사전

모든 수업에 국어사전을 활용하자. 특히 국어시간에 가장 중요한 준비물은 국어사전이다. 평소 사전을 활용하자. 『공부가 가장 쉬웠어요』의 저자인 장승수의 말이 아니더라도 영어사전 활용하는 시간의 10분의 1만이라도 국어서전을 활용하자. 고기를 잡아 주는 것이 아니라 그물이나 낚시를 이용해서 고기 잡는 법을 가르치자. 국어사전을 활용하여 공부하는 방법을 가르치는 것이다.

학교 도서관의 국어사전을 활용하자. 이왕이면 학생들 개개인이 국어사전을 하나씩 준비하도록 하자. 학교에는 학급별로 도서관 사용 시간이 있다. 그것이 국어 시간이 아니더라도 도서관에 가서 국어사전을 활용하자. 수학 시간에 도서관과 국어사전을 활용한 수업

또한 좋지 않은가?

증거 자료

가능하면 모든 공개수업을 동영상으로 촬영을 하자. 그 비디오는 CD나 파일로 저장해서 공개 자료로 활용해 보자. 비디오 촬영이 어려우면 녹음을 해 보자. 요즘엔 휴대전화로도 녹음할 수도 있다. 비디오 촬영과는 다른 묘미가 있다. 내 목소리 내 모습 어색하지만, 좋은 추억거리와 함께 살아 있는 학습 자료이며 최적의 자료가 아니겠는가?

동영상 자료나 녹음 자료를 학생들과 함께 보거나 들어보자. 평소 잘 알지 못했던 많은 것을 찾을 수 있다. 중요한 내용은 기록으로 남기자. 훌륭한 교실수업개선 자료이다. 또한, 선생님 개개인의 교단일기요 역사가 된다.

기초와 기본

학생들에게 기초와 기본을 확실하게 가르치자. 읽기와 받아쓰기가 되지 않으면 좋은 국어 공부를 하기 어렵다. 셈하기가 어려우면 수학 공부가 어렵다.

그보다 더 중요하게 생각해야 할 것은 남의 말 잘 듣는 훈련을 철저히 시키자. 우리는 발표 훈련을 시킨다고 듣기 훈련에 소홀한 경우가 많다. 모든 것의 기본은 듣는 것이다. 안 되면 될 때까지 하자.

매미는 7년의 기다림 끝에 한 철 울음을 운다고 한다. 이런 마음가짐이면 기초, 기본을 정립하는 데 그리 힘든 게 아니다. 기초와 기본이 없는 상태에서 아무리 화려한 수업을 해 봐야 사상누각에 지나지 않으리. 특히 학년 초에 좋은 학습 훈련으로 좋은 습관을 들이는 것은 1년 교실 수업을 좌우할 수도 있다. 모든 것은 수업에서 이루어진다.

되돌아 봐

앞의 증거자료와 맥을 연결한다. 반드시 다시 듣거나 본다. 어색하고 민망할 말과 행동도 있겠지만, 잘못을 고치는 데 이만한 자료가 있겠는가?

학생들도 함께 보면 금상첨화이다. 학생 자신이 어떤 모습으로 나왔는지 어떤 말을 하는지 집중하는 정도는 수업 그 이상이다. 지금은 교원능력개발평가를 하기 때문에 수업을 녹화할 일이 많다. 그러니 공개하는 수업이 아닌 평소 하는 수업을 녹음하고 녹화를 하자. 되돌아 볼 수 있다는 것은 더 나은 앞으로 나아갈 길이 있다는 반증이기도 하다. 돌아보는 여유는 내 수업을 알차게 한다.

재구성 해

교과서는 교육과정을 구현한 가장 좋은 자료이지, 성전이 아니다. 모든 자료가 우리 반 학생들에게 적합한 것이 아니라면 교재의 재구성은 필연이다. 재구성을 하기 위한 전제 조건은 무엇인가?

먼저 교육과정을 정확하게 이해하고 해석하는 것이다. 또, 교사의 폭넓은 독서가 필요하다. 독서가 모든 걸 해결해 준다고 하면 무리겠지만, 독서가 학생들에게만 필요한 게 아니다. 교사의 책 읽는 모습, 부모의 책 든 손은 학생들에게 책을 읽으라고 100번 말하는 것보다 낫다.

또한 적절한 텔레비전 시청, 노래와 시, 여행 등등이다. 교과 내의 재구성, 교과 간의 재구성, 블록타임, 프로젝트 등 다양하다. 그러면 그 재구성이 바로 수업으로 이어질까? 혹, 재구성 따로 수업 따로 하는 것은 아닐까?

주객일체

평소에 하는 수업에서는 좀 멀게 느껴지는 관점이다. 이 관점은 참관자가 있는 공개수업으로 한정한다. 교내 공개수업이나 교생을 대상으로 하는 공개수업 등이다. 수업을 하는 교사 및 학생과 참관자와의 일체감이다.

참관자는 교내 교원이나, 다른 학교의 교원, 학부모가 대부분이고, 간혹 평가자나 외부 인사일 경우다. 교원이나 학부모가 참관자라면 과정의 일부분에 포함을 시키는 것도 좋다. 주제가 세상에서 가장 소중한 것을 찾는 것이라면, 참관자에게 의견을 들어 보는 것도 좋다. 혹자는 교사와 학생에게만 한정해야 한다고 하지만, 내 생각은 조금 다르다.

준비운동

모든 활동의 시작 전에는 준비가 필요하다. 수영을 할 때나 구기 운동을 할 때 준비운동이 철저해야 부상을 방지하고, 좋은 기록을 낼 수 있다. 수업 전의 준비운동도 마찬가지다. 대부분 주눅 들기 쉬운데, 조용하게 시작하기만을 기다리고 있어야 하는가? 시를 외우고 노래를 불러 보자. 참관하는 사람들이 누구인지 둘러보게 하자. 교육적 오락[40]으로 준비운동을 하자.

화룡점정

수업의 희열을 맛볼 절정을 만들자. 그리고 그 절정의 여운이 남는 마무리를 하자. 절정 자체가 화룡점정일 수도 있지만, 마지막 정리의 여운이 있도록 마무리를 하는 것도 좋다. 산허리만 오르다 내려오는 밋밋함보다는 정상을 오른 희열로 다음에도 또 다른 산을 오를 수 있는 동기를 부여하자. 환호가 있는 희열도 필요하다. 또한 가슴 깊이 수업의 즐거움을 맛보는 내적인 희열도 참 좋은 것이다.

질의응답

질문은 간단명료하게, 답은 구체적으로 한다. 전체적으로 답을 할 수 있는 물음도 필요하지만, 그런 질문이 이어지는 수업은 개별화 수업에 역행하는 것이다. 학생들 스스로에게 질문을 하고, 답을 할 수

---

40) 교육+오락=교육오락(Edutainment) 교원캠퍼스(2005), 중견교사를 위한 교직실무, 성광기획인쇄, 224~37쪽.
(Edutainment=Education+Entertainment). Spot이란 태양의 흑점, 얼룩점, 장소, 지점, 현장, 행락지, 사마귀, 여드름, 위치, 얼룩, 오점, 즉석에서, 옥에 티, 꼭, 딱, 정확히 등의 의미로 사용되며, 스팟 기법이란 산업교육 분야에서 강사나 교육 진행자가 분위기 조성과 진행을 위해 잠깐잠깐 활용하던 유머나 흥미유발 요소들을 모아서 활용하는 것을 말한다.
Spot= Study + Play + Orgasm + Technic
■질문 ■369 ■손가락 ■주먹 ■구구단 ■왼손과 오른손 ■핸드폰 ■What is it? ■퐁당퐁당 ■머리어깨무릎

있는 경지는 오르지 않더라도 학생들에게 맡겨 보자. 또, 학생들에게 스스로 질문을 만들어 보게 하자. 학생들끼리 질문을 주고받는 시간을 주자. 항상 질문을 할 수 있는 허용적인 분위기를 조성하자.

최근 배움의 공동체에서 주장하는 학생의 배움이 중심이 되자면 질문이 있는 수업은 필수이다. 질문의 대상은 한정이 없다. 질문이 잘 이루어지기 위해서는 잘 듣는 게 무엇보다도 중요하다. 듣는 이 없는 질문은 메아리 없는 함성과 다를 바 없다.

공평무사

학생들에게 좋은 선생님의 기준을 묻는 설문에서 항상 상위권에 있는 것이 차별 없는 선생님이다. 공부를 잘하고 못하는 것을 기준으로 차별을 할 수는 없다. 모든 학생들에게 골고루 기회를 주자. 잘하는 학생은 상대적으로 자신보다 못한 학생이 있기에 잘하는 것이다.

교사의 공정성은 학생들 상호간에 배려와 믿음을 주기 위한 전제 조건이다. 미운 자식에게 떡 하나 더 주는 칭찬의 미학, 칭찬은 고래도 춤추게 한다. 공부를 잘하고 못하는 것으로 학생들의 차별하지 말자. 조금 부족한 학생들에게 더 많은 기회를 제공하자. 가슴 따뜻한 사랑으로 학생들을 대하자.

책상 배치 ⊏자 형태로 하자

내가 초등학교 6학년 때 우리 반 학생 수는 50명이 넘었다. 당연히 학생들의 책상 배치는 일一자형이었다. 학생 수가 많다 보니 달리 책상을 배치할 공간도 없었다. 지금 초등학교 학급의 학생 수는 20명에서 30명 수준이다. 농어촌의 경우는 학급당 10명 미만인 곳도 많다.

일자형도 나름대로 장점이 있다. 선생님이 학생들은 파악하기 쉽고, 지식 전달의 강의식 수업에는 안성맞춤이다. 하지만 대부분의 학생들은 친구들의 뒷머리만 보고, 내 뒤에 앉은 친구들을 볼 수가 없다. 과감하게 'ㄷ' 자 형이나 원형으로 바꾸어 보자. 책상 배치만 달라져도 배움이 달라진다.

□□의 유혹에서 벗어나는 수업을 하자. 학생과 학생, 선생님과 학생의 얼굴을 보면서 상호작용이 충만한 교실 수업…

ㅇㅇㅇ식

우리가 아는 달인들은 공통점이 있다. 오랜 기간, 시행착오, 피나는 노력, 조력자(멘토) 등이 조화를 이루어서 달인만의 경지에 이른다. 나만의 수업을 하자. 로마가 하루아침에 만들어지지 않았듯이, 나만의 수업 그리 쉽게 정립되지 않을 것이다.

일정 기간 이상의 시간도 필요하다. 국화꽃을 피우는 시인 서정주의 마음으로 교학상장에 힘쓸 때 시나브로 나만의 수업이 되지 않을까?

좋은 수업, ㅇㅇㅇ식의 수업은 오로지 내 마음가짐에서 시작한다. 좋은 책 읽기, 수업 친구 만들기, 좋은 수업 많이 보고, 많이 해보기 등의 절차탁마의 노력이 필요하다.

수업, 너를 기다리는 동안[41]

"선생님!"

"그래, 진영아, 무슨 일이니?"

"선생님, 오늘 국어 수업은 참 재미있었어요. 선생님은 수업을 참 재미있게 하시는 것 같아요."

"그래, 진영이한테 칭찬을 들으니 기분이 좋구나. 앞으로도 재미있는 수업이 되도록 열심히 노력할게."

"예, 선생님. 내일은 어떤 수업일지 기다려져요. 저희들도 열심히 할게요."

누군가를 아니면 무엇인가를 기다리는 일은 가슴 설레는 일이다. 선생님들을 기다리는 학생들의 마음은 어떨지 궁금하다. 수업을 앞둔 선생님의 생각도 궁금하다. 학생들이 수업과 선생님을 기다리는 마음과, 선생님이 아이들과 수업을 기다리는 마음이 같을 수도 있지만, 전혀 다를 수도 있을 것이다.

학생들의 마음이 이랬으면 좋겠다.

---

41) 대구광역시서부교육지원청(2010), 2010 장학자료 수업 너를 만나면 230쪽(김영호)에다 최근의 생각을 더한 것이다.

수업을 기다리는 학생들의 마음이 이러면 좋겠다.

선생님을 기다리는 학생들의 마음이 이러면 참 좋겠다.

너를 기다리는 동안
황지우

네가 오기로 한 그 자리에

내가 미리 가 너를 기다리는 동안

다가오는 모든 발자국은

내 가슴에 쿵쿵거린다.

바스락거리는 나뭇잎 하나도 다 내게 온다.

기다려 본 적이 있는 사람은 안다.

세상에서 기다리는 일처럼 가슴 애리는 일 있을까

네가 오기로 한 그 자리, 내가 미리 와 있는 이곳에서

문을 열고 들어오는 모든 사람이

너였다가,

너였다가, 너일 것이었다가

다시 문이 닫힌다

사랑하는 이여

오지 않는 너를 기다리며

마침내 나는 너에게 간다

아주 먼 데서 나는 너에게 가고

아주 오랜 세월을 다하여 너는 지금 오고 있다.

아주 먼 데서 지금도 천천히 오고 있는 너를

너를 기다리는 동안 나도 가고 있다.

남들이 열고 들어오는 문을 통해

내 가슴에 쿵쿵거리는 모든 발자국 따라

너를 기다리는 동안 나는 너에게 가고 있다

선생님들의 마음이 이랬으면 좋겠다.

수업을 앞둔 선생님들의 마음이 이러면 좋겠다.

선생님들이 학생들을 기다리는 마음 또한 이러면 좋겠다.

또, 새롭게 만날 그 누군가도 너를 기다리는 마음이었으면 참 좋
겠다.

수업은 선생님의 ☐☐☐☐☐

좋은 수업을 만드는 것은 바로 선생님 자신이다. 선생님이라면 누구나 좋은 수업, 멋진 수업을 하고 싶은 게 인지상정이다. 그러면 좋은 수업을 위해 선생님이 가져야 할 것은 무엇일까? 무엇을 준비해야 할까? 다음 글을 읽고, 좋은 수업을 위해 선생님들은 가져야 할 것은 무엇인지 생각해 보자.

> 중국의 현대 아동문학가이자 저명한 작가인 빙신氷心은 말했다. "왼쪽에 사랑을 놓고 오른쪽에 동정을 놓고 인생의 길을 걸어라. 때가 되면 씨를 뿌리고 꽃을 피워 지나가는 사람이 가시나무를 밟아도 고통스럽지 않고 눈물을 흘려도 슬프지 않게 그 길을 꽃향기로 가득 채워라." 이처럼 우리는 신념을 마음의 등불로 삼고 미래로 나아갈 필요가 있다. 행복의 존재를 믿는 것은 신념의 힘을 믿는 것과 같다. "도랑의 물이 맑은 것은 새로운 물이 흘러들기 때문이다."라는 말은 정말로 일리가 있다. 신념은 살아 있는 물이라서 끊임없이 졸졸 흐르고, 행복은 맑은 물이라서 마음을 깨끗하게 한다.[42]

---

42) 장샤오헝·한쿤 지음, 김락준 옮김(2013), 인생의 품격, 글담출판사, 216~217쪽.

선생님!

선생님의 왼쪽과 오른쪽에는 무엇이 놓여 있습니까?

지금 아무것도 없다면 어떤 것을 놓으시겠습니까?

선생님의 왼쪽과 오른쪽에는 무엇이 놓여 있어야 한다고 생각하십니까?

선생님!

선생님의 왼쪽에는 [＿＿＿＿＿] 오른쪽에는 [＿＿＿＿＿].

선생님!

선생님은 어떤 수업을 하시고 싶습니까?

선생님은 지금 어떤 수업을 한다고 생각하십니까?

진정 우리가 해야 할 수업은 어떤 수업입니까?

그 해답은 무엇일까요?

누가 어떻게 해야 할까요?

선생님!

그런 수업은 어디에 있을까요?

그런 좋은 수업은 선생님들 가슴 가슴에 있습니다.

선생님들 가슴에 간직한 그런 수업, 서로 나누고 또 나누어 보시지요.

선생님!

수업은 선생님의 [＿＿＿＿＿]